未读 | 思想家

亲爱的生命

Dear Life
A Doctor's Story of Love and Loss

关于爱与失去的生命课

Rachel Clarke

[英] 雷切尔·克拉克 —— 著   大婧 —— 译

四川文艺出版社

带着爱，献给戴夫、芬恩和艾比

目录

作者按

　　这本书里的故事均来源于我的临床经历，但为了保护同事与患者的隐私，我改动了些许要素。另外，对于一些情况以及我接触、照料过的患者，我有时还融合或改写了相关细节，以便更好地保护隐私。在此，我要特别感谢希尔吉·约翰森医生，安迪·泰勒，爱丽丝·拜伦，莎伦·拜伦和乔纳森·拜伦，黛安·芬奇和爱德·芬奇，允许我用他们的真名来讲述他们的故事。

告诉我，

你打算怎样度过你这狂野又珍贵的人生？

——玛丽·奥利弗，《夏日》，

收录于《光之屋》(*House of Light*)

序言

只要我们活着，

任何事都不会有尽头。

但是偶尔会有愉悦出现，

一有机会，

就占上风。[1]

——雷蒙德·卡佛，《谁是她不幸的始作俑者》，

收录于《海青色：诗集》(*Ultramarine: Poems*)

两个男人走进无人的演播室，然后坐下来，就着一瓶白葡萄酒畅谈，一直聊到药物开始影响其中一个的口才才结束。其中一人是英国著名编剧兼剧作家丹尼斯·波特，他那患有关节炎的手里总是点着香烟，所以整个人都笼罩在烟雾中。一个月前，他被告知自己将不久于人世——胰腺癌，已无法手术治疗。桌上的白葡萄酒旁放着一个小扁酒瓶，但里面装的不是威士忌，而是吗啡。在和艺术节

---

[1]　译文摘自《我们所有人：雷蒙德·卡佛诗全集》，[美]雷蒙德·卡佛著，舒丹丹译，译林出版社，2013年。——编者注（本书除译者注以外均为编者注）

目主持人梅尔文·布拉格对谈的过程中，波特必须在镜头前时不时喝点儿扁酒瓶里的药，才能止住癌症带来的疼痛。

那是1994年，在那个年代的英国，没有人会公开谈论晚期癌症，更别说在黄金档的电视节目中直言其对身体的伤害了。但是波特一直喜欢用戏剧来让观众直面困扰我们每个人的现实，进而激发观众去思考。而那个晚上，他选择将自己正不断凋零的生命实时地演化为一出戏剧。

那时我22岁，还是个学生，恰巧放假在家，我本不想看电视上的这场死亡对谈，但父亲跟我说，如果我不看，我会后悔的。然后我们并肩坐在电视机前，看着波特依赖镇痛剂的模样，那是一种不加修饰的濒死之状，令我感到不安。但我试图掩饰这份不安，因为我的爸爸是一名医生，他不喜欢大惊小怪，所以我只好将自己的不安重重包裹起来。

后来我们才知道，当时我们观看的节目留下了波特最后的公开遗言。两个月后，他去世了。但他仍然以十足的戏剧性占据着演播室，占据着每一个曾看过这个节目的人的脑海——关于生，而非死。死亡近在眼前，宣判了他的未来，但也授予了波特如孩童般活在当下的权利。生命每一秒都在歌唱。

"你唯一有把握的就是现在，'当下'变得如此生动，我的内心几乎以一种反常的方式变得平静了。"他说着貌似矛盾的话，歪嘴一笑，"你知道，我可以歌颂生命……上周，我写作时看向窗外盛开的花朵，我觉得那是世上最洁白、最梦幻、最盛放的花，而我能够看见它。于我而言，世间万物变得既微不足道，又重要至极，两者之间的差异似乎没有意义。但毫无疑问，一切的当下性都奇妙非凡。"

在那一刻，有人把通往永恒幸福的钥匙交到了我手里——我知道爸爸也有同感——那就是像孩子一般投入地去感受这个世界。活在当下，不是明日，也不是一连串令人哀伤的昨日。抓住当下，将此刻当作生命的最后一刻来活。不必说，日常生活的乏味焦虑很快就把任何"当下"从我脑中抹去了。波特对此说得很美："我们是唯一一种明知自己终将死去，却仍然继续还房贷、工作、四处奔波的动物，仿佛自己会永远活着一样。"

2017年，丹尼斯·波特死后23年，他的话又浮现在我脑海中。爸爸，我最亲爱的爸爸，如今已是将死之人。他得的不是胰腺癌，而是肠癌，并已接受了一年半之久的化疗。输液，血检，反胃恶心，疲惫，输液，神经受损，输液，皮肤出血。希望是他愿意反复承受这些的唯一动力。即使扫描结果显示他的癌症已至晚期，癌细胞开始扩散，他仍然渴望着，热烈地向往更多的生命时光。他每个月都服用细胞毒性药物，承受剧烈的毒副作用，只因为这些药物能给他一隅相信的空间，允许他想象未来。

我们所有人，包括爸爸自己，都害怕他时日无多。既然无法停止时间，我们只能试着抓住每一个瞬间的永恒。我对自己说，如果我们能帮到他，让他活在生命盛开的当下，那么也许他就能逃脱医生的"诅咒"——癌细胞终将攻陷他一个又一个的器官，他的生命会如何结束，医生再清楚不过。

我又想起了他以前爱说的故事，当他还是一个年轻的医生时，在"摇摆的60年代"的伦敦，经历的那些活力四射、灯红酒绿和喧闹混乱的生活。他疯狂参加派对直至天亮，然后开着他红色的名爵跑车穿过偏僻的东区，在那个时候，没人在意酒后驾车这件事。黎明时分，他就从医院溜出来，跑去街角的酒吧，大清早就和史密斯菲尔德市场的肉商一起喝上几杯啤酒，身穿带着血污的衣服，醉醺醺地庆祝自己熬过了三天三夜的值班。每年夏天，他还会为音乐节的低价票排队，就是那个举世闻名的BBC逍遥音乐节，然后站在皇家阿尔伯特音乐厅内的高处，听着柴可夫斯基和马勒的音乐，心随着音乐飞得更高。

我很确定，音乐对于爸爸而言是一种盛放。在《摇摆贫民区》（*Trenchtown Rock*）一曲中，鲍勃·马利这样歌颂音乐的力量："音乐的好处之一，就是它击中你时，你感受不到丝毫疼痛。"所以那年春天，我偷偷地预订了2017年初夏在阿尔伯特音乐厅的一场逍遥音乐会的票。柏林国家歌剧院管弦乐团将演奏爸爸最爱的曲目之一——爱德华·埃尔加的《第二交响曲》，由大师丹尼尔·巴伦博伊姆担当指挥。我不确定到那时爸爸是否在世，身体状况是否适合去伦敦。但我觉得这些票就像是一种护身符，代表着我对未来的一点儿信心，我将它们藏进了床头柜的深处。

对英国人而言，2017年像是"仇恨之年"。各种各样的恐怖袭击事件如暴雨般冲刷着这片土地。3月，英国出生的恐怖分子哈立德·马苏德驾车在伦敦威斯敏斯特桥冲撞行人，造成4人死亡，随后又下车持刀刺死1名守卫在议会大厦入口的警察。两个月后，另一名恐怖分子萨勒曼·阿贝迪在曼彻斯特体育馆休息区引爆炸弹，造成包括儿童在内的22名演唱会观众死亡。6月，恐怖分子驾驶货车冲向伦敦桥上的行人，并在附近的博罗市场持刀袭击路人，又造成8人死亡。

这个国家被接二连三的事件震惊着。前一年公投造成的创伤还未消除，英国的脱欧决定引发了大量分歧和愤怒，而现在我们又受到了恐怖袭击事件的重击。在这种时刻要想找到继续坚信希望的力量可太难了。在充满怀疑和愤怒的大环境下，谋杀致死人数不断增加，我们四处寻找安慰。面对仇恨，人们展现出了无数本能的英勇之举，就像是小小的奇迹一般，而我的爸爸，和许多人一样，从这些勇气中获得了慰藉。

"你听说伦敦桥上的那个护士了吗？"一天晚上，他在电话里问道。

当恐慌的行人纷纷四散奔逃，躲避意图杀人的男子时，年仅28岁的NHS（英国国家医疗服务体系）护士科斯蒂·博登却选择冲向危险。但她的无私行为、她弯下腰去救助一名伤者的代价，是她自己胸部中刀身亡。救人的冲动夺走了她的生命。

"如果说有谁向我们展示了这世上还有值得相信的事，那就是她了。"爸爸若有所思地说道。我们都在问自己，作为医生，我们是否也有这样的勇气。

7月，英国沐浴在阳光之中，那时爸爸已经被癌症磨去了所有的气力，而伦敦也已经筑起了新的混凝土路障来加强防护，所有可能的人群密集场所都设立了，以防驾车或持刀持枪的歹徒来袭。我原本没有奢望爸爸能撑到仲夏，但没想到，他身体虽然孱弱，却还没有离开我们。欣喜若狂的我开车载着父母去参加几个月前就订好票的音乐会，车就停在阿尔伯特音乐厅边上的停车场，以免父亲过于虚弱走不动。

我们挽着他，慢慢地、一步步地登上通往音乐厅的台阶。我能感觉到他的骨头戳着我的皮肤。那些用于反恐的混凝土路障令我们十分不安。"真到这种地步了吗？"他问道，"听一场交响乐也有生命危险了？"

音乐会开始前，他给我和妈妈各买了一杯香槟。我担心他试图掩饰自己的疲惫，只是为了安慰我们而装作高兴的模样，其实已经过于劳累。但看到他呷着饮料环顾人群，眼神闪闪发光，我心里一阵激动，一切正如我所希望的那样。

我们入了座。"哇，"他咧嘴一笑，消瘦的身子在柔软舒适的天鹅绒椅里放松下来，"这和我在60年代站在天花板那儿听音乐的感觉可不太一样。"选座的时候我花了大价钱，特地选了癌症患者也能坐得舒服的座位。我们坐在一个包厢里，能够俯瞰整个舞台。在音乐厅深邃的穹顶之下，在一排排镀金扶手椅和舞台灯光的映衬下，爸爸看上去一点儿也不瘦弱，而是容光焕发。人们心怀恭敬，音乐厅被肃穆的气氛笼罩着。交响乐团进场，在巴伦博伊姆的指挥下，埃尔加的开场音符响起，充盈着我们的内心和整个音乐厅。

我忘却了困扰我数月之久的那个声音，那个每次在我拜访父母时都要问的问题："爸爸还有多少时间？"我也忘却了失去至爱之人会有多痛。我偷偷地瞟了一眼爸爸和妈妈，看到爸爸捏着妈妈的手，微笑着。鲍勃·马利是对的。音乐，虽然转瞬即逝，却治愈了癌症。

迎着人们热烈的掌声，乐团起立致意，我知道我会将这段记忆封存在脑海深处，假以时日，它也可能会变成护身符。而这一刻，竟还未至"盛放"。

巴伦博伊姆在舞台上转身，面向观众，打破常规地直接向我们说起了话。虽然他坚持他所说的话无关政治，"而是出于作为人类的关切"，但那些话足以登上第二天的新闻报道，足以在社交媒体上引发众怒。作为一个在阿根廷出生的巴勒斯坦公民，巴伦博伊姆曾一度在英国生活，现居于德国，他谈及自己对孤立主义的担忧，并在震耳欲聋的掌声中谈及音乐可以跨越国界的独特能力："如果一个法国人想要学习歌德，他必须有一个翻译。但他不用任何翻译就可以听懂贝多芬的交响曲。这很重要。这就是为什么音乐如此重要。"

一些人可能觉得，他的话对那些去年投票支持英国脱欧的人来说，意味着不必要的指责。但他呼吁人们更多地思考"我们是谁，人类的本质是什么，一个人该如何与同类人相处"。在我看来，这似乎传递了一个完全不同的信息。巴伦博伊姆的愿望是团结，而非分裂。从根本上说，音乐是他与人交往的工具，是不分差异地将人们团结起来的工具。"我们的工作，音乐，是唯一一份无关国籍的工作。没有一个德国音乐家会跟你说：'我是一个德国音乐家，我只演奏勃拉姆斯、舒曼和贝多芬的作品。'"

我看向爸爸，笑了。我们常常激烈地争论英国在欧洲的角色，爸爸是一个渴望英国拥有独立自主权的"脱欧派"，而我则是一个自豪地持有欧盟护照的"亲欧派"。毫无疑问，我们两个人都被巴伦博伊姆的话深深地触动了，他用雄辩证明了自己的观点。在这座刚刚被混凝土路障包围起来的音乐厅里，他一针见血地继续说道："宗教狂热主义不能仅靠武器来对抗。只有让我们团结起来的人道主义才能战胜世界上真正的邪恶。其中，也包括你。接下来，我会向你证明这一点。"

他转过身面向乐团，举起了指挥棒。厅内一片寂静。接着，他为我们带来了两首安可曲。第一首是爱德华·埃尔加《谜语变奏曲》（*Enigma Variation*）中的第九变奏《猎人》（*Nimrod*），是我父亲最爱的曲子。另一首则是埃尔加作品中被公认为最具爱国情怀的作品，《威风凛凛进行曲第一号》（*Pomp and Circumstance March*），更多的人称其为《希望与荣耀的土地》（*Land of Hope and Glory*）。这两首歌颂盛世与帝国的作品颇具政治意味，满载着不合时宜的情怀，却在伦敦由柏林最好的音乐家们充满爱意地奏响。就在那儿，在比一切言语都更有力量的音乐中，在一个被分裂与恐惧困扰的国度里，我们重新拾起我们所共有的力量。

然而在当时，在弦乐起伏间，这些我都没能想到。爸爸听到了《猎人》。一想到《猎人》，我的心就释然了。他最爱这个片段，以至于我还是个孩子时就耳濡目染地爱上了它。那时我还太小，不理解"爱国主义"和"帝国"的含义，我只是注意到，当爸爸调高音量，音乐就会令他情绪高昂。铜管和鼓发出的乐音像雷鸣，像闪电，在我的胸腔里激荡，仿佛全世界的力量都凝聚其中。我从小就知道，《猎人》是爸爸的国歌，自然，它也成了我的国歌。

我微笑着看向父母，在音乐厅的灯光下，我看见他们脸上闪烁着欣喜的泪水。这一刻，巴伦博伊姆用埃尔加的乐曲来证明人类共通的人道主义情怀，却在不经意间，令舞台右侧包厢里的垂死老人重获了一会儿活力，多么奇妙，多么不可思议啊！

在如今这样发达的世界里，人可能终其一生都不会目睹死亡，但想到每年有50万英国人和250万美国人死亡，还是很令人震惊的。

　　不过一个世纪前，像我们现在这样远离死亡几乎是不可想象的。那时人们离世时和出生时是一样的，都在自己的家中，在家人亲密的陪伴下，而非裹尸于医院的床单中。但如今，无论出生还是死亡，基本上都被制度化了。我们生命中唯一确定的两件事被外包给了专业人士。在英国，仅有2%的婴儿在家里出生，而尽管有2/3的人表示想在自己家中离世，但最终实现的人也不过1/5。医院、宁养院和养老院成了现代死亡的新场所。

　　医生也参与到死亡这件大事中来，身负不同寻常的职责。我可能是其中最为特别的一类。我的专业是缓和医疗①，我利用自己所受的培训和技能，专门帮助绝症患者尽可能充分地度过余生，并带着尊严舒适地死去。简单来说，面对死亡是我的日常工作。在我的工作中，整整一周没有患者去世的情况少之又少。

　　大部分人听说我这份工作后，第一反应总是皱着眉说："我不知道你怎么能受得了这个。"当人们一想到死亡就退缩的时候，你几乎能感觉到他们在极力地压制逃离的冲动。我不怪他们。我也曾退缩过。失去心爱之人的痛苦远超一切，而且不可避免的事实

---

① palliative care，也翻译为舒缓医疗、姑息医学。世界卫生组织提出的"缓和医疗"原则有三：重视生命并承认死亡是一种正常过程；既不加速，也不延后死亡；提供解除临终痛苦和不适的办法。中国通常使用由hospice care翻译而来的"安宁疗护"，hospice care也翻译为临终关怀、安宁疗法、宁养照护等，其内涵与缓和医疗类似。

是，死亡就像分娩一样，可能是令人精疲力竭的，尽管远没有我曾经想象的那么常见。一位患者曾对我说："我并不害怕死亡，我只是从来没有想到它是如此艰辛。"

医学的魅力很容易理解，它包含着权力、尊重、地位、感恩。但究竟是什么原因让一个医生在经年累月的艰苦研究之后，拥有令孩子的心脏重新跳动、令人重见光明、令残肢复原、移植肾脏等来之不易的潜力，却选择置身于死亡和濒死中？每一天都在悲伤与难过中度过，被挫败感俘虏，感受医学的无力，这样的日子究竟有何魅力可言？

如果说神经外科医生是站在医疗体系顶端的摇滚巨星，他们是性感的、有领袖气质的、令人心动的英雄，那么缓和医疗医生就是寒酸的配角。在医疗体系中，地位甚低的我们总是潜伏在暗中，因为离死亡太近，而无法给人安慰。当富有魅力的兄弟部门竭尽全力而无计可施时，我们便使用吗啡和咪达唑仑在暗中干预。医院里没有人真正知道我们在做什么，通常也没有人想知道。死亡因各种原因成为一种禁忌，尤其当人们害怕它可能会传染时。

在我刚刚获得医生资格后不久，一位肿瘤学专家顾问用一句话总结了某些保守派对确诊绝症的态度。当时我们刚刚离开一位患者的病床，尽管她已经做了最后一次化疗，她的癌细胞还是扩散了。"我们已经无能为力了。"顾问站在水斗前说道，他在字面意义上和隐喻上都把她放弃了，"送她去缓和垃圾箱吧。"

　　他的话惊得我愣住了。一旦药物无法延长患者的生命，医生就会把患者当作垃圾一样抛弃，认为他们的生命毫无价值了，真有这样的事吗？当时，我无法想象还有比这更令人反感的念头了，但是，如今我回忆起来，猜想那位顾问大约是在拙劣地调侃，他因为自己的无能而尴尬和不安。死亡唤起的情感实在过于复杂。

　　即便是我这样一个每天与死亡打交道的专业人士，面对这个话题时也是小心翼翼的。比如，我自己的孩子仍然不清楚妈妈在医院做什么，我也不知道要等他们长到多大，才能够完全放心地向他们解释一切。我想，他们大概认为我在医院救死扶伤吧。毕竟，那才是医学的经典定义。影视剧里的医生总是在荧屏上风风火火地奔来跑去，指挥现场，用自己的专业拯救世界。听诊器代替了斗篷，但医生仍然是英雄，延长生命，对抗死神，扮演上帝而不受惩罚。

　　在我还是个孩子的时候，我总是追随着医生父亲，从他身上看到了医生一种不同的、更安静的行医方式。在这种方式中，医学成就或许不那么大，却更仁慈、更人道。我从他无穷无尽的故事中学到：即使患者的情况看似已经无望，但作为一名医生，只要遵循基本的人性，心怀关切，总可以让患者好过一些。这是值得效仿的。这个道理无疑深深地印在了我的脑海里。而在20年后，当我终于也成为一名医生时，我发现医院的高压环境会抹杀我曾经最为父亲感到自豪的品质——对待患者谦逊温和，心怀博爱。疲惫的医生们迅速倦怠，厌烦地进行着诊疗。

　　反常的是，在医院里，能允许我作为一名医生蓬勃发展的，恰恰是最充满恐惧与禁忌的病房：住院部的安宁病房。如果我说，如今在那里的工作比之我所能想到的任何其他医学形式都更让我振奋，更让我觉得充满意义，你可能会觉得在宁养院里待得太久让我的脑子糊涂了。但缓和医学的重点并不在于"与死亡为邻"，而在于生命中那些最美好的部分——善良、勇气、爱心、温柔——往往浸润在人们生命的最后时刻。这里的工作可能充满混乱、一片狼藉，甚至可能出现因悲伤而生的暴力，但在我身边的都是最了不起的人，他们无法回避现实和生命的无常之痛，却一如既往地去生活、去爱。

　　无论怎么说，我已经花了半辈子与临终和死亡打交道。无忧无虑地伪装的日子不多了，像大多数人一样，我也有过类似的经历。我曾从一枚恐怖分子的"钉子炸弹"下侥幸逃脱，从薄冰之上的汽车残骸中爬出来，甚至曾与刚果儿童兵的子弹擦肩而过。然后，在选择成为一名医生的同时，我选择了更密切地关注死亡，以及它所带来的不可避免的悲伤。最终，当我选择缓和医学作为专业，当我真正靠近死亡，我了解到，它并不是你想象的那样。垂死的人也是活着的，跟其他人没有什么不同。在宁养院里，只有生命的本质，那些美丽的、苦乐参半的、脆弱的生活才真正重要。我们的工作会让你大吃一惊的。

1

所有人都在过着借来的时间，抓紧每一天

我们所有人，都在一种被遗忘的状态中漫游，

过着借来的时间，抓紧每一天，逃避着命运，

钻着空子，不知头顶的巨斧何时会落下。

——玛姬·欧法洛，《我是，我是，我是》(*I Am, I Am, I Am*)

我记忆中第一次思考死亡是在 7 岁，那时我还是个容易受人影响的孩子。我早期对死亡的病态迷恋是受杜瓦太太的启发，当时正值冷战期间，她是我的小学老师，优秀而有个性，满脑子都是苏联。她瘦削，易激动，有着锐利的目光，只消一瞬，就能从减法聊到"相互保证核毁灭"，让小听众们着迷并瑟瑟发抖。

按理说，孩子们每天全神贯注于日常生活中的重要事情，会让他们忽略自己的必死命运。但我记得 7 岁的时候，我每天晚上睡觉前都会担心第二天早上可能就没命了。我会直挺挺地躺在羽绒被下面，害怕得睡不着，而当我入睡之后，梦里总是出现蘑菇云。有一天，凌晨时分，一个闯入者笨手笨脚地弄出了当啷声，把我

父亲惊醒了。什么都没穿的父亲只拿着一根拨火棍就蹑手蹑脚地走进客厅，样子既像超级英雄，又像班尼·希尔。他发现根本没有什么戴着手套和面具的小偷，只有他那梦游的女儿，把家中的饰品撞得东倒西歪。我当时正沿着窗台摸索着前进，眼睛紧紧闭着，口中念念有词，说出我内心的恐惧。黑暗中，爸爸一把把我捞起，然后送回了被窝。我现在还能回想起当时那种绝对安全的感觉，就好像只要被他抱着，就没有什么能够触碰我。

我早期对于核末日的焦虑感很快就被更迫切的问题取代了，比如，7岁的本·哈代到底会不会和我结婚，他因午餐除了番茄酱三明治外什么都不吃而闻名我们班。事实证明，跟大部分孩子一样，我确实对生活太着迷了，没有仔细思考像死亡这样抽象又虚无缥缈的概念。

如果说死亡还会以什么形式突然出现，那就只有"不正经"的娱乐了。比如，每个周五放学后的晚上，我和姐姐、弟弟把自己洗得干干净净之后，就会迫不及待地爬到沙发上，一起看BBC电视台播出的关于人猿泰山的黑白故事片，那是我们每周的美好时光。主演约翰尼·韦斯默勒原是一名获得过奥运金牌的游泳名将，20世纪30年代，他转型成为好莱坞演员。在电影中，他一路奔跑、跳跃，呼啸着穿越丛林，油光锃亮的六块腹肌闪闪发光。不过，我们真正爱看的并不是约翰尼，甚至也不是他野性未驯的小跟班，一个脸蛋脏兮兮的被称为"男孩"的孩子。我们真正爱看的，或者说当时只有八九岁的我们爱看的，是每部电影结尾时的可怕场景，那时坏蛋都会受到特殊的惩罚。"是树！"我们中的某个人会残忍而兴奋地喊道，可不是所有电影都会像泰山电影一样有个让人毛骨悚然的结尾。

"树"意味着狂暴的土著人（泰山这么称呼他们）会把坏蛋绑在两根交叉的树干上，抬到空中。坏蛋的左臂和右腿被紧紧地绑在同一根树干上，右臂和左腿绑在另一根上。而在那个倒霉的坏蛋下方，狂乱的丛林鼓点越奏越响，土著们纵情起舞，几近疯狂。泰山通常会被隐藏起来或是被抓住，对即将发生的屠杀无能为力。一把大弯刀被高高地举起来，在阳光下轻轻颤动。然后，突然之间，固定树干的绳子被砍断了，画面中某个女星痛苦地移开视线，树干随着枪响"砰"的一声断开，将坏蛋干净利落地一分为二。

"是树，是树！"我们会吵吵嚷嚷地笑起来，继而陷入万年不变的热烈讨论，每周都是如此。

"人是不会被撕成两半的啦。"我们中的某个人会断言。

"不，可以的！就从正中一分为二。"

"不，不会的。腿会先被扯断，然后是手臂，断肢还留在树干上，身体就直接掉下来，然后你就会因为失血过多而死。"

"不，事实上，你的身体是会被撕成两半的，一直撕到脑袋，然后你的头盖骨就掉了，你就死翘翘了。"

讨论会一直这么持续下去。爸爸偶尔能按时下班回家，和我们一起坐在沙发上，共同沉浸在这场米高梅的"大屠杀"中。他在看到"树"这一幕时也会笑得前仰后合。对他来说，这是一种额外的特别的享受。

对一个20世纪70年代生的英国孩子来说，戴立克①、狼人、赛博格或是鲨鱼的屠杀场面，绝对是英国电视节目的亮点，越恐怖越精彩。我们也知道看到血浆就兴奋有点儿不得体，但那些终究是虚构的荧屏场面，死亡幻想罢了，所以也是可以开心一下的吧。

不过，那时有一次，爸爸给我讲了个故事，那可能是我有生以来第一次真切而不安地感受到死亡的意味。我的父亲从医已有40年，那个年代的家庭医生大多是全科医生，他们不分昼夜地为本地社区服务，几乎全年无休。而在那之前，就和他的父亲一样，他曾作为军医为皇家海军效力，远渡重洋。他的航海故事着实惊呆了我。在我看来，他的专业为他染上了一层巫医般的黑色魔法。作为一名海军麻醉医师，他拥有神奇的能力，可以用一种神秘的蒸汽"让人陷入沉睡"。后来我注意到，这就是我朋友的宠物狗的最终下场——从此一睡不醒。

一天，爸爸跟我说起军舰在中国南海巡航时的事②。我向来爱听爸爸的行医故事，他说的每一个字我都喜欢，在我的坚持下，

---

① 英剧《神秘博士》中虚构的外星人种族，以毁灭为目标，极具侵略性。后文提及的"狼人""赛博格""鲨鱼"均为该剧中出现的危险外星生物。——译者注

② 作者父亲讲的故事发生在香港回归前。

他总是讲了又讲。在那些故事里，无论患者携什么难题而来，刺激、创伤也好，辛酸、绝望也罢，爸爸好像总能自信满满地挽救生命，仿佛身负神力，无所不知。在他看来，他或许只是一个普普通通的医生，没有什么特别的地方，但在我这个孩子眼中，爸爸在他的故事中是当之无愧的英雄。

然而这个故事却和其他故事截然不同。一场爆炸炸裂了锅炉房，消息层层传递至军舰的医务室，两名年轻的水兵在爆炸中受了伤。当时，爸爸只是一个刚从医学院毕业没几年的年轻小伙。"他们甚至比我还小，"爸爸跟我说，"最大不过十八九岁。"某个压力阀故障导致蒸汽不断累积到危险的程度，当压力阀最终不堪重负爆炸时，两个男孩从房间被弹飞出去，他们身上的大部分皮肤都被烧伤了。

"他们死了吗？"我问爸爸，无法想象在这样严重的事故下还有人能够幸存。

"没有。最起码，一开始没有死。这才是糟糕的地方。"

爸爸接着说起之后的事，他完全沉浸其中，都忘了自己在跟一个孩子说话。两名受伤的水兵都还活着，他们被成功地从事故现场拖了出来，被迅速送往医务室。医务室里，爸爸和他的上级医师拼命稳住伤者的情况。他们处理烧伤，进行气道状况评估，准备静脉注射，随后开始为伤者输液和注射吗啡。

"什么是吗啡？"我问道。

"一种非常强效的镇痛药。尽管实际上他们并不需要。他们几乎都不疼。"

这点让我很困惑，因为我知道小小的晒伤就让人很难忍了。爸爸直截了当地解释道："因为皮肤里神经末梢的存在你才能感觉到疼痛，而他们身上几乎已经没有皮肤了，自然也没有神经末梢了。他们感觉不到疼痛。雷切尔，他们笑着聊天，如释重负，以为自己幸运地逃过了一劫。"

父亲说话时的神情让我不由自主地坐直了向他靠去。他说着说着，仿佛回到了那里。

"我们离岸有几百英里①远，必须赶紧驶向中国香港把男孩们送去医院，估计至少要花一天，甚至两天时间。我的工作就是陪伴他们，安抚他们。他们并不知道自己快死了。他们怎么会知道呢？他们一点儿都不疼。眼睛被蒙上了绷带，他们看不见自己的伤口。但是我知道。我知道他们身上这么严重的全皮层烧伤是致命的，我知道在我们靠岸前他们就会失去意识，而我最重要的工作就是对他们说谎。"

出于职业责任的说谎，这种事我以前想都没想过。9岁的我古板得很，甚至都不确定自己会赞同"善意的谎言"。我喜欢泾渭分明的价值观——错就是错，对就是对，黑就是黑，白就是白，要么可贵至极，要么一文不值。但是在这一刻，爸爸脸上露出的悲

①　1英里约为1.6千米。

伤，绝对不止一种。他知道患者的器官正不可阻挡地逐一衰竭，却没有告诉他们，他一定因此而感到痛苦。他接着说了下去，嗓音越发温柔起来。

"皇家海军安排男孩们的父母飞去中国香港，所以男孩们知道，或者说他们以为自己知道，我们一到那儿，他们就能见到自己的父母了。其中一个男孩有女朋友，他担心自己在她眼里的模样，所以我撒谎了。我说得好像他们能够浪漫地重逢。我努力让他们觉得未来可期。他们都刚成年不久啊，雷切尔，对我来说，他们看起来还是两个孩子。大约24小时过后，他们开始变得昏沉无力，不久就都失去了意识。"

"但……你难道没办法救他们吗？"我问道。

"没有。一点儿办法都没有。"

"那，后来……他们死了吗？"

"是的，他们死了，雷切尔。"

爸爸把目光移开了一会儿。我很想哭。我不知道哪件事更让我不安，是两个年轻人无知无觉地驶向人生的终点，还是我父亲那不能自持的眼神。我一直以为，成为一名医生，会让人更近似于神，我喜欢把父亲放在心中的神坛上。而在那一刻，即便当时无法用言语说清，我仍然领悟到了一个关于医学的令人不快的事实：医生的工作的确非同寻常，但扮演医生角色的人，就和他们的患者一样，只是普通人。无论喜欢与否，我都不得不承认我的父亲和我们所有人一样，也是一个会犯错的、会脆弱的人。尽管我当时并不知道何谓"共情"，但我感受到了一点儿父亲的悲伤。

在爸爸的故事中，没有哪个故事比这个更令我印象深刻。孩童时期的我曾无数次见到父亲因工作而麻木、疲惫，他回到家后什么也做不了，只能一手拿着一杯加了奎宁水的杜松子酒，一手拿着报纸，扑通一声倒在沙发上。但在知道这个故事前，我从没想过，或许他行医的核心在于仁慈，而非英勇；我也没想过，向善的本能会让一个人付出多大的代价。

许多年后我才明白，在那个时刻，当我的父亲在甲板下一间没有窗户的医务室里忍受闷热难耐时，他其实是在努力施行一种简单而又异常可怕的缓和医疗，而它所带来的痛苦从未完全从父亲身上消失。我的父亲在那天所做的，对两名年轻的水兵撒谎，是在试图维持他们的生命质量，不论生命还剩多久，即便死亡近在眼前。就传统的医学意义而言，他所做的毫无助益。他没有延长生命、使生命强健，也没有减缓死神的步伐、促进患者的健康。然而，就人道关怀而言，面对两个年轻人焦黑的血肉和他们即将到来的死亡，他控制住了自己的恐惧，始终陪伴在他们身边，让他们不感到孤独。或许在那令人难以忍受的遭遇过后，他已经让他们好过了一些。或许他已经完成了最重要的事。

21世纪的死亡已经被电视化、数字化美化了，随处可见。我对死亡变成荧屏娱乐的初印象还要多谢约翰尼·韦斯默勒的大秀肌肉。而我儿子的情况又有所不同。八九岁的时候，每天下午，他和朋友们回来后就沉迷于充斥着血腥的故事，在游戏机上玩消灭部落的游戏。先不说我自己童年时曾因见到近在咫尺的死亡而恐惧难安，我担心的是我儿子过早地接触这些虚拟的持枪犯罪，会给他潜移默化地注入一种对死亡的麻木态度，甚至更糟的是，会美化随意性的杀戮。不过，芬恩让我很安心。他清楚地知道荧屏与真实生活的区别："呃，妈妈，你知道树长得不是像素格子的样子吧？"

因为父亲是一名医生，母亲是一名护士，对于大多数人都觉得抽象的死亡，我和姐姐、弟弟有着截然不同的感受。医生家庭长大的孩子经常在非常早的时候就发现，家与医院之间并没有明确的界限。爸爸讲的故事是其一，但还有更关键的，他总是全身心地投入患者的生命，有时甚至在不经意间将"死亡"带回家，让我们迎面而对。

有一次，在一个悠闲的星期日午后，一通来自警局的电话让爸爸不得不放弃灰烬杯板球赛。那一周烈日当头，草地还没有修剪，一场史诗级的运动对决让整个英国为之沉迷。不同寻常的是，这一次，爸爸观看英格兰板球队横扫澳大利亚队的愿望没有得到满足，不是因为对医学专家的迫切需求，而是行政流程需要，因为只有值班医生才能出具有效文件。距离我们家几英里远的地方，一名年轻男子在淡蓝色的天空下选择卧轨，任由高速飞驶的火车带走了他的生命，在这样的突发或意外死亡事件中，要求医生出具死亡证明。

临出门前，爸爸对妈妈咕哝了好几句，你可以想象，姐姐、弟弟和我都被蒙在鼓里。但在爸爸回来的时候，他愤怒的咒骂如雷鸣般响起，我们很容易就能听出是什么惹得他暴怒。"完全就是在浪费时间……根本就不需要什么鬼医生……他整个人都被涂抹在那五百多米长的铁轨上了，老天爷啊……他的碎渣都溅到黑莓丛里了。"

我的提问无疑使爸爸在那个下午的心情变得更糟了。"等等，发生了什么？你说'涂抹'是什么意思？什么掉在黑莓丛里了？"我连珠炮似的问出一个又一个问题。爸爸怒火中烧，我可以看出他不仅仅因为错过了板球赛而生气，但他不得不给我做解释，用孩子也能听懂的词语向我说明：根据法律规定，即使一个人的身体在铁轨上被碾压成了小块，也需要医生诊断并出具死亡证明。

和照料两名濒死水兵的经历一样，这个事件也从未真正从父亲的记忆中淡去。多年来，我们会不断聊起它。尽管爸爸完全理解彻底的绝望会让人走上自杀的道路，但他还是更同情那天下午在铁轨旁遇到的火车司机，当时司机正在颤抖着、呕吐着。

"那个时候，"爸爸告诉我，"还没有什么心理咨询或休假之类的福利提供给经历这样事件的人。你只能第二天回到岗位上接着工作。"

而有一点爸爸从来没有坦承过，那就是，这事件对他以及警察和铁路工人造成的伤痛。他们都在一个7月底的周末被急匆匆地喊出门，抛下家人，调查刚刚被碾碎的尸体残骸，头顶的夏空宁静得近乎冷漠。想想司机不得不忍受的一切，爸爸是怎么能做到不说的呢？

在那个星期日，还是孩子的我懂得了一件事：死亡可能随时随地发生，突如其来，恐怖难挡。死亡拥有改变人生的力量，那些与死者素昧平生的人，他们的人生都会被一时地改变，更别提深爱死者的人们了。我看得明明白白，不管怎样，我们其实都只是在死亡的间歇中活着，它可能化身为愚蠢、绝望，或者就是霉运。灾难随处潜伏。

那天剩下的时间里，爸爸暴躁而不耐烦，我们都小心翼翼地给他腾出空间来。我无法想象他当时的工作，说实话，也不愿去想。

童年时我对医学的想法，更多的是一种矛盾心理，而并非热情。一方面，我沉迷于爸爸救死扶伤的故事；另一方面，和许多孩子一样，我非常清楚医生可以不经患者同意就冷酷地下手治疗，即使是我爸爸也一样。

有一个最好的例子，某一次，还是孩子的我差点儿就很轻易地死去了。那次我们自驾前往苏格兰高地的威廉堡，准备在山中的小木屋待上几周。当时姐姐、弟弟和我已经到了可以自己在外面玩的年龄，于是我们接连好几小时在溪水中"筑坝截流"，爬树，最刺激的要数用绳子荡过一条河。不过我在荡绳方面差劲得很。我很怕自己会掉下去，只好让发软的双腿拖在身下，而其他人都把身子紧紧蜷缩起来，像子弹一样冲到了对岸。

每个人都在告诉我怎样才能荡得更好，我内心涌起的差耻心慢慢盖过了胆小害怕。我站在河边，全力抓紧绳子，心想着这次一定要成功荡到对岸去。其他人像裁判一样站成一排在边上看着。我深呼吸，下定决心要挽回形象，短暂的沉默之后，我把自己抛向空中，屈起双膝向眼睛靠近。

接下来，我就听到了什么声音，那声音听起来比指甲在黑板上刮的声音还让人难受，一阵震耳欲聋的尖叫声从远处传来，随着时间的推移，越来越响，越来越吓人。过了一两秒，我才意识到，原来那是我发出的声音。我惊讶地发现自己正坐在水里，水没到了我脖颈处。但更令人感到困惑的是，我既不害怕也不疼，那我为什么要尖叫呢？我粗糙的手开始又抓又捞。我的尖叫声把大人们从小木屋里引了出来，他们冲过来，手忙脚乱地从泥泞的河岸边下水，把我拖回草地上。他们又是提、又是拖的，搞得我一阵吃痛。我太震惊了，又恶心难受，便晕了过去，都来不及让他们温柔一点儿。

　　父亲把我背到了木屋里，接着，就像所有医生都会做的那样，他对我进行了快速的临床检查。我还记得妈妈当时的脸色，她又痛苦又焦虑。爸爸直接查看起我的右臂，评估关节活动度，而它现在就像喝醉的人的手臂一样瘫软地悬在床边。当他抬起我的手臂的时候，我感觉骨头顶着骨头在摩擦。冲击力使我的肱骨头折断了，我感觉从来没这么疼过。妈妈眼看着我在沙发上又晕了过去，实在是忍不了了。"天哪，马克，停下来。你看看你把她弄得多疼。"

　　她简单说了几句，但是我没听清说的是什么。

　　我们出发前往最近的医院，在弯曲的山路上颠簸了大概一小时。我全程缩在后排座椅上，试着稳住自己不在车子转弯时跟着摇来晃去，但是没用。坐在前排的爸爸妈妈讨论着我的手臂要不要打外科钉进行固定，还说，就差三四厘米我的脖子就可能骨折了。我闭着眼，假装在睡觉，暗暗感谢妈妈让爸爸转弯时不要开得太猛。一场外科手术后，我们又花了一个晚上在山路上开车回去。剩下的假期里，我的手臂都被一层层高密度泡沫垫抬高到水平的位置，并用外科胶带绑在我身上。我看起来滑稽得很，自己也觉得很可笑。

　　童书作家罗尔德·达尔曾在访谈中表示，成年人应该趴下来，用手和膝盖爬行一周，来回忆一下生活在这样一个世界里的感觉。

在这个世界里，所有的权力都掌握在俯视你的人手里。没有什么地方比在医院的诊疗室里更能展现作为孩子的无力感和屈辱感了，在那里，你的喉咙里可能随时被探进一根压舌板，或是耳朵里随时被塞进一根金属探棒，还有味道恶心的液体或是医生的口臭。如果你的父母是医生，那你的整个世界都有这些危险，就连暑假也不例外。要不是妈妈的反应如此强烈，我从来不会怀疑爸爸会为了下诊断而把我搞得痛晕过去。但我后来想到，这也许是一种古怪的父爱吧，保护自己的孩子有时意味着要让孩子受点皮肉之苦。

大约六个星期后，站在医院门诊部的条形灯下，我光着膀子上了沉痛的一课，明白了医生绝不是那个唯一能够掌控和施加疼痛的人。我的肱骨已经痊愈，是时候把泡沫垫和胶带拆除了。护士一脸严肃地掀起胶带的一端，试图把它撕下来，我一点儿都不喜欢她当时的表情。她把头发紧紧地扎在脑后，薄薄的嘴唇抿紧，看起来非常像罗尔德·达尔的书里的反派。当她噘起嘴唇准备拉胶带时，我确定她乐在其中。

我疼得倒抽气。胶带紧紧地粘在我柔软的孩童皮肤上，撕开胶带的力道都把我的皮肤表层清理干净了。那个护士故意慢慢地绕着我走，一边走一边扯下半透明的胶带。我低头看到血珠正滴在我的腹部。在房间一角的妈妈惊呆了。我咬紧牙关，盯着荧光灯，暗自发誓绝不发出任何声音，即便我噙满泪水的眼睛已经将我出卖。

"好了。"护士说道，把带血的胶带和泡沫垫扔进医疗垃圾桶里，"其实也没那么糟，是不是？不知道你之前在担心什么。"

几个星期之后，我揭掉胸廓上的痂时，想到她还是恨得牙痒痒。至于这边或那边差一两厘米，向左倾斜或向右倾斜，可能是我的脖颈而不是肩膀会断成两截……诸如此类的事早就被我忘得一干二净了。等到许多年后我才意识到，原来那个时候我离死亡只有一步之遥。不幸的是，我们身边总是伴随着各种可能发生的事情，幸好，这次没有发生。

我追随父亲的脚步踏上学医之路其实早就有迹可循：在乡间遛狗的时候我会搜寻猫头鹰食丸，然后花上好几小时解剖食丸，挑出小型啮齿动物的骨头，细致地贴上标签，把它们固定在硬纸板上。后来，第一次在学校学到关于女性生殖系统的知识时，对于月经会带来的混乱、尴尬和不便，我实在过于震惊，以至于整整一个下午的两节生物课时间里，我都在小心翼翼地重新设计骨盆结构图，好让经血能够从子宫流向结肠，这样就能巧妙地避免麻烦的月经周期了。在那时的我看来，我的更新版女性生殖系统可比自然进化强多了。

但是童年的我并不想长大后成为一名医生，而是想成为一名作家。我不敢相信，大人们因为写故事这样的好事就能挣到钱，或者每周可以从图书馆里一次性借8本书，8本哎！又或者，世界上居然存在能够告诉你每个单词含义的非凡巨著。妈妈说有一天我是飞奔下楼，把书捧到她面前的。"妈妈！你知道这本叫《词典》的书吗？"我欣喜若狂地宣告天下，"它能告诉你每一个单词的含义，甚至还能教你怎么说。"

在放学后和周末，我沉迷于将自己的故事誊写到有着粗糙插画的手工笔记本上。涂鸦很明显是非常血腥的，有着内脏和断肢，这点要怪我的父亲。爸爸有一间特别小的房间，里面有跟天花板一样高的书架。众所周知，这间"图书馆"，从詹姆斯·乔伊斯到哈罗德·罗宾斯，从艾萨克·阿西莫夫到杰弗里·阿切尔，无所不包。我还很小的时候，就会偷偷摸摸地大看特看那些与年龄不相符的内容。夜深时，爸爸妈妈都上床休息好一会儿了，我还拿着手电筒躲在羽绒被下继续看书。詹姆斯·邦德和女间谍玉娇龙系列最是生动刺激，埃德加·爱伦·坡的恐怖故事则让我既恶心又着迷，是我自己创作恐怖剧情的灵感来源。

当然了，最好的故事不是来自书，而是来自爸爸的亲身经历。马克·伦德尔医生逐渐与患者的父辈和子孙都熟识了，他清楚地了解他们的爱、失去、艰难与愉悦，这些把一家人团结在一起的情感，有时也会把他们分开。在爸爸工作的小镇里，他要是沿着街道走上一路，一定会收获一连串愉快的问候。圣诞节的时候，很多感恩的患者送来的礼物多得圣诞树下都放不下。

　　但是在他的孩子们看来，这一切都是毫无意义的。他把时间都奉献给了自己的患者，也就意味着没有陪伴我们和妈妈的时间。就像许多医生一样，爸爸常常在一天结束后回到家，就像一片被彻底收割的稻田，被清空、耗尽了。他倾注所有精力在一场接一场的门诊咨询上，一点儿没有留给家庭。这个听起来无害的"三分之一"值勤表，是他作为全科医生的标准排班表，必须履行起来，才能让别人信任自己。在他的工作生涯中，每隔三天，他就会连续工作36小时，从当天早上9点到第二天晚上的6点或7点。整整一个通宵，患者们会随时打电话让他去家中出诊。当爸爸出诊时，妈妈还要替他接电话，所以我的父母其实都经受了半永久的睡眠剥夺。有时，在恶战了一夜之后，爸爸还要帮我们做好早上上学的准备，他看上去那么憔悴而疲惫，连咖啡都煮不了，更别说还要再坚持一天为患者做可能涉及生死的抉择了。疲劳让他的脾气变急了，往往我们还在手忙脚乱地收拾书包和穿鞋，他就把我们拖出门厅了。

　　一年中有一次机会，我得以目睹让爸爸如此投入的医学世界的模样。每年圣诞节，我和姐姐、弟弟都会撕开袜子里装的礼物盒，将特别的节日早餐吃干抹净，然后和父母一起开车前往爸爸工作的本地医院。这些乡村小医院现在大部分都已经关闭了，但之前它们却能让村民不必长途跋涉去市医院看病，就近就能得到医生的照料，而本地的全科医生对村民们的生活和问题都非常熟悉。婴儿在那里出生，祖辈在那里离世。我的父亲熟悉他们每一个人。

　　每年，会有那么几个患者，或男或女的耄耋老人，不得不留在这家小医院过圣诞节。爸爸会带着他年幼的孩子，从一个病床走到另一个病床，亲切而轻松地和患者聊天。不过五六岁的我在那些上了年纪的患者身边总是局促不安，碘和体液的味道让我恶心反胃。那里几乎没有其他人会去。有时，对于这些患者而言，医生的问候仿佛是整个圣诞节的重头戏。

　　尽管我有各种焦虑，不知道该说什么、该做什么，担心会不会有人下一秒就在我面前咽下最后一口气，但有一件事我很清楚：这些干瘪的苍老脸庞会因为我父亲的到来而喜出望外。当我和姐姐、弟弟悄悄走近他们身边时，他们常常会因为能和孩子们聊天而眉开眼笑。不知怎的，我知道，尽管我感到既害怕又尴尬，但是对于那些卧病在床的患者而言，小小的我们在圣诞节早晨的拜访有着重要的意义。

　　等到我为自己选择A-level课程①时，我感觉医学和人的关系并不比中学化学和医学的关系更密切。除了爸爸。他是关键的一环，是他令医学有了人情味。随着我逐渐长大，那些我曾热爱的故事，比如，将爸爸塑造成我童年印象中的平面英雄，现在逐渐

————————

① 即英国普通中等教育证书考试高级水平课程，也是英国学生的大学入学考试课程。——译者注

成为一种复杂而微妙的、联系父女情感的宝贵方式。当我们谈起他的患者时，他会对我敞开心扉。这位克制而自省的医生，他的失落与失败、那些患者的死亡，就像铁锈一样附着在他的心上。我第一次突然意识到，或许多年之前爸爸摆弄我受伤的胳膊时，他感受到的疼痛跟我一样多。

"爸爸，你知道如果我的 A-level 选了英语就不能再选化学了，对吧？"

一个星期日的早晨，我们两个在房子周围的农田里一边遛着狗一边聊天。第二天就是我提交 A-level 选修课表的截止日期了。我的高中很小，化学课和英语课在课表上有冲突。爸爸很清楚这意味着什么。

"所以说，如果你选了医科必需的科目，你就不能选你最爱的那门课了？"

我点点头。我们接着往前走，自然地保持沉默。远处，我家的拉布拉多犬正没头没脑地拼命追兔子，看得我们都大笑起来。我们避开牛粪堆，一步一个脚印地踏过泥地。我犹豫再三，还是问出了那个明知道父亲不会回答的问题。

"爸爸……你觉得我应该去做医生吗？"

如果他说"应该"，我会立刻跟随他的脚步去学医，我知道，他也清楚这一点。他停了一会儿，然后笑了。"我不能告诉你该做什么，雷切尔，只有你自己知道。"

我的父母令人钦佩，他们从来没有试图让我依照他们觉得最好的方式去生活。我知道为此我应该万分感激，但我仍然渴望得到爸爸的指点。讽刺的是，说到底，是因为他我才不将医学作为未来职业之选，选择钻研文本而不是走进实验室。我担心成为一名医生并不是出于真正的职业理想的考虑，而是在我内心深处想让他为我感到骄傲。

我怀着一个朦胧、浪漫、幼稚的想法，我想用语言让世界变得更美好，而不是通过治疗帮助人们。我知道，故事远不只是娱乐。故事不仅可以拯救生命，有时人们还会为了讲述故事而付出生命。发出声音，说出真相，在世界的另一个角落可能意味着死亡，这让新闻工作看起来像是道德使命。这么多年来，我听着爸爸讲的让人揪心的行医故事，却从来没想到过，新闻和医疗这两种工作的核心本质可能就是讲故事。

我后来就没再想过学医或者死亡之类的话题，我最终选择了哲学、政治学和经济学专业。直到进大学前夕，我才又一次在肾上腺素飙升的状况下，被迫与死亡面对面。

那是一个深冬，就是那种常见的英格兰冬日，阴沉得好像黎明从来没有到来，才到下午茶时间，白日就消失了。不过，我村里的朋友有个计划。那天晚上汤姆出现在我家门前，人都没站定，手指上转着一串破旧的车钥匙。"我的车，我的！"他得意地炫耀，"想转一圈不？"

我呆呆地看着车道上的那辆小破车。在我看来，这些早该退休的轮胎比世上跑得最快的法拉利还刺激。一辆汽车，无论什么车，都是逃离穷乡僻壤的好工具。我完全迷上了它。

"等等，这车真是你的吗？你爸妈真的给你买了辆车？"我倒抽了一口气。

汤姆前几天刚刚拿到驾照。而他爸妈给的奖励，真是意想不到的惊喜。"没错。来吧！我们走。"

故事的结局完全在意料之中。天气冷得不行，还有雾。整整一周的时间，乡间小路上都结着薄薄的一层冰。开始时，车子磕磕绊绊地走了一段路，又生疏地倒了几次车，之后，我们终于安静地在村里跑了起来，一开始还守着限速，等跑出了村，我们就开始加速。车子的齿轮发出嘎吱嘎吱的声响时，汤姆兴奋地大叫。他对速度有一种原始的渴望，一开始并没有吓到我。车子的引擎到极限时发出噼啪声，我们大笑起来，路边的灌木篱墙开始变得模糊不清。那速度，是放飞的感觉，我们装作自己已经是大人了，好像这些路就是我们的。

但初尝速度的滋味释放了汤姆心中原始又危险的欲望。他把油门踩到底，引擎开始时是咆哮，后来就变成抗议的尖叫声。我吓得汗毛直立。"汤姆，你得减速。"就好像我什么都没说似的，"汤姆，说真的，减速。你开得太快了，汤姆！"我越是求他，他就越是不顾一切地转弯。我的尖叫似乎只会刺激他。

虽然我的身体里肾上腺素奔涌，恐慌到嘴里仿佛有股胆汁的苦味，但还是有一部分意识在清醒、冷酷、无所畏惧地观察着前方的道路。我非常清楚接下来几秒会发生什么。在沥青路面上本就不稳的车即将失去控制。很快，车子就不再转弯，而是打滑。他挣扎着试图控制车，但是没用。而我们会冲入迎面而来的车流。轮胎发出刺耳的摩擦声，头盖骨撞在玻璃上的破碎声，对这些我们都不会感觉和注意到，因为只一瞬间我们就会被撞得面目全非，只剩安全带将毫无生气的我们挂在座椅上。

果然，车子开始从一条车道滑到另一条。汤姆徒劳地猛打方向盘。我都不知道那轰隆隆作响的到底是我的血液，还是刹车片在摩擦金属。我们都没法扭转局面了。车子第三次打滑时，我们冲进对面的车道，由于车子的冲劲太大了，轮胎都飞离了地面，我们向着天空而去。只听到"砰"的一声和一声尖叫，以及金属被压碎的声音，然后我们栽进一条沟里，车轴在我们上方空转。

车窗通通被震碎了，车身面目全非，车子彻底报废了。没人能从那样的废车里完好无损地爬出来，但我们不知怎的竟然爬出来了，从头到脚都是玻璃碴，颤着身子，满身是划伤，但除此之外并无大碍。我们站在冒着烟的废铜烂铁旁，无言地抱紧彼此。那天实在是太冷了，而我们呼出的白气，实实在在地向世界和我们自己证明，尽管困难重重，我们还活着。

　　路的另一边有一间乡村小屋，屋外站着一位穿着睡袍的老妇人。"过来。"她招呼我们过去，带我们进了屋，"'砰'的一声把我惊醒了，我还以为哪里爆炸了。"

　　我向她借了电话打给父母求助，头发上的玻璃碎片噼里啪啦地掉到桌子上。爸爸妈妈到了，他们惊恐地盯着那辆废车看了好一会儿，然后沉默地把我们两个载回了家。说真的，还有什么好说的呢？我和汤姆都闭口不谈究竟发生了什么。而且，在经过一天左右的脑海中侵入式、慢动作的高清回放后，我就成功地把这次碰撞抛在了脑后。我对自己说："往前走，不要停，不要回头看。你才18岁，往后的日子还长着呢。"

2

爱，将使我们幸存

> 它们在任何一个路口停下：
>
> 所有街道迟早被它拜访。[1]
>
> ——菲利普·拉金，《救护车》，
>
> 收录于《降灵节婚礼》(*The Whitsun Weddings*)

坦率地说，第一次见到一具尸体时，我并不真的在意它。

那是一个春天，但暑气呼之欲出，城市早已热得让人眩晕。我二十五六岁，在伦敦居住多年，深知这种罕见又反常的英伦大晴天会让首都的狂欢精神迸发出来。似夏非夏的时光转瞬即逝，当我们抬头望天时，就连城市生活的棱角——不得不闻着别人的腋下挤地铁，马路上司机为了占道问题争吵不休——也消失了，就像植物向光而生，惊叹于天空的蔚蓝与温暖。

1999年4月30日，星期五。在这座拥挤不堪的大都市里，那

---

① 译文摘自《高窗》，[英]菲利普·拉金著，舒丹丹译，上海人民出版社，2016年。

些焦躁和无名的怒火都在一望无际的天空下渐渐消散。我是个年轻的电视记者，偶尔沉迷于一个秘密的白日梦，梦想有一天能学医，并成为一名医生。那天傍晚我和男朋友一起离开演播室时，伦敦浸润在一片金色之中。我们脱掉外套，面带微笑，在亨格福德桥上款款漫步，优哉游哉地品味着泰晤士河反射的落日余晖。我们想找个酒吧，坐下来举杯庆祝这个美好得近乎不真实的傍晚。全伦敦似乎都有着同样的想法，苏活区的人行道上挤满了手拿酒杯的年轻男女。

我和马特手挽着手，几乎迷醉于夕阳中，我惊叹于天气这样简单的事物竟能有这般改变一切的力量。那些抓紧时间赶回家过周末的坚毅的上班族，此刻也停了下来，就好像整个伦敦都在这一刻聚到一起，虔诚地沐浴在阳光下。

我们七拐八拐地走向一个酒吧，它恰巧位于苏活区的老康普顿街，是伦敦LGBT①社区的活跃中心。我喜欢"邓肯上将"（Admiral Duncan），它是一个不大却充满活力的GAY酒吧，十分有个性。就像它的顾客一样，它自有一种态度和张扬的气质。但是在这个晚上，我们所有人都不知道，有人想要他们死。

事件发生时，我们正在接近酒吧的前门。我其实没有爆炸发生那一刻的记忆，只是回过神来时发现自己正面朝下趴在排水沟

①　用来指称女同性恋者(Lesbians)、男同性恋者(Gays)、双性恋者(Bisexuals)与跨性别者(Transgender)的一个集合用语。

里。我的脸紧贴着柏油路面，眼前隐约是一条条人腿在走动。我感到这条街道在沿着中轴线摇晃，在我周围翻转，我再也听不到任何声音了，奇怪的是，对于这些，我的内心竟毫无波澜。我慢慢地站起身，目瞪口呆，沉默不语，想着为什么周围的人身上都蒙着一层厚厚的、好似面粉一般的灰尘。我的五感之中，好像只有视觉还正常。就在我前面几英尺①处，一具尸体卧在排水沟里。昏暗之中，我注意到他的血非常鲜亮，他的腿被整齐地切断了，躺在他身体一侧的地上。街上到处都是他的血。我看见其他人都在打转，仿佛幽灵一般没有方向，也不知道该做什么。我无所事事地观察着身边的人，内心毫无感觉。我已经不记得自己为什么会站在那儿了。

忽然之间，到处都是警察，大叫着让我们回家，其实我仍然听不见，只能从他们扭曲的表情中大致理解到这一点。我们被驱赶着缓慢离开现场。我默默地任由人群把我往后推，不明白为什么警察如此紧张，也没办法按照他们的要求奔跑起来。

就在一片混乱之中，我恰巧看见了马特，我几乎完全忘了他，然后我们一言不发地走在伦敦街头。我们漫无目的地走了好久好久，凝重的沉默代替了对话。或许我们在希望，如果我们离开爆炸现场足够远，就可以当作它从未发生过。直到某一刻，我开始颤抖。我们不得不停下来歇了一阵，不然我就要倒下了。袭击发

①　1 英尺 =0.3048 米。

生几小时后，我们回到了伦敦东区的公寓里。还在耳鸣的我们坐在电视机前，目不转睛地看着报道里那场让我们差点丧命的爆炸，我们都惊呆了。我们距离它就差一秒，就差一步，如果我们不是闲庭信步而是直奔目的地。直到深夜，看着我们刚刚离开的混乱场面的镜头，我才真正开始感到害怕，或者说，实际上，这时我才终于有了感觉。

现实逐渐浮现于媒体报道中，苍凉刺骨。一枚钉子炸弹在邓肯上将酒吧爆炸，酒吧被毁，三人身亡，其中一人是孕妇，还有八十多人受伤。一名男子被爆炸时的冲力抛到了十米多高的空中。他就是我之前见到的那个身形破败、满身污秽、躺在自己血泊中的人吗？一页又一页的报道令我恶心反胃。身为一名记者，我十分清楚，没有什么比他人的悲剧更能成为好的新闻素材了。但我还是忍不住要去读它们。

钉子炸弹袭击者是一个白人至上种族主义者，名叫大卫·科普兰德，他总共引爆了三枚炸弹，分别位于布里克斯顿、砖巷和苏活区，意在袭击黑人、孟加拉人和同性恋社群。在庭审时，他声称自己是上帝的正义使者，称颂自己的钉子炸弹行动点燃了一场迟来已久的恐同和种族主义战争。他最终以谋杀罪被判六次"绝对世俗的"终身监禁。

在爆炸发生后的几周里，我的噩梦不断，就好像所有我当时没有感受到的恐惧，必须以某种方式释放出来。我从没和任何人聊起过这件事，但在深夜时分，我有时会惊醒，大口喘气，而到了白天，我满心都是愧疚，觉得自己没有为身旁的死伤者做什么。那名断腿的男子，那些死者，还有那些濒死的人，我当时竟没有想到要去试着帮助他们中的任何一个。你当然可以把这样的反应归结为震惊的情绪，但我知道真相是什么。真相就是，即便我要去帮助他们，我也不知道如何去帮助。

那一晚来了21辆救护车和1架救护飞机，它们帮上了忙，将护理人员和医生送到了危险区，只为救助像我这样的人。许多警察和妇女也是如此。那时他们是否想到过死亡，还是心中只有责任？当时，数百名急救人员中没有人知道炸弹是否只有一枚，后续是否还会有爆炸。他们赶到事故现场，将公众疏散到安全地带，他们只是在完成工作，还是表现得像完美的英雄，那要看你如何想了。或许现代社会的超级英雄正是如此：一个普通的打工人，无论男女，在形势所需的时候，他们会挺身而出，完全忘记自身的脆弱性，不带一丝犹豫地冒着生命危险去拯救他人。

在邓肯上将酒吧外的那一天，25岁的我突然发现，原来那些我们每天随处可见的数字化的死亡，那些在动画片、游戏机或是各种各样的影片中出现的死亡，让我们面对血肉淋漓和真正的死亡这种吓人的现实时没有丝毫准备。那是我生平第一次见到人类尸体，往后近20年，我都假装自己那一刻没看到。一个人在我眼前失血而亡，而我却手脚发软地看着，什么都没做。一想到这些我就痛苦不已，实难承认。所以，我选择了否认。

　　在我这个年纪和我们这个时代，年纪轻轻就与死神擦肩而过是很典型的。尽管老人们通常会经历长时间的病痛和衰老，这期间，生与死的界限变得模糊不清，有时甚至长达几年之久，但在21世纪的英国，因暴力和意外而身亡或险些丧命是年轻人最常见的伤亡方式。例如，在英国，儿童死亡人数中60%以上是交通事故造成的。当死亡像一道雷电或上帝的怒火突然降临时，我们根本没有说话或是思考的时间。你都不知道发生了什么就已经被击倒了。

　　因为某个随机投放钉子炸弹的犯人而如此接近死亡，这件事让我更加坚信否认死亡是明智的。明知再多的猜想也无法避免死亡，却还病态地纠结于它，并没有什么好处。当然，我可能因此变得神经敏感、焦躁不安，但好好活着，抓住每一个当下，明智地度过每一刻，不是更好吗？毕竟，谁又知道我究竟能收获多少？对遥远未来的迟暮岁月耿耿于怀，简直是最大的放纵堕落。我知道，虽然我的身体现在充满能量与活力，但总有一天它会枯萎和腐烂，变得佝偻而衰弱，就像是蜕下了年轻力壮的躯壳。但作为拥有求生本能的生物，我为什么想要沉湎于衰老和死亡的念头中呢？我已经从死神手里逃了两次。我违抗了它，而它没有来找我。

多年之后，当我和朋友海尔吉·约翰逊共进早餐时，我们又偶然聊起苏活区的钉子炸弹事件。他在伦敦的圣玛丽医院担任创伤麻醉顾问，该医院是伦敦最主要的创伤中心之一。他的专业就是处理恐怖分子造成的伤害。对一个医生来说，所谓创伤主要不是指悲伤或痛苦，而是子弹穿透肉体、汽车碾过四肢、金属插入头骨、碎石压碎胸部这些身体创伤。创伤团队负责处理像"晴天霹雳"一样突然而严重的身体创伤，那些创伤除非立刻稳定下来，否则可能在伤者感觉到疼痛前就已经夺走了他们的生命。

海尔吉每天都要处理各种血肉模糊、扭曲变形、支离破碎的身体，就连一些医生都会被吓到，更别提没有经过医学训练的人了。突如其来的、骇人的、血腥的死亡就是他的主业。他跟我说，很久之前他就不再害怕恐怖袭击了。这并不是因为伦敦发生过太多次恐怖活动，而是因为一桩桩难以想象的个人悲剧充斥着他的工作日常，生命在毫无缘由和警示的情况下就支离破碎了。

"我照料的伤者都是恰巧在错误的时间出现在错误的地点。"他说道，"你会因此知道生活是多么随意与无常。有一次，一名年轻的妇女差点儿就被她的伴侣刺死了，我听到一个护士对这名患者说，她的遭遇一定自有其原因和意义。我说，'没有，就是生活里随机发生的狗屁糟心事'。患者喜欢这种说法，她真的大笑起来。我也真的相信这种说法。我们生活在一个充满随机的世界里，任何时刻都有可能发生任何事，但同时这个世界也充满了各种美好与善良。"

他停下来津津有味地吃了一口吐司。很难相信，这位头脑清晰的医生在面对死亡时竟如此镇定，在他看来，恐怖分子既不是一种凶兆，也不是无限残酷的偶然性行为。但即便是海尔吉，也曾在死亡面前畏缩。我们聊着聊着，发现原来大卫·科普兰德发泄仇恨的那一天，海尔吉也在老康普顿街上。当时他还只是个年轻的医生，刚从医学院毕业没几年，他本能地冲向大屠杀，而那正是我麻木地挣扎的地方。

"我可能直接从你身边跑过去了。"他对我说，"我一秒钟也没想过这些危险，像辅助设备这类东西更是从没考虑过，我就想着跑去帮忙，但当时我完全在安全区外。我根本没有经验，不知道该如何处理伤员，手边什么设备都没有。你也知道，医生不带设备就跟光着膀子没什么两样，能做的很有限。在医护人员到达现场之前，我让帮忙的人先包扎流血的四肢，做心肺复苏按压。但我还是感到极其无力。"

我常常在想，是否那一天我的无力作为令我羞愧难当，才促使我下定决心返回校园再次学习并走上从医的道路。对海尔吉而言，这场他感觉完全没准备好的与创伤的早期交锋，深深影响了他之后的职业道路。"我恨那种无力感，明明就在现场却做不了什么。我的处理方法是，当时就决定选择麻醉科，学点真材实料，这样我就再也不会感受到身为医生的无力感了。"

　　我们的谈话也让我终于摆脱了心中挥之不去的阴影。"他是真的吗？"我问海尔吉，"那个没有腿的男人？我敢肯定我看见了一个没有腿的男人，他的腿就在他旁边的地上。他是真实存在的吗？"

　　没错，答案终于来了。毋庸置疑，他绝对是真的，并不是我由于惊讶过度而产生的想象。一个充满活力的年轻人，手握饮料，享受着春日里短暂而奇妙的夏意，然后就在他一生中最好的时候被残杀了。

　　我们选择对不可避免的人生终点视而不见，并非主动为之，而是因为突如其来的、令人震惊的、致命的偶然事件可能随处发生，对老少一视同仁。想象自己生活在这样一个时代是艰难的，也是有益的。18世纪的哲学家托马斯·霍布斯将人类的境况描述为"肮脏、野蛮又短暂的"，他是在特指国家机器出现前人类的状态——永恒的各自为战。我总是对这种描述有更深的感触。当然，国家机器能够控制住人类天性中最糟的那一面，但现代医学的出现，才将我们从感染、疾病、意外和纯粹的坏运气中解放出来，而在过去，这些常常在我们盛年时就成批地扼杀我们。

　　例如，不到一个世纪以前，我的外祖母内茜居住在格拉斯哥的一个地区，那里因贫困而臭名昭著。1925年，距离英国建立国家医疗服务体系还有二十多年，内茜还是10岁或11岁的小女孩。

4个孩子和他们的爸妈挤在一间小小的两居室公寓里，没有电，没有自来水，也没有室内厕所。户外的厕所由五六家人共用。尽管一贫如洗，内茜的妈妈，也就是我的曾祖母，却总是把两个小房间打扫得干干净净。

内茜的父亲在一战的战场上伤残了，无法参加工作，而20世纪20年代，在受大萧条影响的英国，一个贫穷的家庭没有男人养家糊口是不行的。内茜的妈妈就着烛光做针线活直到深夜，勉强维持生计。安妮，作为家中的老大，已经帮妈妈做了好几年的针线活。他们连吃顿饱饭的钱都没有，就别提存下钱去看医生了，看一次医生就可能花去一周半的工资。

一天晚上，没人注意到，内茜和安妮两个姑娘挤在一张破旧的床垫上，紧张地小声聊着。

"怎么了，安妮，哪儿不舒服？"内茜问。

"我的肚子，"安妮说，她的脸涨得通红，大汗淋漓，"好疼。"

"要跟妈妈说吗？"内茜问，15岁的姐姐身体不舒服，她很担心。

"不，不行，你不能告诉她。她会担心的。反正我们也看不起医生。"

内茜是个天性胆小的小姑娘，什么都听姐姐的，即便她看到安妮疼得咬紧牙关，那么让人心疼，也没敢违背姐姐。她伸出手捏了捏姐姐的手掌，焦虑得感觉胃都打结了。

安妮转向墙壁，尽可能躺在毯子下面一动不动，因为只是小小地动一下都会让她觉得疼痛难忍。夜渐渐深了。等她的3个兄弟姐妹也爬上床躺到她身边时，安妮觉得他们随便一点儿小动作都能让她疼得难以忍受。她努力忍着才能不哭出来，拼命忍住叫妈妈的念头。

20世纪20年代是一个医学创新的非凡时期，有诸多医疗突破，包括青霉素和胰岛素的发现、麻疹疫苗和结核疫苗的发明，以及使用铁肺装置帮助脊髓灰质炎患者避免窒息的方法。然而，看医生并不是基本的生活必需品，而是一种奢侈品，主要分配给那些能够负担得起医药费的人。全英国有成千上万的贫困家庭从未接受过医生的护理，因为他们没有钱。

内茜的妈妈揉了揉眼睛，把针线活放在一边，刚钻进毯子里就睡着了，完全没有注意到隔壁房间的床上，她的大孩子僵直地躺在那里，睡不着。黑暗中，一阵一阵的疼痛袭来。安妮的阑尾感染了，发炎发肿，抽痛阵阵，但她默默地忍耐着。

时间一分一秒地过去。到了夜里的某刻，由于内部的压力太大，她的阑尾破裂了，脓液灌进腹腔。或许床上的其他孩子听到了大姐的喃喃自语，那是因为严重的脓毒症已经令她神志不清。破晓时分，安妮四肢张开，浑身冰凉，死在了她的兄弟姐妹身边。

在我的祖母去世很久以后，直到最近，我的母亲才告诉了我这段往事。我惊得目瞪口呆。你可能会觉得，这个故事中最让人震惊的地方是，一个孩子宁愿忍受致命的疼痛，也不愿让父母知道自己得了一种请不起医生的病。然而，最让我震惊的地方在后面。

"想象一下，一觉醒来发现你的亲姐姐，一个孩子，死在你旁边，那一定很痛苦。"我对妈妈说道。

妈妈慢慢地吐了一口气。"说实话，我觉得内茜可能只是接受了这个事实。"她停了停道，"那个时候的生活就是这样的。"

这话要花点时间才能完全理解。享受着21世纪的舒适生活，安心于心爱的人都能拥有高品质的医疗服务，我认真想了想妈妈所说的话。当时，我的孩子一个10岁、一个6岁。一想到我的大儿子芬恩一觉醒来发现他的妹妹艾比死在他旁边的床上，就已经很吓人了，更别说他对死亡已经如此习以为常，如此频繁地暴露在随机的死亡中，甚至面对如此恐怖的场景也能镇定自若。

但现实就是如此。在不到一个世纪前的英国，在家中死亡的事太频繁、太常见了，人们眼见亲人的离世也不会觉得意外，只会觉得正常。如今在我们看来，这样的死亡是违法的，是恐怖的，但在当时，不过是常态。

☆　☆　☆

对于一个来自威尔特郡最偏远乡村的20多岁的年轻人来说，在这个世界上最具活力的城市之一做一个热情的纪录片制作人，是一种令人兴奋的经历。那段日子，电视行业里充斥着自由流动着的酒精和堆成山的可卡因。我身边都是些又聪明又有见识的文雅人，他们几乎能说服任何人去做任何事。权力主要掌握在比较年长的男性手中，他们中有些人具有掠夺性，以我这样的年轻女同事为目标。有一次，我所在的整个制片团队被老板请去乡间度假。我们在庭院漫步，手拿香槟酒杯，妙语连珠地分析国情，起码在我们看来是这样。老板招手让我来到草坪上的一座雕像旁。

"看看她，雷切尔，她让你想起了什么？"

那里只有我和老板两个人在，远离其他人，而我当时才22岁或23岁吧。我低头看那座石像，一个年轻而迷人的女性，腹部朝下躺在我的脚边。她的背脊弓起，脸朝后仰，一股喷泉水落在她的后腰上，水流叮咚。我还在徒劳地想着到底该怎么回答老板，他突然先作答了。

"你知道吗，雷切尔，我告诉你她让我想起谁了，"他喃喃道，一边用赤裸的脚趾摩擦着雕像的下体，"她让我想起你。"

你总会希望在那样的时刻能想出一个致命的回击，但那些时刻是让人难堪和备受贬低的，最重要的是，你感觉被轻贱了。我无力地笑了笑，不想表现得无礼，其实心里在骂自己居然没有给他一拳。

新闻这一行令我感到不适。我天生就有强迫症，有极端完美主义倾向，我总会全身心投入自己制作的每一部纪录片，然后停下来喘一口气。花6个月时间为一部片子疯魔，感觉身体被掏空，仿佛被挫骨削皮。妈妈从开放大学取得学位后，实现了她一生的理想，而我没有参加她的毕业典礼，因为那时我正忙着讨好中非的军阀，好让我拍摄刚果（金）童兵。我跟自己说，为达目的可以不择手段，在这种情况下，我们将一场不加掩饰的内战呈现在荧幕上，但操作的过程漫长而孤独，至亲至爱常常因此被推至第二位。我就是那个在最后时刻会让你失望的朋友，你身陷危机我却不一定会出现，古怪又脆弱，奔走于一个又一个故事间。我纳闷为什么明明是通过负责任的报道能做成的好事，却常常让人每一天都感觉如此糟糕。

几个月过去了，在不知不觉间，这份被掏空的感觉逐渐病态化。一天，也就是我最新制作的纪录片播出后的第二天早上，我躺在浴缸里，眼泪不住地掉进洗澡水里，每一条为我喝彩、祝贺我的短信都让我恐慌，而非自豪。竭尽全力去讲述一个完美的故事，一想到要再经历一遍这个过程，我就觉得受不了。我发现自己开始幻想如何自杀，吓了一大跳，于是赶紧联系爸爸。

"嘿。"我在电话里无精打采地小声说。

"哦，你好呀，雷切尔。"电话另一头传来了令人安心的回答。

他跟我聊起花园，聊起他最近在田间散步，还有天上的云雀，它们每个春天都会飞来。妈妈在学习桥牌，爸爸则因为托尼·布莱尔做的什么事在生气，他们两个正计划去科西嘉山区徒步旅行。

生活平淡无趣又精彩纷呈，一如既往地悠闲向前。

"怎么了？"过了一会儿他问道。

"我累了。"我静静地回答，"真的累了。"

短暂的沉默。我们之间总是很轻松的。他等待我继续说下去。

"我很喜欢做记者，但……太难了，而且……而且有时候我觉得我做错了……也许我做医生会更快乐一点儿。"

"我认为你会成为一个很优秀的医生的，雷切尔。"我注意到爸爸说这句话时用的时态，是将来时而非过去时，就好像这可能在未来的某天会实现。

"真的吗？爸爸你真的这么认为吗？"

虽然我不相信他说的，但那句话对我而言仍像一根救命稻草。当时我疲惫不堪，无法再继续工作，转而把自己藏了起来，表面上看是在试图厘清未来，但其实就是把自己一头埋进羽绒被和抑郁之中，几乎没有离开过公寓。

最终，我能想到的最好的理由就是这个。新闻，它让人兴奋，充满了力量，每一次节目播送都能收获百万人的关注，或许确实是纸上的梦幻工作，但它不断地啃噬着我的灵魂。谄媚迎合让我觉得低贱。我不想去劝说、引诱，或是操控任何人出镜。如果说我这么努力地工作，这么全身心地投入工作，至少我做的该是些更干净、更坦荡的事。反正就是不能像现在这么艰难。我听说过"冒名顶替综合征"，这种永远觉得自己欺骗了大众的感觉可能更多地与我有关，而跟新闻业没关系，但我还没尝试过其他工作前，怎么能如此肯定呢？当你躺在浴缸里，划开自己手腕的画面会不断侵入你的脑海，至少你没什么可失去的了。

将学医的决定看作对职业和无私精神的某种强烈顿悟，我多么希望假装自己有这样的想法啊，但其实这个选择更像是从难以忍受的现实中仓皇逃离，是帮助我从此时此地逃离的一项降落伞。我在尝试自救，而不是救人。因此，我心怀愧疚，向所有人，甚至包括我的父亲，隐瞒了我学医的真正动机。

要让进入医学院的白日梦成真，我不得不一边拖着自己疲惫的身体工作，一边晚上学习错过的 A-level 理科课程。让我惊喜的是，我这个半吊子计划，尽管诞生于绝望，却最终成为阻止我再次陷入抑郁的解药。我对制作荧屏故事没那么上心了，并且发现，在意少一些，制作起来会更轻松。我又能够呼吸了。而且我惊讶地发现，在我 28 岁的时候学习化学简直令人陶醉。每一种固体、液体、气体和有机体的活动，最终都能被解析成元素周期表上 118 个原子的基本化学属性，更具体地说，取决于绕着原子核运动的电子数量。这些都如此优雅而具有力量，令我沉醉。人体内的每一种化学反应都以这些沿着轨道优雅旋转的微粒为基础，正如我家桌子上的教科书里预测的那样，那么美丽、奇妙、令人兴奋。这像是某种顿悟，缘于科学的魔力。

另外，考入大学是一项战术性工作。为了考入梦寐以求的医学院，我老老实实地买了昂贵的指导手册，从头到尾仔细阅读，制订面试和填写申请表的最佳策略。医学院入学面试小组要求面试者使出浑身解数来展现自己是块"做医生的料"，有一条特别尖锐的禁令：在任何情况下，都不要提到你学医的动机是为了帮助别人。指导手册里提到，但愿你千万别说这种又傻又天真的话。只要一提到帮助的"帮"字，你就可以和听诊器之梦说再见了。

虽然我最近痴迷于以轨道电子的方式来审视人，但这些建议还是让我震惊。在我看来，这些由执业医生完成的指南书像是在给高中生传递一个不那么微妙的信息：他们想要帮助别人的本能是需要隐藏的，这一秘密的泄露，可能会招来理应是护理职业看门人的愤怒。甚至早在踏入医学院之前，孩子们就已得到某种告诫：公开坦诚内心的真实动机可能会削弱他们从医之路的希望。

等到我自己面试的时候，我知道自己比其他申请人大了至少10岁，在电视行业有不同寻常的职业经历，会让人们对我的动机特别感兴趣。我没能做到彻底的开诚布公。"这是我为了防止自己再次陷入自杀性抑郁症的特殊策略"，这种说法可没法给别人留下可靠的印象。但对于促使我学医的其他动机，我能够如实地回答。帮助他人、想要为其他人做点好事，从来而且一直是我从医最强烈的动力。

我发现自己正坐在一组教授面前，他们身后是一排装着福尔马林的罐子，里面浸泡着一堆人体器官，场面简直魔幻。耳朵、大脑、眼球、心脏，还有一些看起来更诡异的肌肉标本，我殷切地祈祷自己不会被问到那些是什么。"这莫非是从医的第一关？"我暗自琢磨，"面对一位离防腐处理过的人类肝脏只有几英尺远的教授，也要能条理清晰地回答他的提问？"没人提到那些解剖学标本。我全程都被一个福尔马林泡着的眼球盯着，所有人都假装那玩意儿不在那儿。我想象不出还有比这更恐怖的入学面试。

"跟我们说说吧，雷切尔，你为什么决定学医呢？"一个人问。

"好吧，"我开口回答，不准备耍花招，"我知道面试时不应该说自己想学医是想帮人，但说实话，我就是想帮人。说到底就是这样。我可以编出各种巧妙的可替代的理由，但事实是，我想每天去上班，做些体面的好事，做些能让我引以为傲的事，我觉得这应该是医学的本质。"

一片礼貌的微笑。然后有人飞快地问："很有意思。但跟我们说说，在……电视行业工作，是什么感觉？"

"哦，嗯……从本质上来说，电视也是关于人的行业，关于如何与人建立关系，让人们信任你，然后试着用最有效的方式去讲述关于人的故事。"我甚至尝试解释了一些我觉得有挑战性的部分，比如，从业风险，你必须随时在场待命，你可能会在不经意间利用别人。

每所大学的面试过程几乎都是一样的，教授们主要是对电视行业好奇，问在电视行业工作是什么感觉，我是否见过名人，为什么要离开这一行。

"跟我们说说，"一名面试官说，"和约翰·雪诺一起工作是什么感觉？他在现实生活中和电视四台新闻播报里看上去一样好吗？"

"听着，"我想说，"别再聊该死的电视了。我们就不能谈谈电子或者其他什么吗？"

我知道自己被录取了。电视就是我的加分项。当我打电话给爸妈告诉他们这个消息时，我可以从爸爸的声音中听出笑意。他用最最真诚的语气说："我为你感到非常骄傲，雷切尔。"

3

死并非生的对立面

> 死并非生的对立面，而是作为生的一部分永存。
>
> ——村上春树，《萤火虫》，收录于《盲柳，及睡女：24个故事》
>
> （*Blind Willow, Sleeping Woman: 24 Stories*）

开始的一切都还合理。整洁、干练的年轻医生身着白大褂，向身穿病号服的50岁妇女解释说，他需要对她做妇科内检。她高高昂起剃光的头，一副毫不畏缩的样子。

"那我们就开始检查吧。"贾森·波斯纳医生说道，"你不如往后躺一点儿，放轻松。一会儿就好了。"

把双脚高高搁在妇科检查椅的脚镫上可谓毫无尊严，但薇薇安·贝宁的卵巢癌已经到了第四期。这种屈辱她也已经经历过一段时间了。

她坚忍地瞪着荧光灯，准备再一次把自己的身体交给医生。接下来，司空见惯的屈辱变成了某种更令人不快的体验。薇薇安的医生忘记了私密处的诊察需要有监督人在场，以保护患者和医师双方避免发生不当的触摸。

"我得把苏西叫来，"贾森恼怒地发着牢骚，"得叫个女孩过来，烦人的临床工作规范。"

他离开诊室去找刚刚提到的护士了，把薇薇安一个人留在那儿，她的脚还搁在脚镫上，私密处暴露在外面。时间一分一秒地过去，她为了转移注意力，先是在脑中背起了乘法口诀，接着是玄学派诗歌。直到医生终于回来前，她就像平板上的标本一样躺在那儿，一直等着，那等待像是没有尽头的耻辱。

"你为什么要把她这样留在这儿？"苏西惊恐地问。

"我得找你啊。"贾森直白地答道，"现在快过来。"他的内诊检查彻底得近乎粗暴。后来，薇薇安讽刺地评价道："8个月的癌症治疗过程至少有一点值得肯定：极富教育意义。我正学习如何忍受苦难。"

幸好，薇薇安只是虚构的，尽管有人感觉出她这个角色是根据真实女性经历创造出来的。她的创作者是美国剧作家玛格丽特·埃德森，曾在肿瘤科工作。1999年，她因《睿智》(*Wit*)[①]剧本收获普利策戏剧奖，这部作品也被广泛认为是有史以来描写癌症的最佳戏剧。

我进入医学院的第一天，就观看了由艾玛·汤普森主演的电

---

① 因与后文有呼应，没有取电影的通常译名。——译者注

影版《睿智》①。我们三百号学生天真无邪地跑进了演讲厅，绝大多数还是刚从学校毕业的青少年。我们都很好奇，为什么一部电影能重要到需要腾出医学院课表上的一整个下午来观看。后来我才意识到，在学院里，无论是谁决定用这种方式开启我们的学医生涯，都绝对是一个教育天才。我们即将接受来自电影胶片的当头棒喝。

薇薇安·贝宁是一位聪明绝顶的美国教授，研究专长是17世纪玄学派诗人约翰·邓恩的十四行诗。被诊断为卵巢癌晚期后，她住进了纽约的一所教学医院，接受煎熬的实验性药物治疗。故事一开始，剧本就很好地捕捉到了患者刚入院时都会有的失控感，我们被掌握着一切大权的医生精英们扒得精光，换上患者服，戳来戳去地做各种检查。

作为一名研究对象，薇薇安格外脆弱无力。因为她的高级主任医师坚持，如果薇薇安要使用他的实验性药物，就得承受任何可能产生的副作用。即便是接受未经测试的疗法，她本该拥有的知情同意权也丧失了。

"重要的是你必须接受全剂量化疗，"他迫使她接受，"或许因为副作用太难受，你会不止一次地希望能减少剂量。但我们必须上全剂量。"

---

① 电影版 *Wit* 的中文名为《抛开自我空间》，又名《深知我心》《心灵病房》（2001 年上映）。

对薇薇安的医生们来说，她更像是一份研究资料，而不是一个人。只要对她的治疗能取得不错的成果，他们就有可能在著名的杂志上发表文章。即便在疗效存疑的情况下，她的治疗团队仍然力劝她接受惊人的化疗剂量，他们对数据的渴望远远超过了对治愈的渴求。在那个条形灯通明的无菌病房里，我们眼见薇薇安忍受着不可避免的副作用——严重的呕吐、疼痛和屈辱。她深深意识到，现在她的身体之于医疗团队，就像曾经邓恩的十四行诗之于她，是一个被无情地探究和审问的对象，往好了说，是为了进一步加深学术理解；往坏里说，是为了那些医生自己的职业之路。

伴随着尖刻的旁白，薇薇安用分析十四行诗般的严谨态度将自己的住院经历一一解构。一个早晨，在她的主任医师用她做了教学后，她转向镜头淘气地评论道：

在病例研讨时，他们像读书一样读我。

以前我教书……

现在我被用来教学。

这可简单多了，

我只要一动不动，看上去是个得癌的人就行。

在《睿智》的整整一百分钟里，我们都感觉自己被钉在了椅子上，陷入了痛苦的沉默。尽管我知道这部影片在某种程度上运用了夸张手法，更符合一个早已远去的医学时代，但一想到任何医生都可能如此冷酷无情地对待自己的患者，我就深感不安。那天，我本是过分乐观的狂热者，渴望不顾一切地一头扎进医学课本里。《睿智》让我刹住了车。它迫使我思考成为医生后将手握何种权力，我有可能让我的患者失去人性，令他们痛苦，甚至伤害他们。总之，对一个医学院新生来说，这部影片可能就是最好的药。它强迫我们通过未来患者的双眼审视自己，去直面我们手中可能造成伤害的力量。

但这部影片还有更重要的意义。回顾过去，我会发现，在医学院学习的漫长5年中，观看《睿智》，是我作为一个医学生唯一一次去思考生命有限的机会。

邓恩的诗极具对死亡必然性的理性思考，充满了复杂的奇思妙语和悖论。就像曾经的邓恩，薇薇安也以聪明才智为武器，直面濒死的恐惧。她理智地看待自己即将到来的死亡，以讽刺与幽默转移终会到来的本能的恐惧。随着生命静默地流逝，这些对她一生都很有帮助的话语也逐渐变得空洞起来。

"现在可不是我们唇枪舌剑的时候。"在一次与她的护士苏西的坦率对话后，她直白地说道。她们当时在讨论，如果薇薇安心跳停止了，是否需要施行CPR（心肺复苏术）：

没有什么比一次详尽的学术分析

和博学、阐释、复杂化更糟的了，

不，是时候简单直白了。

要我说，是时候，选择仁慈了。

我曾经以为聪明绝顶就能解决这一切。

但我明白我已暴露。

我害怕了。

　　影片中最动人的片段之一，是薇薇安读研究生时的老教授，睿智得近乎可怕的E. M. 阿什福德教授，出其不意地前来看她这位曾经的学生。虽然阿什福德作为一名冷酷学者声名在外，但她立刻就明白，在这一刻，薇薇安不仅快死了，而且最需要的是仁慈。她在薇薇安身旁躺下，本能地蜷起苍老的身体，就像一个母亲安抚她发烧的孩子一样，开始大声诵读刚买给曾孙作为5岁生日礼物的图画书。文字不再是武器、挑战或是线索，而是一种慰藉，一种爱与柔情的祈祷。薇薇安随着催眠的句子时睡时醒，老教授靠她更近了些。从童谣自然而然地过渡到莎士比亚，她在垂死的学生耳畔温柔地低语，讲着霍拉旭对中了毒的哈姆雷特的告别词："愿成群的天使用歌唱抚慰你安息。"

　　《睿智》既是警告也是恳求。它告诫我们不要恐吓未来的患者，同时也恳求我们去意识到小小善举的治愈潜力。但是同理心，那种能够理解他人感受，与他人共鸣的能力，却从进医学院的第一天起，就在不断被冲击。我们的生活被生物化学和解剖学占满，来上课的人渐渐少了，要么是因为化学反应，要么是因为解剖台上的尸体。在医学院的第一年，也是成长最快的一年，亡者，而非生者，是主角。

我从一开始就强烈怀疑，人体解剖课的真正作用是教会我们冷漠。在现代文化中，人们习惯于对死者秘而不宣，而一旦你跨越了某条界线，生活在人体器官之中，那些冷藏过的尸体在福尔马林中缓慢腐烂，那种恶臭沾在衣服上永远也洗不掉，你就再也回不了头了。你看过太多，切割过太多，闻过太多。我们是一群首先要被去人性化的学生，然后再被重塑为医生。

解剖室就是我们的破茧化蝶之地。在跨入解剖室的门槛之前，我内心充满了恐惧。爸爸曾跟我说，在他那个时代，解剖室是医学生们常常拿人体器官取乐的地方。当时是在20世纪60年代，在经历了漫长的一天练习剥离筋骨、神经和皮肤之后，他们喜欢拿着人手、眼球之类的器官去酒吧里搞恶作剧，吓唬那些毫无防备的客人，以此来让自己放松，而那些器官都是他们背着解剖学老师从解剖室偷偷拿出来的。

"你懂的，雷切尔，"他跟我说，"就是别人跟你握手的时候，你递上之前解剖的器官。他们发现自己手掌里的东西时都会吓得把啤酒给扔了。"

"说真的，老爸，我不懂。我是说，我都没法想象你会做这种事。太恶心了。"

老实说，这样的事太让我不安了。如果说，医生是那种即使在学生时代就觉得被肢解的人体很好笑的人，那我真的适合学医吗？还是说，爸爸以前也曾像我这样本能地退缩过，但在经历了那些银色桌板上的尸体，经历了握着手术刀对经过防腐处理的冰冷尸体下手之后，他是否已经忘记了那时也有过的不安？

尽管我疑虑重重，但在第一次踏进解剖室时，那高浓度的福尔马林气味还是让我有种奇怪的熟悉感。我意识到，这是我小时候曾闻过的气味，每当我存了太多猫头鹰食丸而来不及解剖时，我就会把它们放进爸爸给我的小玻璃罐里，准备下周学校放假时再好好研究。或许解剖课也不会太糟，我满怀希望地想。

我发现，一具保存下来的尸体，从冷藏库里取出来时是如此僵硬又冰冷，感觉更像是蜡像而非人的血肉。只要我不靠得太近去看脸，我就可以假装用刀摆弄人的皮肤这件事，其实还挺正常的。出乎意料的是，恶心反胃的感觉不仅没有延续多久，而且迅速地被切割时获得新知的愉悦取代了。第二年，我们6个学生每周要花两个上午的时间，戴着手套，穿着大褂，俯着身子将一名耄耋老者的遗体慢慢削切至只剩骨架，我们心怀敬意地为遗体取名为"亨利"。

"我的天啊，快看这里！"某天威尔惊呼道。我们已经将亨利的胸从上到下切开，并将皮肤剥开，直到露出胸腔。威尔用金属刀切开亨利的肋骨，一阵嘎吱嘎吱的声响过后，亨利的肺部终于暴露在外，他的肺部状况令我们都震惊了。"看这肺！他抽的烟得有多少个包年了啊？"我们盯着肺都看呆了，它们是那么黑，满是瘢痕，简直就像被喷灯烧过一样。吸烟指数的一个"包年（pack year）"代表一年365天，一天抽20根烟。亨利肯定抽忍冬牌无嘴烟好几十年了。现在，在我们不敢置信的眼前，正是几十万支香烟造成的积累效应，胸部的中心是一团腐烂的焦油，几乎可以肯定这就是他的死因了。

我们急切地在他的胸腔里翻找，搜寻肿瘤。"里面一定有癌细胞，肯定有。"我念叨着，用手术刀挖得更深了。果不其然，一个凹凸不平、形状不规整的恶性肿块就藏在一侧肺叶里。

"哇哦，"威尔开口，"它可……真恶心。"

教科书上对"吸烟者的肺"枯燥的描写，一下就从纸页上跳脱了出来，散发着福尔马林的味道，而它真实的内涵——疾病在我们手中实际的模样、触感和气味——令人难以忘怀。那一天剩下的时间里，我的身上带着残留的防腐剂气息，我的脸上始终挂着露齿的微笑。5年的学医生涯，我太喜欢了。

我很幸运能成为这一代医生中的一员，他们在第一次接触被解剖的人体时心怀尊敬，而非亵渎。我们的解剖学教授要求我们做到的近乎是崇敬这些尸体。这些无名的灵魂，本着助人的精神将自己的遗体捐赠给了我们，放在我们仍踌躇不定的刀下，这是他们最后的慷慨之举。教授希望我们能够意识到这一点，并对此心怀谦逊。在他的带领下，我们认真对待自己所下的每一刀。

但是，自我父亲的年代起就不曾变过的，是青年男女们所需要的特殊的双重思考行为，他们中的大部分人还是青少年，当他们握着手术刀，围着一具缓缓腐烂的尸体时，还得假装对一具人类尸体开膛破肚是周二、周四早晨的放松时光。我们的解剖经验可能是值得尊敬的，这对于我们熟练掌握人体解剖学可能有着重要的意义，但无论从何种意义上而言，解剖本身都绝对不能用正常来形容。它是一种侵犯，是对亡者的残害，对他们肉体的玷污，这触及人类最为黑暗的禁忌，然而这一点却从未被公开讨论过。

在我们还没有认识到解剖室门后发生的事情的严重性时，我们的导师就在无意之中教给了我们一些深刻的东西，例如，那些围绕着死者的不可言说的秘密。作为一名即将成为医生的新手，我们的新角色要求我们保持缄默，压抑情感与本能。任何被激起的情感都是不合理、不得体的。我们必须无视它们、否认它们。如果我们在靠近死亡时反而承认自己的脆弱，我们就会成为医学界之耻。

我猜，我们中的许多人都曾心怀感恩地默默完成了给人体内每一个小部件命名的任务。为了记住每块肌肉、每根神经、每块骨头上的数千个拉丁名词，我们付出了巨大的努力，在这个过程中，知识带来的超脱感能让人放松。我们得以将自己的软弱隐藏。

玩命冒险是最能够激励毫无防备的生活。就在我进入医学院之前不久，我开始和未来的丈夫约会。2003年3月20日，伊拉克战争爆发的第一天，在那之前我与戴夫只在一年前约会过一次，还是因为相亲。那次约会非常尴尬，狼狈至极，具体发生了什么我永远都不能让人知道。但是，自从那个灾难性的约会之夜后，我一直忍不住想，在世上这么多活着的男人里，在这场灾难里，这个男人就是最适合我的人。显然，一个正常人绝对会有所行动，但我是个英国人，宁可保持矜持。一年过去了，我所做的只有唉声叹气。

就在那时，伊拉克战争爆发3天后，皇家空军的一架快速喷气式战斗机狂风 GR4，在结束了对巴格达地区的轰炸任务后，返程时意外被一枚美国导弹射落。飞行员和领航员都当场身亡，英国大众也迅速学到了新词汇"误伤己方"（blue-on-blue）和"兄弟相残"（fratricide），这指的可不是该隐和亚伯式的手足相残行径，而是误杀同盟战友的情况。

在伊拉克死亡人数激增的情况下，我们都知道五角大楼的"震慑"战术对于被轰炸的平民意味着什么，两位无名英国飞行员的死亡本不会让我忧心忡忡，但是，戴夫，这个我一年未见却时刻都在思念的男人，就是一名皇家空军的战斗机飞行员。据我所知，他一直都在驾驶那种型号的战斗机。我彻夜难眠，一边渴望知道他是生是死，一边骂自己怎么会如此害羞，不够勇敢，之前从未明白他对我来说意味着什么。

第二天，我收到一封电子邮件，发件人的地址我不认识。在炽热的沙特阿拉伯沙漠的一顶军用帐篷里，我的战斗机飞行员被战友的死讯所震惊，不顾一切地决定联系我。遥远的距离和不安定的生活令我们不再压抑内心，开始纵情通信，那是童年才有的坦率。除了军队审查可能不会通过的话题，我们什么都聊。生命，死亡，梦想，无关紧要的琐事，所有我们对于未来的期待，以及我们是如此有幸还有一个未来。

等戴夫从伊拉克回来时，我早已确定自己想嫁给他。我不想让自己的情绪过于明显，所以我把我们的第二次约会安排在了东伦敦的一家咖喱餐馆里，那家餐馆的墙纸是栗色丝绒的，这可能是那种最不浪漫、风险最低的约会。但是没用。我本来是想往杯子里倒水，但是注意力被戴夫的颧骨吸引了。当我把水洒在桌布上时，我知道我已经无药可救地被他迷得神魂颠倒了。那个星期的晚些时候，当我手捧亨利的心脏时，脑子里却在写着糟糕的情诗。

尽管一开始人们关注的都是尸体，但很明显，死亡课程在学生的课表上是缺席的。在我所在的医学院里，即便是在磨炼我们与患者交流技巧的短暂时光里，也没有过关于死亡恐惧的公开讨论。显而易见，就像薇薇安·贝宁用她那惊人的智慧转移对死亡的恐惧一样，也有很多医生教我们回避死亡的问题。

在他们看来，他们选择的盾牌是行动，而非言语。只要教导那些未来的医生专注于要做的事，例如，诊断、治疗、救助、控制，死亡就能被安全地淡化，甚至被无视。然而事实上，死亡总是在我们身边，医院里随处可见。这个众所周知却总是回避的话题疯狂地出没于每一间病房。

这可能会导致某些痛苦的时刻。一次，还是学生的我跟着医疗团队收治了一名有严重胸痛、呼吸困难的患者，这名患者之前已被诊断患有肾癌。

蒂莫西·布拉德布鲁克是一名温文尔雅的前语言学教授。现如今他年过七十，遣词造句仍是那么精准优雅，非常像薇薇安·贝宁。恶性肿瘤的存在会让血液更易凝结，所以医生们认为他可能患上了肺栓塞，即肺部有血块。针对肺部的扫描看似证实了这一点，但另一位更资深的放射学专家看了一眼后有不同意见。专家们的意见摇摆不定，布拉德布鲁克教授和他的太太被晾在急诊科的隔帘后，煎熬地等待着，想知道为什么要花这么长时间。最终，专家们的意见达成一致，主任医师去为教授夫妇解释诊断结果，随行的还有其他几位医生和五六名医学生。

　　我们的队伍还挺壮观的。一行大约10个人，浩浩荡荡地走向布拉德布鲁克夫妇，就像是劫难的征兆正以听诊器的模样向他们逼近。主任医师毫不动摇，开始解释。"布拉德布鲁克教授，你想先听好消息还是坏消息？"这是一个选择问句，他毫不迟疑地继续说，"好消息是，你没有得肺栓塞。不过，坏消息是，原先我们认为可能是血栓的东西，实际上是癌。你肾脏的肿瘤细胞已经扩散至腔静脉，并且出现在心脏。所以扫描图像中模糊的不明物其实是癌。非常少见的症状。我以前也从来没见过。"

　　我仔细观察着布拉德布鲁克教授，他脸色苍白。医师的一番话让他脸上镇定的表情消失了，有那么一刻，我看见恐惧涌现。突然之间，这隔间里的空气好像不够用了。我们这些医生把所有空气都吸走了。

　　"什……你说心脏里有癌是什么意思？"他的太太问道。

　　"这被称为转移瘤。远处转移。"主任医师如此回答，就好像布拉德布鲁克太太想要的是一个清晰的词源解释。

　　但她真正问的，显然是关乎生死的更实际的问题：我丈夫的心脏里怎么会有癌？如果癌细胞在心脏里，在心脏的所有地方，他是不是就要死了？是这样吗？我就要失去他了吗？我的猜测或许不准。但我也在她丈夫的眼中看到了面对自身的死亡，他那不加掩饰的真切的震惊。

　　从现在起，任何词语都可能像风中的灰尘，被风吹散了。患者什么都听不进去。主任医师还在滔滔不绝地谈着转诊、深度扫描和将他转移至肿瘤病房的事，而布拉德布鲁克夫妇握着对方的手，茫然无措。

如果说有那么一刻需要仁慈，那一定就是现在。恐惧淹没了这个小小的隔间。夫妻俩瞪大了双眼。我等待着医患之间建立起人情联系，等待着主任医师说出一句话，伸出一只手，做点什么，好让这个人觉得在他的末日审判的时刻，他没有被世界抛弃。

什么都没有。要么就是主任医师对他刚刚造成的毁灭性一击毫无察觉，要么就是他自己也在逃避。在他的带领下，我们脚步不停地离开了，还有二十几个患者在等着看病呢。我们中至少应该有一个人回头的。我应该回去的。然而，就像给老妇人盖上面纱一样，我们合上了隔帘。布拉德布鲁克太太用全身的力气紧紧拥住那个心脏里长了癌的男人。

作为医学生，我们被教导在面对死亡时要竭力压制情绪化反应，与此同时，我们也在经历一个脱离正常社会习俗的扭曲过程，先是通过尸体，再是通过活生生的人。我的未婚夫戴夫，听着我回家告诉他的故事皱起了眉，感到难以置信。早些时候，作为一名缺乏经验的医学生，我在住院部医师的指导下为住院患者抽血。我急于想要帮人，也急于想要证明自己的能力，便拿着止血带和针头出发去找患者。

很快我就遇到了挫折。那个需要抽血的男人躺在床上，皮肤看起来黄得发亮，因为他的黄疸病非常严重。他的脸上瘦得几乎没有肉，眼窝深陷。我感觉自己就像在看着一颗包着泛黄保鲜膜的骷髅。我本能地想要后退，但忍住了。显而易见，这个人离死亡是如此之近，以至于他拼命活下来这件事竟显得荒唐又古怪。他怎么可能继续活下去呢？我不明白，在他这种情况下，一试管血又能有什么帮助。

说实话，我在护士站旁徘徊，就是害怕去接近他。我感到很棘手，就花了点时间翻看他的诊疗记录。胰腺癌，病情不受控，很典型的一种异常凶狠的疾病。难怪那个人看起来那么心神不宁。我紧张不安地接近他的病床，就好像他的濒死状态会传染给我似的。我感觉我在做的事并不对，但还是按照在医学院学的那样，打破了沉默。

"你好，史密斯先生，"我带着不合时宜的轻快口吻说，"我的名字叫雷切尔，我是一名医学生。我需要为您抽血，很快就好。"

我恐怕并没有主动询问他是否愿意抽血。他沉默地与我对视，我就把这当作是一种同意了，因为我不想让派我过来的医生失望。继续抽血工作并不只是感觉不对，而是明知不对还继续下去了，当我在他瘦骨嶙峋的臂上扎紧止血带时，我跟自己说，这是有必要的。

突然，他疼得龇牙咧嘴。"为什么你们就不能停止折磨我呢？"他虚弱地喃喃道，"为什么你们就不能滚得远远的，让我一个人去死呢？"

我在他的眼睛里看到自己的身影，满是恐慌。我违背了自己的正确判断，服从命令，实际上是在施行一种小小的折磨。我这一针扎得冷酷无情，也毫无意义。羞愧难当的我一边道歉一边飞快地跑掉了，两手空空地回到组里。

"对不起，他不想再被任何人抽血了。"我跟医生说。

"哦，是吗？也对，我想这也很正常吧。就他现在的状况来看，抽血检查的结果也改变不了什么。"我的上级说道。我只能尽力忍住火气没有回他一句："那你一开始让我去给他抽血时怎么就没想到这一点呢？"

事实上，我是对自己感到愤怒。我的直觉和感觉本是正确的，但我仍然继续做错事。或许是我说服了自己，那些真正的医生比我懂得多，尽管我不理解抽血的理由，但我不情愿的服从最终击败了我作为一个人的正直。我感觉自己可能加入了我并不想加入的队伍。

从某种层面上来说，我意识到，这种无意的残忍是医生这个职业不可避免的风险，因为从医的基本要素之一就是要用抽离感去驯服自己的同理心。我们可能因为想要帮助人所以才选择学医，但作为一个医生不能也不应该放任自己的同情心泛滥。比如说，如果一个肿瘤科医生允许自己对28岁乳腺癌患者的病痛感同身受，因为要离开孩子而感到伤心欲绝，那她如何能计算调整治疗方案，去保证她的患者在剩下的日子里拥有最好的生活质量呢？她如何还能继续工作呢？

我知道，没有一个人应该有一个在床头哭泣的医生，扎实的医学专业知识才能够帮到他们。因此，对每个医生而言，真正的挑战应该是在保持自身基本人性的同时，保持足够的抽离感，以便能够发挥医学所长。但是，作为学生，从没有人跟我们讨论过这些。实际上，医生们似乎根本不承认情绪对他们的工作有影响，恰恰相反，他们轻松地大步向前。

☆ ☆ ☆

我在医学院的头两年，被生物化学、解剖学、生理学和病理学搞得晕头转向，把薇薇安·贝宁忘得一干二净。我的目标和其他人一样，是在考试中取得高分，这需要精准与确定性，而不是什么玄而又玄的形而上学。事实上，我们常考的多项选择测验不仅要求我们选出正确答案，还要求我们对自己的答案打分，根据你对答案的自信程度在1~3间选择，3分意味着你要么完全信任你选的答案，要么是想放手一搏。过度自信是要受罚的，但如果你选择了3分，并且答案也是对的，那么你就可以因为这份大胆而得到额外的奖励分。所以你是有可能在每一门考试中拿到150分的，比满分还要高50%。不用说，任何低于这个分的成绩我都不会满意的。

即便在我听话地跟着学校的安排按部就班地闯关时，我也意识到了，这种打分的方式在灌输给我们知识的同时也灌输给我们某种态度。我的学校不仅想培养出学识渊博的医学人才，还希望我们有冒险精神。显然，在医学的道路上没有迟疑的空间：犹豫不决你就会被惩罚。

但是过分自信也有它的缺点。傲慢与反思不会共存。偶尔，当我听话地跟在主任医师身后一路小跑时，我会看到，直接的证据证明，《睿智》中生动呈现的医患之间的剥削关系并没有完全消失。一次，我参加神经科的学生实习，我们8个人在一名颇有名望的教授面前集合，准备开始每周一次的临床教学课程。

"好了，"梅尔罗斯教授用戏剧腔说道，"今天早上我为你们准备了一份惊喜。除非是三生有幸，否则你不可能再见到这样的情况。"我感觉胃里一阵不舒服，我预感到接下来会发生什么。"姑娘小伙子们，跟我走！床号3A。"

他手腕一挥，快步走过走廊，一帮学生跟在他身后飞奔着。我只有一瞬间可以做决定。我非常清楚躺在3A病床上的是谁，也清楚地知道为什么我们9个人绝对不能去找她。

3A病床上躺的是莫琳·吉布森，一名六十出头的女性。她刚住进急诊科时我就见过她，自那之后我就特别关注她每天的情况。几个月以来，莫琳隐约感觉到自己比往常更虚弱了。她必须要双手抓住扶手椅的两边扶手，才能把自己从椅子上撑起来。没过多久，她的手臂也和腿一样，渐渐失去了力量。伸手从厨房的碗柜上拿下一罐汤，成了她试图无视自己的虚弱的练习。终于，一天早晨，在她努力接电话的时候，听筒从她无力的手中滑了下来。随着听筒一路下落到地毯上，她对自己身体未知状况的恐惧终于敌过了对揭开真相的恐惧。她让丈夫开车送自己去医院。

轻薄的医用隔帘后，略带绿色的灯光下，我与神经科住院医师一起见到了莫琳。高峰期的急诊室里，到处是吵闹声、呻吟声、咔嗒声、哔哔声，与这里只有一块银色的涤纶帘布之隔。莫琳强颜欢笑，却难掩眼中的恐惧。

"我在想，可能只是维生素缺乏？"她满怀希望地问道，"我最近吃得都不太好。又或者只是最近工作压力太大了吧？"

我看得出她自己都不信自己说的。

"对啊，"她的丈夫急急地插话，"她最近工作太拼了。说真的，她已经好几个月没有休息过了。那肯定会对身体有影响的，对吧？"

神经科医师温柔而恭敬地展开工作，先是看了莫琳的病历，然后仔细检查了她的身体。他充沛的同情心震惊了我。不出所料，莫琳的四肢异常虚弱。更让人惊讶的是她的反射活动。大多数人都会有明显的膝跳反射。用小锤叩击膝盖下方的膝腱，小腿会迅速地上摆，这标志着肌肉和神经都在正常运作。其他的反射活动则没那么容易测试，有些反射需要医生具有很高的技巧才能评估反应快慢，但是莫琳全身都重度痉挛。轻叩她身上的任何一处，不论用力多轻，她的肌肉都会不由自主地抽动起来。即使只在下巴上用指尖轻轻一点，她的下颌也会因痉挛而打开。我努力使自己面无表情，就像一张空白的画布。我之前从没见过类似的症状。

神经科医师轻轻地向莫琳解释，为了弄清楚症状的根源，她需要住院接受进一步的检查。待我们离开她的病床后，医师考我："你的诊断是什么，雷切尔？你想排除哪一种情况？"莫琳的神经病学检查结果符合一种特定的可怕疾病，即MND（运动神经元病）。MND是一种会逐渐恶化到最终致命的进行性疾病，由大脑及脊髓内的运动神经元逐渐退化引起，目前没有治愈的方法。

在接下来的日子里，在与莫琳的交流中，我们多次讨论了这种悲观诊断有很高的可能性。身体的急速衰弱吓坏了她。每一天，她似乎都能感觉到自己变得更加虚弱。一想到自己一步步被困在一具衰败的身体里，先是被困在轮椅上，之后是无法进食，最终甚至无法自主呼吸，就害怕得让人几乎难以忍受。

为了去看莫琳，我总是尽可能提前半小时到病房。作为一名医学生，我有充足的时间这样做。有时我们只是静静地坐着，她的手紧握着我的手，泪水静静地淌着。在还不错的日子里，我们会聊天。我了解了她初见丈夫的那天发生了什么，知道她的孙子有多喜欢踩着水坑走路。

　　一个消息很快就在医院里传开了，说有一位神经内科的MND患者，临床症状非常严重，在一个医生的职业生涯中也难得一见。不断有学生和医生成群结队地来到莫琳的床边。而她耐着性子，忍受着人们反复的戳戳点点。但忍耐也是有限度的。让她成为医学奇观的疾病也在逐渐地将她囚禁。那些受她吸引而来的人群，只是为了强调她的命运是多么不寻常，多么令人不快。

　　一个人能忍受别人的无礼凝视也是有限度的。对莫琳来说，教授教学的那个早晨就是她的承压极限了。那天早些时候，她曾流着泪跟我说，今天她无法面对任何想检查她身体的人。梅尔罗斯教授大步流星地向她的病床进发时，我从后面叫住了他。

　　"抱歉，梅尔罗斯教授，请停下来。我们不能去看这位患者。"

　　他转向我，眼里闪着怒火。"那你，到底，又是谁？"他吼道。

　　我走近他，不想被其他人听到我说的话，胆怯地小声说："我认识这个患者，她入院的时候我也在。她今天早上哭了，不想再看见任何医学生了。"

　　"你在说什么呢？这是我才能判断的事。"他驳斥了我的话，再次向3区病房走去。

　　"不行！"我脱口而出，声音更大了。

　　他转过身来怒视我。其他同学就在一边看着。梅尔罗斯教授是出了名的恐怖，教训起学生来经常能把人逼哭。站在他面前，我感到内心在坚持自我和瑟缩间激烈斗争。我比同学大10岁，这对我很有帮助。

一片沉默。我与他对视。然后，他对我略一点头，转身扬长而去，去找别的患者了。

"好吧，雷切尔，老天保佑这次轮岗结束时他不是你的考核官。"有人在一旁咕哝道。

"他最好早点退休。"我偷偷答道。

一个星期后，爸爸给我打电话："考得怎么样？"

那天早上，每个学生都在一名神经科主任医师锐利的目光下检查了患者。不出所料，我被分给了梅尔罗斯教授。我拿到的病例难得让人难以置信。我的患者的眼球运动功能失常，综合表现很奇特，发病情况实在太罕见，以至于大多数教科书中都没有提及。我一边努力理解检查出的神经解剖学迹象，一边坚定信念，绝不在梅尔罗斯的目光下退缩。令我惊讶的是，当铃声响起，提示我去看下一个患者时，他的表情一时间缓和了下来。

"那个患MND的女患者，雷切尔，"他小声说道，"你坚持不让我们去打扰她是对的。谢谢你。"

我跟爸爸说了这件事。这似乎比跨过学术最后一关重要得多。"我认为，"爸爸沉思了一阵，回想着他数十年的从医经历，说道，"你最终可能会对别人的痛苦免疫，正因为你一开始就抱有同情心。你不想变得冷漠，但你不冷漠，又会把自己伤得太痛。要继续走下去，你别无选择。"

　　我思考着梅尔罗斯日常看诊必须要做的事。作为一名运动障碍领域的专家，他要向新患者揭示可怕的诊断结果，而他日复一日地忍受着这样的经历。帕金森病，进行性核上性麻痹，皮质基底节变性，多系统萎缩，这都是一些最无情、最难治、最凶残的疾病，他一次又一次将这些名字以及随之而来的暗淡未来投向人们。而我真的可以信誓旦旦地说，即便经历了几十年用空投炮弹粉碎患者生活的日子，我依然能够带着完好如初的温暖和人性走下去吗？我们中的任何一个人，有自信这么说吗？

4

小小的善举就能让人有十足的力量去战胜恐惧

> 疾病是生命的阴面，是一重更麻烦的公民身份。
> 每个降临世间的人都拥有双重公民身份，其一
> 属于健康王国，另一则属于疾病王国。尽管我
> 们都只乐于使用健康王国的护照，但或迟或早，
> 至少会有那么一段时间，我们每个人都被迫承
> 认我们也是另一王国的公民。①
>
> ——苏珊·桑塔格,《疾病的隐喻》(*Illness as Metaphor*)

  在观看过薇薇安·贝宁的虚构人生后，我没想到自己这么快就走上了她的道路。此时，我张开双腿躺着，双脚搁在脚镫上，毫无自卫之力，我盯着风扇的银色叶片看，它竟完全没有把我发烫的身体的气味从我脸上吹走。一个男妇科医生正在我的双腿间工作。我从未如此强烈地渴望从自己的皮囊中挣脱出来，脱离自

---

① 译文摘自《疾病的隐喻》，[美]苏珊·桑塔格著，程巍译，上海译文出版社，2003年。

己的肉体。只要能摆脱这个姿势，摆脱绑住我脚踝的固定带，让我做什么都行。

我这回并不是因为癌症而丧失尊严。根本没人提过这个词。我比任何人都清楚，和其他患者的经历比起来，这根本不算什么，不值一提。我接到了一个电话，那时我正在妇科实习，这个电话让我来这间诊室，来到这个诊察台上。在实习的医院里，我发现，涉及女性身体的切割、摘除、剥除、缝合工作，主要由男性完成。某位男性妇科医师曾给最近一队学生展示了一本影印的指导手册，他将其命名为《指尖上的妇科学》。护士们都在背后叫他"金手指"，不过我从来不确定那是指他的法拉利，还是指他在某些方面的技术。

住在妇科病房里的一些女性经受的手术实在过于极端，手术名本身足以证明其恐怖程度。"清除术"（exenteration）是我在第一周学到的词，源自拉丁语词汇"enteron"，意为"内部的"，而"ex"代表"去除"，指的是掏空体腔内的所有脏器。女性盆腔脏器清除术包括：通过外科手术移除膀胱、尿道、直肠、肛门、阴道、宫颈、子宫和卵巢。难怪这些女性都诡异地面无表情，像雕塑一样躺在医院的白色棉布下一动不动，那些裹身布像是用来保护我们的，让我们避免见到她们经受暴力改造的身体。我想坐下来，去交谈，去倾听，去接触引流器和胶管下的那些母亲和姐妹，但她们受伤之重吓到了我。我不忍心去想象一个人的身体被刮得那么干净，被掏空得如此彻底。

晚上，我读起了医学史。所谓的"英勇手术"（heroic surgery），灵感源自二战时期的外科医生们所做的努力，令战后时代的医生很是沉迷。美国医生亚历山大·布伦施威格发明了全盆脏器清除术，他极力宣扬根治性手术的好处，称其治愈了他的妇科癌症患者。他的手术方法缺乏依据，但《英国医学杂志》（*British Medical Journal*，简称"BMJ"）对他在1948年出版的某部作品曾热情洋溢地评价道："细读这本书后，每个人都会同意他是一位大胆、技术高超、勇敢又乐观的外科医生。"我不禁这么觉得，对布伦施威格先生来说，女性的身体是有待征服的领地，而那些身体里蕴藏的勇气都被他用手术劫掠一空。值得注意的是，BMJ继续写道："作者不允许'预后'这个概念影响他对于'可手术'的定义，他将'可手术的肿瘤'定义为'无论在什么位置或扩散程度如何，都可以切除的肿瘤'。"换句话说，只要布伦施威格觉得患者不会当场死在手术台上，那么患者的身体就是可以任其摆布的，根治性手术是值得追求的。在那本书里提及的100名患者中，34名在术中或术后立刻死亡了。英勇是份血腥的事业。

当我在听一场有关妇科癌症的讲座时，我的全科医生打电话来告诉我最近的宫颈刮片检查结果。一开始我以为她只是比较贴心，还特地给一位女性医学同行打电话。然后她说："也没什么好担心的，雷切尔，不过检查结果呈阳性。"

当然了，医生才不会打电话给自己的患者只是为了传达一个普通的好消息。我尽力让自己的声音听上去放松又懂行。"哦……我明白了，谢谢你打电话来。我猜是CIN 1级，对吗？"

"事实上，不是，是CIN 3级。"她顿了顿，"所以我将你转给了阴道镜检查门诊，他们可能要在本周内见你一次。"

"啊，好的。"这回轮到我顿了顿，"感谢你通知我，谢谢。"我说得云淡风轻，决心不露出一丝紧张。然后我偷偷地从讲座礼堂的后方溜了出去，走到了医院放置人体废弃物垃圾桶的地方，我知道就连烟瘾最重的老烟枪也不会来这么让人讨厌的地方。我静静地站在那里，试图让自己镇定，感到既无力又渺小。

CIN，宫颈上皮内瘤变（cervical intraepithelial neoplasia）的缩写，听起来就像"犯罪"（sin），在某些人的心里，它隐约带有放荡的含义。这些异变的、畸变的细胞，如果不加以治疗，有可能会癌变，它们与一种通过性传播感染的病毒，即人乳头瘤病毒，有着强烈的联系。性生活不活跃的女性很少会得宫颈癌。简而言之，"好女孩"自带防护，而"坏女孩"把自己置于危险之中。这一切都在冲击着我，抽走我肺里的空气。不知为何，我感觉受到了审判，也有种危险的感觉。我做错了什么吗？这是我的错吗？最重要的是，我有个可怕的想法：我可能会和那些白布裹身的女性一样，被迫面对那些用手术刀清除内脏的男人。

CIN分为程度不同的3级。我的是最糟糕的3级，要求做彻底切除手术。除非病理检测结果边缘干净，我才能确定不会发展成癌症。我的情况，在阴道镜检查，即用显微镜检查子宫颈之后，需要用"环形切除术"去除病变的区域。本质上来说，就是用一根类似奶酪切片器的钢丝，在加热通电后，削掉我的宫颈边缘，理论上，恶性病变的部分也会被一起切除。整个手术过程，如果说有什么不愉快的地方，也只是需要你咬紧牙关，并且有个健壮的胃。击溃我的是侵入的恐惧。我试图挥走我对于未来的滑坡式联想：我将永远无法生孩子，一个永远不会和我一起变老的丈夫，美好愉快的生活变成满是痛苦、引流器和伤痕的景象，还有癌症带来的所有痛苦。

　　那天晚上回家后，我对戴夫隐瞒了自己的恐惧，因为将痛苦传染给他又有什么好处呢？医学院已经教会了我：一个人选择隐瞒的真相至少和说出口的一样重要。所以我只提到刮片检查结果有点儿异常，需要再检查一次，算是最小的真相。不需要提到什么"瘤变"之类的术语，免得让他分担我的灾难。

　　"你很担心吗？"他问道，试图从我的脸上寻找答案。

　　"完全没有啊，"我对他回以微笑，"数据看上去挺好的，会没事的。"

　　几天后，我来到阴道镜检查门诊。我一直把自己的NHS身份证挂在脖子上，把它当成一张无用的塑料护身符，仿佛一张身份名牌能以某种方式阻止我从医务人员转变成患者，以及随之而来的权力的丧失，即尊严的丧失。我知道是病情，而不是医生，赋予我新发现的脆弱，但我仍然想把一切怪罪在那些提醒我去做阴道镜检查的消息上。

妇科医师是一位临近退休的教授。有成千上万像我这样的女性曾走入他的诊室，神情无畏，毫不掩饰地挑衅着。他微笑着，那微笑带着真诚的温暖，一下就刺穿了我的防备。"我想提议一下，如果可以的话，雷切尔，我会只把你当作一个患者来看待，而不是一个医学生。一个人对于病情知道多少或者不知道，其实都没有关系。事实不等同于经验。你满意吗？"他问道。

说满意可能有些过了，但是在那一刻，我如释重负。显而易见，他很体贴，而且他看重患者的感受。甚至在我脱下内裤时，我感觉自从接到那通电话之后，自己第一次又有了安全感。

透热疗法，抽象地说，有一种难以抗拒的优雅，利用电加热金属，打造出可同时进行雕刻与灼烧的手术工具。肉在被切割的同时即被封住，巧妙地将失血量降至最低。而现实是，肉体被烧焦的刺鼻气味回荡在你鼻腔中，这就有点儿难以欣赏了。我紧紧握住护士的手，像是抓着救命稻草。当我的双腿开始打战时，她告诉我我很勇敢，我想给她一个感激的拥抱。在医学院的几年里，怎么就没人教过我，这些小小的善举以及人与人之间简单的触碰，就有着十足的力量去战胜原始的恐惧？

结果证实，边缘是干净的。我有幸获得缓刑。但这次和以往与死神擦肩而过的经历不同，我发誓自己绝不会忘记这段经历。我感受到的恐惧和涌上心头的盲目恐慌，正是我病房里的每个女性一开始都会有的。我与癌症的擦肩而过，尽管转瞬即逝，却让我瞥见了深渊。我收获了一些重要的东西：一种更深入地与我的患者共情的方法，一种我从前甚至都不知道自己缺失的能力。

我收获的远不只是这些。那天晚上，我和戴夫躺在床上，与癌症亲密邂逅的冲击仍像福尔马林的味道一样久久不散，我们讨论起生命危如累卵。所有我们觉得理所当然的事，我们的事业、家庭、充满希望的未来，对它们的规划都基于我们对自身脆弱性的视而不见。"但你还能做什么呢？"戴夫沉思着说，"你能做的只有选择生活。"

我知道他是对的。除了毫无防备的人生，即满怀希望地将自己投入一片未知的未来，你唯一能选的就是一种痛苦、苍白、单调的人生，在这种人生中没有什么可失去的，因为你的心不曾投入过任何东西。谁会想要活成那样呢？

"也许，"我带着倦意推测道，"只有在你接受所有的一切，你的每一段经历注定都将失去之后，你才能真正感受到活着的喜悦。那时你才能体味生命。也许死亡让我们热爱生命。"

戴夫挑了挑眉表示怀疑，"我不清楚，但我的确有个绝佳的建议。"他微笑着向我靠近，"让我们组建一个家庭吧！"

"哦，这对你来说是个好机会，雷切尔。你以前学过怎么做乳房检查吗？"身着手术服的男子问道，他看起来青春洋溢。

"没有，"我热切地答道，"不过我很愿意学。"

我们说的是急诊科的轻症区，如果患者还能站着走进医院的话，就会被分到这里来。走廊对面的是重症区，那里躺着病情更为严重、被救护车送过来急需救治的患者。那天负责轻症区的医生爱德带着我做事。作为一名学生，我在这儿就是个无用的人、一个麻烦，我敏锐地意识到自己的能力只会妨碍真正的医生和护士做事。爱德高约1.9米，有着橄榄球运动员的身材和与之匹配的超常性格，在急诊科掌控全场。他最喜欢的急诊方式是争分夺秒地冲上救护直升机，飞向骚动之地，在一片混乱中拯救那些被砸伤、压伤、重伤致残的人。高速公路上的连环撞车、重大火灾和爆炸事故，这些都是动作片里能让人肾上腺素飙升的场面。

在轻症区单调的小隔间里，患者们严格按照入院时间有序看诊，名单上下一个是20岁的女患者法比亚娜，她入院的理由很特殊。"谁会因为乳房肿块就来急诊室呢？"爱德猜想，"这不合理啊。也许她还是个学生，没有自己的全科医生之类的。"

我很好奇。在仅用薄涤纶帘布阻挡外人视线的小隔间里，法比亚娜僵硬地坐在椅子边上，双手紧紧地攥握成拳，看起来好像只要说错一个字就能让她起身逃跑似的。爱德通常都热情得近乎聒噪，现在却在温柔地小声说话，就好像在试图安抚一只被困的野兽，而法比亚娜的眼睛在我们之间焦急地扫视着。他引导着她慢慢地说出了自己的故事。我知道排队等候的患者已经让急诊科不堪重负，但他给法比亚娜一种错觉，仿佛他拥有很多时间。

法比亚娜的西班牙口音有些让人难懂，但最终我们了解到，她来英国留学6个月是为了学习英语。事实上，她确实去看了全科医生，而他给她检查过了，结论是没有肿块。那位全科医生就和爱德一样，做了详细的病史记录。法比亚娜没有乳腺癌的家族遗传史，也没有其他高风险因素。她这次来急诊室，其实就是为了能听一听第二个人的意见，虽然这法子有点儿特殊。她等了整整5小时才见到我们，她的身体看上去非常健康，完美到近乎闪闪发光。

爱德请求允许自己给她做检查，不过也提议说或许她更愿意让女医生检查。她摇了摇头，只想尽快结束这一切。她解开衬衫的扣子，整个人看上去都小了一圈，在爱德靠近的时候肉眼可见地退缩了一下。不穿衣服的她看上去更像个孩子，不像成年人，身体纤细而瘦弱。爱德眼神一瞥，暗示我可以参加现场教学。我最喜欢他这一点了，尽管就我个人而言，我非常想用毯子裹住她，把她保护起来。他恭敬、有条不紊地依次对两边的乳房做了触诊，深入每一侧的腋窝，寻找每一处癌细胞可能潜伏的角落。彻底检查至关重要。法比亚娜抬头盯着天花板，咬着嘴唇，分散自己的注意力。我注意到她的手机放在旁边的桌子上，上面贴着考拉和皮卡丘的贴纸。

　　触诊结束了。爱德等待她把衣服穿好，然后才公布他认为的好消息：他什么都没发现。法比亚娜的眼神落回到地面上。我看见泪光开始在她的眼角闪烁。她拿起手机，穿上外套，爱德就在一边仔细地看着她。是时候该走了，该去看下一位患者了。但正当她要走出去的时候，爱德向她伸出了手。

　　"法比亚娜，请等一下。我觉得你今天来这里肯定是有原因的，有一些你难以启齿的事。"

　　她手抓帘布，迟疑着。

　　"没关系的。"他跟她说，"也许，如果你觉得可以告诉我们，我们能够帮到你。"

　　她的脸皱了起来，重新坐下，眼泪夺眶而出。"我的姐姐，"她抽泣着，"是我的姐姐。"

　　在她断断续续的讲述下，故事终于浮现。法比亚娜的姐姐只有25岁，在西班牙的医院接受转移性乳腺癌的化疗。基因检测发现她有BRCA1[①]（乳腺癌一号基因）突变，该基因的突变会提高患乳腺癌的风险，法比亚娜极有可能也遗传了该基因突变。她姐姐的癌症是恶性的，几乎不可控制，化疗也不过是勉强争取一些时间，算是姑息性干预。

　　"你和你的全科医生聊过这件事吗？"爱德问道。

————

① 全称为 Breast Cancer 1。

法比亚娜摇摇头。她之前说不出口。

BRCA1突变家族史改变了一切。尽管一次常规检查能令她安心，但患癌的可能性突然就增加了。不过，去医院的一站式乳房肿块门诊部做一次扫描，让肿瘤医生做个评估，这样的安排不只是出于谨慎而已。面前的这个女孩，甚至还不能被称作女人，看着癌症无情地一口口吞噬姐姐的生命，她害怕自己有一天也会走上同样的命运。即便扫描的结果对她而言只是一个安慰，不给她这个机会就太不人道了。

我们打了几个电话，把她安排进了门诊部，她的身影渐渐消失在走廊上。接着，一阵冲动使然，她回身奔向爱德，张开双臂用力地抱住他，一边哭着，一边说："谢谢你，医生。谢谢你。"

我在那天学到的是远比乳房检查步骤重要得多的东西。那是一位身材魁梧的彪形大汉所拥有的细腻敏感，他的技巧让一个脆弱的年轻姑娘觉得他值得信赖。最重要的是，他理解为什么在急诊室的紧张与限制下，在这个特殊的小隔间里，弄清人们的危机是如此重要。我将他的技巧与怜悯收藏于心，我知道在往后的岁月中我会借鉴它们，就像我频繁地从父亲的经历中汲取能量一样。有一件事我很肯定：法比亚娜对爱德的记忆，一定会比我对他的更长久。

如果我能在医学院开处方，我会为每一个未来的医生开一针剂量不小的导致临时疾病的药。剂量足到能唤起真正的恐惧，至少要包括一些令人不快的诊疗步骤，光是想到它就能让学生们坐立不安的那种。也许给每个人来"一针"结肠镜检查，再加上一个预示着潜在灾难的诊断。不然的话，他们怎么能真正理解患者服从的是什么，医生对身体不适的需求有多大呢？

　　公平地说，我不是一个喜欢听别人命令的人，尤其不喜欢被人逼着做事。但是，作为一个患者，我就是行走的"顺从"二字。往这边走，抬头看天花板，手臂伸直，双腿打开，蹦到诊察台上来。患者们乐意效劳，遵守命令，绝对服从，当如此多的权力都集中在医生手中时，他们不能冒险提出异议。对了，地狱里有一个特别的地方，是为医生保留的，他们要求人们"蹦"。无论是成年人还是孩子，衣服都不会崩开，处女膜也不会崩开（或者其他任何东西，都不会崩开），但是诊察台绝对不是什么让你觉得舒服的好事，不管医生们如何友好亲切，假装"蹦"上诊察台是件多么正常的事。你可能会偷偷摸摸地、佝偻着身子、蹑手蹑脚地走向那发亮的、不祥的廉价塑料台，鼓起勇气交出你的身体控制权，但是你绝对不会快活地跳上去。

　　每次我遇到一个像爱德那样热心又善良的医生，我就对医学中真正重要的事又多了一些了解。在整个培训过程中我遇到了很多这样的医生。但真正使我大开眼界的是我从另一个角度所见的，即残酷而陌生的患者世界，尽管时间不长。一想到有一颗恶性肿瘤可能正在你身体里看不见的地方生长，你的恐惧就会涌上心头；

当子宫颈被灼烧时，你要努力忍住不哭出来；你的自我会随着围在腰间的那块塑料布的滑落而退缩；当你像乐购超市里的豆子罐头一样被打上条形码时，你会惊慌失措。

我还学到了那令人绝望的彻底无力感，没有人能够像你所爱的人那样教你，那些你为了留住他愿意付出一切的人。他们即便能够点亮你的生命，也必须面对自己的身体需要开刀的现实。

☆ ☆ ☆

人们都说，拿到一个医学学位要背300万个知识点。当我参加第一次期末考试时，我前一天晚上一直焦虑不安，无法入睡。在某种程度上，我知道自己毫无疑问能通过考试，我内心的煎熬来自想要发挥出色。但这一切似乎非常重要。低头写字，全神贯注，当我绞尽脑汁在纸上奋笔疾书时，3小时飞快地流逝了。有人抽泣着被带出了考场。300支笔在纸上的摩擦声听起来像是猫鼬入侵。

几百英里之外，一所地区小医院里，一个女人刚刚被救护车送来。戴夫的母亲帕特病危了。她既震惊又害怕，败血症击溃了她，她的血液里细菌横行，引起全身感染。我打开手机时第一次听到这个消息。手机显示有12个未接来电，都是戴夫打来的。当我在纸上机械地复写医学知识点时，他一遍又一遍地试图联系我。而这场考试只是一场虚荣的练习，目标仅为得奖。我的胃仿佛绞了起来。甚至在我回电话给他时，我已经明白消息肯定很可怕。

"嘿，是我，亲爱的，发生什么事了？"

远在电话另一头，在痛失所爱之人的那个世界，他接起了电话，简短而清晰，军队式的精确回答："是妈妈。她进医院了。我在赶去的路上。"我接收着信息的碎片，没头没尾的，令人困惑。他从他父亲那儿得知了这些，他必须赶过去。必须，立刻。

那天晚上，他从医院回来的路上，我们又通了一次电话，这一次讲得久了些。相较其他而言，最重要的事实是，帕特状况很不好，她能够在败血症中存活下来的概率最多只有55%。更糟的是，扫描还显示了另一件令人绝望的事，即癌症正在扩散，她的全身都在遭受入侵。所以即便她能够熬过接下来的几天，未来也很难说。

"我明天就来，考试重考就是了。明天中午前到。"我跟他说。

"不，别傻了，把考试先搞定。考完了再来吧。"

我几乎不能承受戴夫声音中的那份压力。试图安慰他的字眼听上去空洞又勉强。对我而言，这是一片从未涉足过的领域——要如何用话语去安慰一个你爱的人，当你明知道他正在心碎？我唯一确信的事，唯一不变的事实，就是我爱他，无论发生什么，我会永远爱他。

当我又花了48小时闯过另一道学术关卡时，戴夫和他的父亲坐在帕特的床边彻夜监护。他只给我大略描述了一下细节。有时，在考试中，我发现自己会想起那位我了解不多却热爱至深的女性。

她接纳了我，作为她独子的女朋友，她的温暖和真诚令我惊叹。她是那种一月就开始买圣诞礼物的人，把东西藏在衣柜里，直到连衣服都放不下了。到了秋天，有着驯鹿包装纸的包裹就会被倒在地毯上。我能从戴夫的眼神和笑容里看见她的身影，尤其是我能从他的价值观里看到她。她简单，正直，善待他人，宽容有礼，总愿意用最善意的目光看待身边的人。

由于在医学院的这个阶段，我只学过理论，所以我清晰地知道自己的局限，本能地给爸爸打了电话。"就陪在戴夫身边。"他告诉我，"你不能让情况变得更好，你不是帕特的医生，但你可以让戴夫知道他并不孤单。"

考试一结束，我就登上了火车奔赴医院，到戴夫身边去。在火车站里，戴夫看上去衣衫褴褛，精神恍惚，就像一个刚刚下了战场的士兵，身上还带着战斗过后的疲惫。当然他本身就是个实干家，但现在也是束手无策，失去了往日的气概，恨自己的无能。戴夫的父亲雷也是一样。他们两个日夜在帕特的床边守候，都已精疲力竭。我主动提出替他们守夜，好让他们能歇一下，他们急需休息。

当我们到医院时，戴夫用笑脸面向他的母亲。"妈妈，看，雷切尔来了。"帕特回以苍白微弱的笑容。比起那些插管、套管、氧气瓶、医用罩衣，最让我惊讶的是她看上去竟如此瘦小。她以前看起来有那么小吗？"雷切尔今晚陪着你，你高兴吗？"他问道。

"特别高兴。"她呢喃出声。

我从见到帕特那一刻起就知道她命不久矣，并不是因为医学院的课，生物化学课本不谈生死，而是因为她身上丧失的东西，比任何东西都要明显。生命力已然所剩无几。那个僵硬如石般躺在床上的女人，正用尽每一丝力气，拼命不让残存的生命彻底消散。活着这个动作就已经用尽了她一切力气。

如果那时我对医院的了解更多一些，知道病房实际是如何运作的，那么我就会明白，她在侧边房间里的这个床位，代表着对她的身体状况，护士和我有相同的看法。医院里的工作人员如果觉得某个患者命不久矣，就会尽他们所能地为患者和家属腾出一点儿空间，保护他们的隐私，当然，前提是床位条件允许，而这个前提并不容易实现。

房间里就剩下无知的我和帕特，我柔声细语，对她说起我和戴夫即将到来的婚礼，说起戴夫神秘的蜜月计划，说起我的婚纱触感柔软，走动起来沙沙作响。偶尔，我能看见她脸上掠过的微笑。有那么一两次，她使劲捏了捏我的手。

"他很爱很爱你。"我轻轻地告诉她，"你知道，我在他的身上能看见你，每一天都能。你和雷养育了一个多么出色的男人啊。"

她睁开双眼，直直地看向我，而我在拼命地寻找合适的话。我要如何才能安慰她？什么话才能让她舒服一些？无话可说的我，有那么一刻，只能紧紧抓住她那只握在我手中的温暖而沉重的手。

"帕特，我……我知道你病得很重，但是医生们正竭尽所能地救你。不管发生什么，雷、戴夫和我，我们都在这儿，我们不会离开你的。"

她拍拍我的手，就好像在那一刻，我才是需要安慰的人，那大概是我见过的最慷慨之举了。

等她入睡了，我悄悄走出病房给我的父亲打电话。"爸，爸，她快死了。我能做什么？我不知道该说什么。"

"她看上去害怕吗？"他问我。

"嗯，不，不，她看上去很淡定。"

"雷切尔，这很重要。要确保她不疼，确保她不感到害怕。如果有需要，用吗啡和咪达唑仑。它们有用。雷切尔，如果你需要的话随时打电话给我，无论几点都可以。"

那天晚上，我成了一根行走的导管，输送着我父亲的智慧。他成了帕特的医生，仅此一夜。

时间一点一滴地过去，情况也开始发生变化。帕特的身体机能逐渐停摆，我必须做点什么。深夜中医院幽暗的一角，除非有紧急状况发生，否则谁也不会来。帕特尽管没有发出任何呼救，却迫切地需要支持。一开始，我注意到由于她的手逐渐肿胀，结婚戒指深深陷入皮肉之中。"让护士把戒指剪断。"爸爸建议我。但当我向护士求助时，他们跟我说病房里没有切割器。我又打电话给爸爸。"听着，"他说道，"告诉他们每个急诊室里都有切割器，就是为了这种情况而准备的。他们可以去那里拿，或者你可以提出替他们跑一趟。"

在我的坚持下，终于来了一位助理护士，在没有破坏戒指的情况下，温柔而又极具技巧地成功把它摘了下来，也没有用到切割器。

帕特辗转反侧，不停地用手拽鼻子下的氧气管，指尖乱颤。护士们坚持不让她拔氧气管。我又偷偷摸摸地给爸爸打电话。"把氧气管拔了。除非她已经不能自主呼吸，不然就让她用自己觉得最舒服的方式休息。"没了氧气管后，她还是时睡时醒。

现在好像是疼痛让她辗转难安。

"她需要吗啡。"爸爸跟我说。

"她已经用上了吗啡。"我告诉他。

"剂量多少？"他问道。

我对剂量一无所知。她用的是最低剂量，2.5毫克，镇痛作用就和一小片可待因差不多，是极其谨慎的起始剂量。"拜托了，"我乞求护士，"叫值班医生来吧。她需要更多的吗啡。请让他们过来。"

当时的我无疑是一个惹人生气的家属。但是我担心帕特可能会遭受不必要的痛苦，这份恐惧引出了我身上连自己都未曾意识到的狠劲。最终，一名不堪烦扰的实习医师来到病房里。更多的吗啡被用上了。这下帕特能够安然入睡了。我坐下来，看着她起伏的胸膛，抚摸着她的手，将她额前的头发理顺。

天快亮的时候，一名护士出人意料地为我带来一杯茶。她的眼神中充满温柔，毫无指责。"如果是我的妈妈，我也会希望有一个像你这样的人照看她。"她离开病房时对我说道。

病房里又是一派晨间的忙碌，但爸爸已经准确地告诉我下一步该怎么做。"把缓和医疗组的人找来，雷切尔，一定要让他们马上过来。"帕特的顾问医师在病房门前晃了一下，就着急要走了。他含糊地同意了缓和医疗，边说话边向外走。"别走。"我断然道。然后，我停顿了一下，希望能传递出强硬的姿态。我直视他的双眼说道："你现在就要打电话叫他们过来。"我跟着他走出房间，来到护士站，等着他打电话。我是不是一个特别讨人厌的恶魔家属？或许吧。但如果我爸爸是帕特的医生，他早就已经打这个电话了，而他就是我衡量治疗的基准，是优秀护理的指向标。

戴夫随后到了。我们知道缓和医疗小组正在来的路上，于是安心地换岗，我回家睡觉。几小时后，戴夫走进了卧室，他还没有开口我便明白了，她过世了。眼泪，紧紧地拥抱，无须言语。在很长一段时间里，我们依偎在一起，窗外的天色缓缓地暗下来。从确诊到死亡，仅仅过了4天，他的母亲走了。

后来，戴夫描述了缓和医疗小组的工作，他们谨慎而高效地评估了整体情况，悉心照料当时已经失去知觉的帕特。他们使用注射泵为帕特推入小剂量的药物，作为背景输注缓解她的疼痛，让她保持镇定。于是帕特保持着平稳的呼吸，在没有疼痛的状态下，在丈夫的怀中离世了。

至于雷，和他的儿子一样，也是精疲力竭了。那一天，他泪流满面，无法进食，由此，我从他身上学到了关于爱的新东西。失去所爱之人就是那样的痛。雷的妻子对他而言有多重要，他的痛苦和悲伤就有多沉重。在这道生命的计算题里，他失去了多少，恰恰就是她对他而言的意义有多少，可以说是无限的。我看向远处的戴夫，他正站在水壶边，为他的爸爸倒茶。我看得清楚明白，有一天，他或是我也会对彼此做同样的事，而我绝对不希望它有所不同。

葬礼迅速地结束了，情况很糟糕，戴夫和雷全程都心不在焉，行动迟缓，就像身陷糖浆之中，在艰难划水一般。之后我和我的未婚夫去了郊野。我们漫无目的地四处游走，没有方向，仅仅是在我们与他的失去感之间留出了时间和空间。经历了忙碌的仪式和吊唁，随后的宁静显得非常怪异，几乎像是另一个世界。那时正值仲夏，热浪滔天，地上的草都被太阳烤成焦褐色。太阳缓慢地向着地平线下沉，我们一遍遍地走过被烤得硬邦邦的土地。后来，八九点钟的时候，戴夫终于开口聊了些关于他母亲的事。我们停在山腰上，俯瞰落日。在我们的下方，大地远远地融入一片色彩奇异的天空之中。粉色、紫色、绿色、橙色，绚烂异常，当然，是纯天然的：一片暮色与超自然相互交融的奇景。

那黄昏的光彩对于农场而言真是过分绮丽，我们站在那儿，感觉像是收到了奇异的祝福，然后，在我视线所能及的最远处，出现了一个幽灵。不是一个鬼魂，不是帕特的形象，而是一只幽灵猫头鹰，一只昼伏夜出的猴面鹰[1]，外出潜行觅食。"戴夫。"我低声呼唤，我们都屏住呼吸，看着猴面鹰于静默中迅捷地飞行，像一位低调的猎人，穿过它统治的枯草地。倾斜，转身，翅尖从一侧转向另一侧，它像一个昏昏欲睡的战斗机飞行员，慵懒地晃悠着搜寻猎物。我们无言地看着它掠过田地，悠然飞行好似闲庭信步。在接近树篱时，它转了一个大大的弯，重复之前的路线继续飞行，在炽热的暮色下闪耀着金色的光辉。

如果说有一种生物能够跨越不同的时空，那一定就是猴面鹰。它们是在日间猎食和出没的夜间飞行者，站在树梢上能如同墓碑石般一动不动，人们永远只能在它们融于幽暗、消失于黑暗前得以一瞥。这样的一种生物竟出现在白天，出现在这样的一天，在斑斓绚丽的天空下浸润着金色的光辉，足以让一个无神论者相信上帝或是魔法的存在。

然后，猴面鹰离开了，魔咒解除，或许是出于释然，或许是出于某种类似敬畏的情感，我们发现自己笑得像个孩子。在没有信仰的时刻，我们竟被赐予了一只"白日幽灵"，它是来自自然世界的生命馈赠，是永不停歇的生命在前进，这是多么了不起。在

---

[1]　即仓鸮，猫头鹰中的一种，英文中亦有"幽灵猫头鹰"（ghost owl）的叫法。——译者注

落日之下，我们彼此拥抱，然后手牵着手，走上漫漫回家路。

　　在那时，我选择遗忘那96小时。今天还活着，明天可能就要离去，生命无常的可怕本质太过悲凉，让人无法去回味，也让人过于接近医院的世界。当时我只是想尽力去支持戴夫和他的父亲。然而，作为一名医生，我的命运已在不知不觉中注定。帕特绝对是脆弱的，在她生命的最后一夜，她迫切需要一名对她很重要的医生，一个能够尽可能让她在最后时刻感到舒适和保有尊严的人。还有在破晓后冲锋而来的缓和医疗小组，他们带来的不仅是专业知识，更是一种信念，即便，甚至，尤其在生命的临终痛苦之中，最好的护理仍然至关重要。这是最好的医疗，将患者，而非疾病，视为工作的核心。

5

我想要消除我人性中的脆弱，成为像这些医生一样的人

心脏骤停时，第一步便是测量你自己的脉搏。

——塞缪尔·塞姆，《上帝之家》（*The House of God*）

"雷切尔，帮下我好吗？"

有时是同事说话的语气而不是内容，会让你知道你需要抛下一切去帮忙。卡罗琳虽然刚从医学院毕业不过3个月，但是已经凭借沉着稳重的处事风格给团队里的每个人留下了深刻印象。然而，现在的她眼睛睁得大大的，一脸脆弱，声音里满是紧张和焦虑。

当时的我已经从医两三年了，足够分辨情况，明白有什么糟糕的事发生了。当我们急匆匆地走向她的患者时，她试图更准确地描述自己的困境，但话语杂乱无章。"我觉得他快死了。我，我觉得他可能（心脏）停了，但现在我们正全力对他进行（心肺）复苏抢救。"她顿了顿，换了口气，然后脱口而出，"但是不应该啊，我们真的不应该对他抢救。今天早上巡房的时候我还试图跟

主任医师提这件事，但医师只说'没有紫色表格'。"

　　我之前也经历过这样的事，所以能直觉地想象出她的内心有多么纠结和不安。她来寻求帮助这一点让我松了一口气。"不施行心肺复苏术同意书"（DNACPR①），众所周知，经常在病历本中看不到这个东西。很多时候，医疗团队会回避跟患者和他们的家属聊这件事。它不好聊，但很重要。这些对话能够帮助他们决定是否要在患者发生心脏或呼吸骤停时接受CPR（心肺复苏术）。同意书通常是一张紫色的表格，有时页面有红色勾边，因为在紧急情况下，当患者心脏骤停时，不能把宝贵的时间浪费在从一堆乱七八糟的记录里找出患者是否愿意接受复苏术的证明。那张表格如果存在，需要一下子就能让医护人员看到。

　　如果没有那张表格，一般默认需要对患者进行复苏急救。急救小组会如同疾风骤雨般降临，按压胸腔，电击心脏除颤，注射肾上腺素，尽一切所能抢救骤停的生命。复苏术是一项颇为暴力的、能压得骨骼嘎吱作响的工作。施行心肺复苏术的过程，就是一队希望能起死回生的医生对着一具尸体猛攻。如果说这样的希望从一开始就是徒劳的——或许是因为患者太老、太虚弱、病得太重，以至于他们的心脏根本不可能重新跳动起来——那么最后复苏术带来的总是难堪、伤害和尊严丧失。

　　卡罗琳虽然经验不足，但早已感知到她的患者徘徊在生死之

① 全称是 Do Not Attempt Cardio Pulmonary Resuscitation。

间，岌岌可危。连续几周，她每天都去照看他，对他的情况了如指掌，今天她发现他情况有变。她精准地诊断出他快死了。尽管被主任医师驳回了意见，但她还是担心自己的患者会因为不合适的复苏术而受到侮辱。

我们冲进伍德曼先生的房间时，我刚刚对情况了解了个大概。我之前从没见过伍德曼先生。他年近九十，身材干瘪，瘦骨嶙峋，极易跌伤，身患慢性心力衰竭有一段时间了。他的心脏不再像曾经那样规律而强有力地跳动，状态很不稳定，心肌肥大，早已超负荷运作，在无力地搏动。曾经活力四射的血液在他的身体里流动，如今变得滞缓，常常积滞在下肢和肺部，让他浑身汗湿、浮肿，常常大口喘气。慢性心力衰竭患者通常预后很差，30%~40%的患者会在确诊后的一年内死亡。伍德曼先生住院期间，治疗小组已经在他身上尝试了各种用药方案，但基本上都没有用。

当我对上他的双眼时，他睁大的眼睛里满是乞求，他的脸因为痛苦和恐惧而扭曲，龇牙咧嘴。我不得不在心里斗争了一阵，抛开自己的情绪，我担心自己会将那无处不在的恐慌感如实地反馈给他。

"帮帮我，"他喘着气说道，"我快死了。"

他是知道的。这个男人非常确信，此时此刻，自己就在死亡的边缘。作为医学生的我很早就被教导，要注意"死亡恐怖"（angor animi）的症状，这个拉丁词汇专指一个人确信自己濒死之时彻底的绝望感。当时，自我从医以来也只见过几次死亡恐怖的情况，但每一次的症状都十分明显。伍德曼先生的心脏狂跳，血压升高，双唇因缺氧发青。就在我们说话的当下，他可能刚刚经历了心肌梗死，他心脏中的一部分正因缺血而坏死。

没有时间可以浪费了。如果死亡确实无法避免，那么最仁慈，也是唯一可行的方法就是用镇静剂消除伍德曼先生的恐慌，尽快给他的静脉中推入一大针吗啡或是咪达唑仑。但是今天为患者看诊的医生中最资深的、全权负责治疗的主任医师，却开出了完全相反的处方——胸腔按压，电击除颤，如果有必要的话，还要做全套的CPR。照理来说，即使是现在，我也应该冲出去响应急救铃的号召。

但在我看来，那一刻，在病床床尾，一切都像是一场闹剧。这是一个大胆的决定。在那样等级森严的医学世界中，反对你的主任医师的决定被视作越级，是极度无礼的表现。一般来说，的确如此，毕竟医疗中的正确决策大多凭经验而来。因此，资历深的说了算。我只是一个新人。我并不了解这位患者，可能会遗漏一些显而易见的问题。我快速运转大脑，思绪飞驰，衡量着各种选项。

"卡罗琳，跑去叫老大来。告诉他必须马上来，情况紧急。"

下一步，我让护士们跑去拿10毫克静脉注射用的吗啡。然后，我从患者身上抽取了少量血液用以立刻做化验分析，这是我能想到的向主任医师证明CPR不合适的最迅速无痛的方式。我确信，这些血液的生物化学特性将证明，除缓和疗法之外的一切方法都是没用的。但我的抽血针让伍德曼先生呻吟起来，四肢乱颤。我没能像他乞求的那样帮到他，反而成了又一个施加痛苦的医生。我已经决定了，只要血气分析结果一出来，我们就给他打吗啡，想办法减轻他的恐慌，无论主任医师是否在场。这勉强算是一个计划，一个拙劣的、最糟糕的妥协。但之后的一切都发展得太快。

　　有人带着血样冲向血气分析仪，我则单独和濒死的男子留在房中等待。吗啡被拿来之前，医学再也不能够为他做更多了。我能给予的只有仁慈。我拥住伍德曼先生，用双臂环抱住他湿腻的肩头，他紧紧抓住我的手，痛得我几乎要尖叫出声。他无法开口出声。他的脸色暗沉，满面愁容。一串血珠从他刚刚挨了我一针的手腕上滴到了床单上，鲜艳得刺目。我试着慢慢说话，安慰他，用温暖安抚的字句告诉他，即便在垂危之际，他也不是孤单一人。这些话和我说过的任何话一样真诚，但却不是实话。我知道，他很快就要死了。

　　护士带着满满一针管的吗啡冲进房门。伍德曼先生浑身发颤，大口喘气。他整个人都被汗水浸得湿透，身子在我的怀里绷紧，透不过气来，脸红得发紫。主任医师和卡罗琳一起来到了病床旁。但现在他的意见已是多余的，那决定性的一刻早已过去。在我们面前的是一个目光呆滞的男人。我怀中的已经不是一个人，而是一具尸体。

有那么一刻，没人出声。寂静像是硫黄一样涌入房间。房门再次被打开。另一个护士上气不接下气地冲了进来，手上拿着刚出炉的血气分析报告。她大声地念出一连串显示指标极差的数据，这正是我需要用来反抗主任医师的证据。太迟了。床单被逝者的汗水浸透。作为他的医生，我们辜负了他。

那天晚上回到家后，距离伍德曼先生的死亡已过去了数小时，我仍然因负罪感而难受，我辜负的不是一个人，而是两个。我把孩子们哄上床睡觉，感谢之前还有活泼的他们分散了我的注意力，但现在整个屋子一片寂静。死亡恐怖。我的患者在惊恐中死去了。如果我能更勇敢一点儿，更愿意依直觉行事，我可能还能够消除他的痛苦，让他在生命最后的恐慌时刻平静下来。但我没能做到。

还有卡罗琳，她跑来向我寻求帮助，正是希望能让他避免以这种方式死去。伍德曼先生死后，我们在旁边的房间谈论刚刚的情况时，她双手紧紧握住一杯热茶，抽泣着。当我看向这位表情凝重、心烦意乱的年轻医生，我的心中充满了愤怒，想要对主任医师歇斯底里地大吼："这位患者需要什么是多么显而易见，你巡房的时候怎么就能视而不见呢？"

而现在，我垂头丧气地缩在沙发上，能够更冷静客观地思考那个我没能说出口的、下意识的反问句。伍德曼先生不仅没有被邀请讨论对复苏术的看法，在他病情恶化时，下一步该怎么做的问题也被粗暴地无视了，即便医疗团队中有人说出了这样的担忧，因为一名实习医生比团队中的其他人都更熟悉这名患者。

现代心肺复苏是一个粗暴而又剥夺尊严的过程，从来都不该在那些明知不可挽回的患者身上施行，比如说，在这个案例中的晚期心衰患者。即便在健康的患者身上，作为成人心肺复苏的主要方式，胸腔按压和电除颤也常常会失败。在医院内发生心脏骤停的患者中，仅有五分之一的人能够幸存出院。而那些在医院外发生心脏骤停的病患，幸存的比例就更低了，大约十分之一。

CPR之所以值得尝试，是因为可能换回病患的生命。然而，在心脏"停摆"的时间里，重要器官会缺氧，可能导致患者虽然活下来却永久脑损伤，徘徊于混沌之中，永远失去了自己原有的人格。一些人，包括我在内，觉得这样的未来是比死亡更糟糕的命运。

DNACPR谈话允许患者提前考虑他们是否愿意接受CPR。他们的意愿将被记录在病历中，在紧急状况下，当患者不再拥有自主决定的能力时，可以帮助指导临床医生。在危急情况下，紫色表格很重要，能确保是患者的意愿而非医生的臆测主导一切。只要患者具有决策能力，他们随时可以提前拒绝CPR。

伍德曼先生极其虚弱、消瘦，奄奄一息，他比像他这样的心衰患者的预期寿命多活了好几个月。有证据表明，身体虚弱且有合并症的患者，在心脏骤停后病况往往会恶化，因此，为这些患者做CPR，成功的机会很渺茫。那么，为什么他的医疗团队都没有跟他提过这点呢？相反，他是如何在焦虑痛苦中死去的呢？床边只有一个实习医生在苦苦挣扎，只因为资深医师的职业敏感缺失，就迫使实习医师背离了良好护理的本能？

这些问题的答案在那紧张而又暧昧的关系之中：医生与患者之死的关系。对于无处不在的人类死亡事件，医护人员显然持忧虑且回避的态度。如今，社会或许已将处理死亡的工作外包给专业人士，但专业人士可不见得就喜欢。

院方未就CPR与病患进行重要谈话，通常会被归咎于时间不足、人手不足。不可否认，超负荷的工作环境与此相关。但在我心底，我很确信，那个促使我们避而不谈的原因是胆怯。虽然作为医生的我们受过许多医学训练——或者说正因为我们受过的训练——但我们仍和普通人一样，在谈论死亡时感到尴尬和畏惧。要想改变这一点，首先就要理解为什么会这样。

像所有常看黄金档电视剧的人一样，我对CPR的第一印象既不是来自医学课本，也不是来自医院的病房，而是从一部部令人沉迷的医疗剧里获得的。作为《急诊室的故事》（ *ER*，美版 ）、《豪斯医生》（ *House* ）、《急诊室的故事》（ *Casualty*，英版 ）、《实习医生格蕾》（ *Grey's Anatomy* ）的忠实粉丝，在进入医学院前，我这个年轻的医学院预科生犯了个可以理解的错误，那就是觉得心肺复苏术常常是值班室里热辣激情戏的前奏，是由粗犷的中年男子和穿着紧身手术服的年轻女人完成的。当然了，与此同时医生们还能大展神威，英勇挽救患者生命。

就这样，我带着天真而极其错误的观念进入了医学院，觉得自己如果在重重压力之下也能保持镇定，也能无畏而熟练地按压胸腔，那么我的患者也都能挺过来。甚至直到我成了一个疲惫地奔波于病房间的新手医生，都没有一个人告诉过我，在现实世界中，接受过CPR的患者幸存下来并出院的概率有多低，也没有人告诉过我，电视剧是如何严重夸大了患者的幸存率。荧屏上对于CPR过于乐观的展现扭曲了大众的认知，这就是所谓的"电视剧效应"，在医学研究中得到了充分证明，也给新一代医生造成了影响。一开始，我想当然地认为，像电视剧本中写的那样，CPR能不能成功全看我。如果我做得足够好，那么患者就能活下来。如果患者没能活下来，那就是我的错。

"特别简单，A、B、C三步走，"还是医学生的时候我们跟着一个实习医师学过，他迫切地想打造一支急救复苏突击队，却造成了恶果，"你只要评估气道，做人工呼吸，然后胸外按压。"他轻快地说道，"如果感觉不到心跳就做CPR。"

"但是，如果说，"我们当时本想这么问，但没敢问出口，"如果我们之所以没能觉察到心跳是因为我们没能力感觉到呢？如果我们搞错了呢？"

我们的这位指导员之前就提醒过我们，在按压胸腔时如果不压坏几根肋骨是肯定不能成功的。更糟糕的是，他带着一种令人不安的兴致告诉我们："如果你做得不到位，那就算心跳恢复了，患者的大脑还是会一团糨糊。你们那蹩脚的按压一定会搞成这样。"

于是，我就带着这样顽固的念头发起了第一次实操演练：如果我做对了，患者的骨头就会被我压断；如果我没做对，我就会给患者带来不可逆的脑损伤。

我还记得我们一群人紧张地围在CPR人体模型旁，轮流拯救橡胶人的生命，它仰面朝上地躺在散发着酸臭味的体育馆地板上。一般情况下，这里唯一的英雄事迹来自大学羽毛球队。

那名医生仔细地审视着我们笨拙的动作，在一旁怒吼着朝我们实时输出他的反馈。

"不对！不对！太慢了！力气太小！你的手肘打弯了。那么发力怎么会有用呢？为什么我看不到你的汗水？"

我从这节教学课里学到的主要是一种不健康的表演焦虑。我决意克服它，抓住一切机会练习。当一个患者在我的病区发生心脏骤停时，作为学生的我简直不敢相信自己运气有那么好。终于，我第一次加入了一支真正的急救队伍，为他们增加了一双手，以便在进行胸部按压的体力劳动时接替别人。负责急救的医生看上去镇定自若，安静威严地指挥着队伍，成功令患者复苏。我怔怔地看着她的每一个动作，想要习得那份在枪林弹雨中面不改色的镇静。

从成为一名医生那天起，心脏骤停就成了我工作中不可或缺的一部分。每隔几天我都会佩戴上急救传呼机，每个晚上和周末都随时待命。我渴望接到急救的传呼，找出问题所在，解决一切。我把每一次急救都视作让我能够在病床旁变得更好、更自信、更泰然的机会，学着去指挥高风险的救治活动，或许能够让患者成为那难得的五分之一，活着出院。

在所有这些一心一意掌握技能的努力中，没有一点儿是为了患者。每一次面对心脏骤停的患者，我总是忙于让自己成为冷静、可靠的急救队长，却没空真正想一想在我们紧扣的双掌之下承受重压的患者。开门见山地说，一开始接那些急救传呼都是为了我自己。我满心急切地想要把它做对，达成复苏患者的成就。

从某种意义上说，你也可以认为那并不是一件坏事。如果我的家人恰巧在医院突发心脏骤停，我也会希望他们的病床边有一样东西——冰冷、扎实、高超的医学技术。我希望有一支能毫不犹豫就冲锋的队伍。在现场但凡有一点儿惊恐、失误、慌乱，我爱的人生存下来的可能性就降低一分。如果人性是以犹豫不决的面貌而来，那我宁可不要。我想要冷酷无情却技艺高超的医生和护士，因为心脏停搏的时间越久，它重新恢复跳动的可能性就越低。所以，在病床边请给我最像机器的人。与之相反，很可能会让我爱的人失去生命，因为有时我也会目睹，当一队没有经验的急救人员崩溃时，那样的混乱、慌张，以及像慢车相撞时的犹豫不决。

我们总对医生提出矛盾的要求。我们希望他们充满人性，富有同情心，关怀患者，但仅仅到某一程度而已。我们同时也希望他们具有某种程度的冷漠，能够冲锋陷阵，解决危机，例如，骤停的心脏、压碎的四肢、眼前窒息的儿童，希望他们能够毫不畏惧地继续前进，压制所有的本能。

我从医生涯中亲历过的最振奋人心的时刻之一，是一个孩子经历的CPR。时至今日，这段记忆仍让我充满敬畏。

消息传来，一辆救护车送来了一个意识不清的孩子，那时我作为一个医学生被暂时分配到急诊科，正好就在复苏港。

"她是什么情况？"接到儿科急救传呼而来的儿科主任医师一走进复苏港就问道。

"她叫杰玛，3岁，在运河落水。"一名资深护士说道，"父母把她救上来的时候，她已经停止呼吸了。"

"护理人员3分钟后到。"另一名护士喊道，手中握着急诊科常见的专用红色电话。

一队专业人士在顷刻间来到这里，优雅而高效，仿佛舞蹈走位一般，他们刚刚还像四散的原子一样分布在医院的各个角落，现在已围在一个空的复苏床位旁，等待着作为一个整体迅速投入行动。

负责急救的主任医师冷静地向每一位队员确认他们的职责。麻醉师，负责评估气道。记录员，会一丝不苟地记录时间、用药、剂量等每一个细节，如果幸运的话，这些都有可能令她起死回生。第一位医生、第二位……每个人把岗位和职责一一说下去。然后是片刻的寂静，直到急救人员推着急救推车暴力地冲开弹簧门进来，推车上躺着那个小小的、苍白无力的孩子，在刺眼的荧光灯下一动不动。

在杰玛妈妈的尖叫声之下，几乎听不清急救人员的交接话语。

"救救她！"她一遍又一遍地哀求道，"拜托，拜托，救救她！"

一个护士温柔地和她聊了聊，问她是想留在复苏港里，还是想先离开一下。急救队工作不停，任务明确。片刻之间，孩子已经被插上了管。软管、电极四散缠绕。孩子小小的胸膛被持续按压着，停止，又按压，规律得像是钟表走时。每过两分钟急救人员都要检查一下心脏是否复跳。

我的经验还太少，帮不上忙，只能在外围徘徊，努力不流露出自己的恐慌。我还从没有见过状况如此糟糕的孩子。除非急救队成功让心脏复跳，否则实际上我在看着的就是一个已经死去的小女孩。我想到了自己还在蹒跚学步的孩子，在托儿所里安全无恙；想到了杰玛的母亲，待在家属室里必须面对可怕的局面。

急救队不停工作。按压，注射肾上腺素，电击，再按压。他们仿佛对着一个小型的人体模型，充满信念地动作着。整个复苏港都希望这个孩子能活过来，活下来，那愿望是如此强烈，几乎可以触摸到实体。病床旁形成了一圈渴望的力场，释放着安静的咒语：醒过来，醒过来，醒过来，醒过来……

时间过了15分钟或者20分钟吧。复苏术没有任何效果。对一个成年人来说，形成脑损伤的概率已经很高了，但是杰玛还年幼，身体有更强的复原力。我在复苏港里咬紧嘴唇，忍住眼泪。接着，在我们眼前发生了不可思议的一幕，心电图上原本凌乱的线条因为最后一次电击猛地一颤，然后会合成了规律的跳动痕迹。杰玛那颗经历过心室纤维颤动、被电击、被猛压过的心脏，不知怎么竟又重新开始跳动了。这具身体曾浸入咸水中，肺里满是难闻的绿色运河水，尽管如此，那小小的心脏仍然没有失去生命的活力，她体内的搏动力仍在继续。她复活了。就在那儿，在皱巴巴的NHS棉床单上，一个女孩起死回生了。我想到屋顶上欢呼。

急救队的专注没有一刻放松。她的生命、她的大脑仍然在垂危边缘，没有庆祝的奢侈时间。自主循环恢复（ROSC①）仅仅是心肺复苏后恢复健康的第一步，杰玛被迅速直接地送入儿科重症监

----
① 全称为return of spontaneous circulation。

护病房。

　　待杰玛被送走后，复苏港里爆发出了前所未有的笑声。主任医师、护士、医学生全都拥抱在一起，大家都欢欣鼓舞，是难得一见的时刻。但是那晚，当我走出急诊室，留在我记忆中的并不是那爆发式的喜悦，而是在那之前的无情的冷静、那份全然的专注。当时我站在一边，努力不让自己颤抖和落泪。同时，急救队展现出了人性和机械性，正在仔细研究能够最大限度地提高孩子生存概率的方案。我想要消除我人性中的脆弱，成为像这些医生一样的半机器人。

　　CPR，当它施行成功时，不亚于一场奇迹降临。它将患者从死亡边缘拉回，拯救生命于不幸。但是鲜有年仅3岁的心脏停止跳动的情况。老人们损耗严重、瘢痕累累的器官放弃工作，才是更常见、更可预见的情况。到某一刻，对我们所有人而言，心脏停搏都会成为一个不可逆的状态，成为我们走向死亡的过程中自然而不可避免的一瞬。我们的心脏停止跳动，是因为到了我们该走的时候。CPR在这些情况下，往好了说是帮不上任何忙，往坏了说是一种荒诞的侮辱。

　　因此，对医生而言最根本的挑战在于，去分辨哪些人可以获救，哪些人的心跳停止是死亡的不可逆转点。然而在医学院里，没人跟我们聊过这项重要而艰巨的任务，也几乎没有人教过我们，如何在有关CPR的提前谈话中确保患者本人的意愿。同样缺失的，还有最根本的，如何与患者和他们的家属展开这敏感而又极其重要的谈话。我们在医学院里关注的只有复苏术怎么做。

我被培训CPR的过程可以说是其他医学院的教学缩影。我被强行灌输了有关疾病的现实，而不是有关人的。讽刺的是，将教学的缺失反衬得如此扎眼的，竟是我未来的患者。我或许在脑海中塞满了名称、数字、药品和诊断，但对于混乱的、不确定的、互相矛盾的、毫无逻辑的、健忘的、令人恐惧的、受惊的、令人怀疑的、现实生活中有血有肉的人，我却从未学习过一分。他们就像我一样，生活在一个微妙的、不断变化的灰色世界，而不是我的医学课本里那样非黑即白的世界。我背负着难以完成的重任去学习一切，然后发现医学的所有存在理由，即患者，被推到了暗处。也就是说，当我接近成为一名合格的医生时，我根本不知道自己有多无知。

每年8月的第一个星期三，大约7000名新手医生跌跌撞撞地踏入NHS医院的病房。仿佛他们的焦虑还不够重似的，这时总会有那么一两份小报反复地登出耸人听闻的文章，说是这个日子标志着每年医院的"杀人季"拉开帷幕——据说，笨手笨脚、经验不足的新人医生会导致死亡率激增。这行里有些爱开玩笑的人喜欢这么说，不管你做什么，千万别在"黑色星期三"生病。

　　就我个人而言，在这个决定性的日子里，早上8:59前我还是普罗大众中的一员，而一分钟后，随着无比重要的时间的流逝，我蜕变成为一名医生，身上背负着所有的期待和重任，这感觉令人难以置信。现在的我可以自由出入病房，不仅有能力拯救生命，还能终结生命。工作中的一次失误，既可能导致一个拼写错误，也可能导致一具尸体的出现。我很害怕，连续好几个月，我的内心都在不停地打鼓：不管发生什么，雷切尔，别……千万别……不小心弄死人。我没有精力想别的事。我必须不惜一切代价保障安全，无论如何，保证每个人都活着，不能有一丝差错。

　　第一次夜间值班快结束的时候，我被护士叫去评估一位状况不佳的患者。我冲向病房，她的各项指标在我的脑袋里乱蹦，驱赶着我因为睡眠不足而止不住的困意。血压，糟透了。心率，急剧上升。氧饱和度，低到危及生命的程度。一场完美的生理攻击风暴。这位女士的身体严重失常，可能无法挽救了，而我才做了一天医生而已。

　　当我气喘吁吁地赶到奥里奥丹夫人床边时，那些检查数据化作切实的症状，在我眼前尖叫着情况有多紧急。就像伍德曼先生一样，她显然是一位弥留的患者。

　　在医学院里，医生们告诉我们，你从床尾就能看出一个病患舒不舒服。但我就是那种偶尔泡茶的时候会忘记在壶里放茶包的青少年。我一直担心因为我这个医生太差劲没能注意到，可能会有重病患者不知怎的就被我错过了。现实却并非如此。评估患者的时候会让我产生一种恶心反胃、皮肤发麻的恐惧感，后来我才明白那是一种对"临终患者"的认知，再后来我会掩饰这种恐惧，到最后，在全身心投入危机处理的过程中，我会忽视这种感觉。

她身材瘦小干瘪，看上去只有一小团。她的皮肤灰暗，被汗水浸湿，她的眼睛因恐惧圆睁。她调动每一块肌肉努力呼吸，拼命挣扎吸入空气，脖子和胸膛上的肌腱随着痛苦的扭动突起。教科书上的词组"空气饥饿""呼吸做功"在此刻暴露出它们是多么空洞的代号。好比"分娩"，即女人拼命生下孩子时所经历的身体撕裂般的艰辛，你会发现，这些句子是如此苍白乏味，几乎与现实世界毫无联系。我看到的是一个惊惧不已的绝望老妇人，在被汗水浸湿的床单上，用眼神哀求着别人救救她。病床旁的茶几上放着一罐甘草什锦糖和孙辈们亲手做的贺卡。我脖子上的听诊器从未感觉如此沉重。

据我所知，她可能曾经为破解恩尼格玛密码出过力。她可能曾单枪匹马地飞越太平洋。我不在乎。我尽可能迅速收集了一些医学细节，如果我幸运的话，这些细节可能会对她的治疗起到指导作用。我试图救她，放弃的念头从来没有过。

95岁，因急性肺炎入院，心脏已衰老，几年前还曾中风过。氧饱和，心电图，大口径套管，体征监测，尝试言语安慰，但并没有成功。基本信息都有了，接下来该做什么？更广谱的抗生素？输液？吗啡？我猜大概已经过了10分钟或者15分钟吧，她的脸看上去更暗沉了，呼吸也变慢了。分泌物像胶水一样堵住了她的喉咙。她的眼睛不再看向我。不，我想大叫。她的状况明显更差了。我不知道该怎么办。我希望爸爸能在这里指导我。他会知道怎样才能力挽狂澜，而我的无能则会杀了她，这点我深信不疑。

那是早上9点，我的夜班结束，该交接给日班同事了。楼下实习医师的休息室里，每个人都会端着咖啡聚到一起，互相开着玩笑。他们会骂电脑怎么又宕机了，有人会开玩笑说NHS的IT技术到晚期了。有那么一刻，我感到一阵阵自怜。

在医学院学了5年，那么多场考试，却没有一样东西能让我应对此刻。最起码，我还知道我需要帮助，我呼叫了日班的人。一位高级医师很快就来到病房，因为每日的团队简报被打断而生气。"拜托，"我乞求道，"我不知道还能做什么。"13小时连续值班的疲惫一时间扑面而来。对于一晚上都在昏暗的走廊里奔来跑去的我而言，阳光过于耀眼。

他研究了一阵当前的情形——我的沮丧，我插上的套管里流出的血，在他眼前仿佛溺水般吵闹的女士。他的脸上闪过一丝不耐烦，以最快的速度做了一番评估，然后说："你看不出她快死了吗？你知道她已经95岁了，对吧？"说完他转头就走，然后像想起什么似的，边走边向身后的我吼道，"记得打电话给家属！"

在那一刻，我童年时那份对于医生是真人英雄的幻想被永远打破了。事实证明，有些医生可能是彻头彻尾的浑蛋。负责患者的护士看到了我眼眶里的泪水就安慰我。"她现在什么也注意不到了。"她说，"你看，她都不知道发生了什么。"奥里奥丹夫人双目呆滞，眼神失焦，呼吸变得很浅，断断续续的。她喉咙里液体的吸咽声逐渐没有了。她眼中的惊慌逐渐消失，变得无知无觉。"没有人能救得了她，雷切尔。在你到来之前，她就已经快死了。"这时护士转向患者，握起她的手。"没关系的，"她轻声安抚，抚摸着患者的手掌，"我在这儿。我就在这儿陪着你。"

在泪水夺眶而出之前，我必须离开这里。即便我背对着患者，我也知道她咽下了最后一口气。更糟糕的是，这种在医院发生的死亡是我们都最害怕的：脆弱孤独的身躯在涤纶帘布后，在一群陌生人和机器之间崩坏。我翻遍了她的病历本，搜寻亲属的电话。电话被接通了，我几乎都能听见自己声音里的羞愧："你好……是奥里奥丹先生吗？"

如果真的想理解医生为何并不总是指引患者和家属直面生命有限的现实，这样想可能会有所帮助：我们自己是新手医生，像弹珠一样四散在医院的各个角落，在一个又一个的危机之间弹跳奔走，拼命奋战，却无法阻止死神的步伐，随之而来的是无法避免的深入骨髓的负罪感。

显然，患者永远是首位的。但是任何一个年轻医生都不应该因为自己的初步医疗尝试受挫就变得残酷无情，因为这很可能会在他们资历尚浅的时候就让他们的心态变得扭曲，对待生死的态度也有所偏差。以奥里奥丹夫人为例，如今的我凭借自身的经验就能明白，在我看到她的第一眼起，这位95岁的老妇人就已经奄奄一息了，无论我做什么努力，她都不可避免地会死。如果说，当时我的父亲能奇迹般地在我的身旁出现，他一定能够立刻就发现她即将死亡的征兆，努力减缓她临死时的痛苦而不是试图救她。

当时的我缺乏这种洞察力，也没有人教我去思考这个问题，毫不夸张地说，我陷入了人生中最丑恶、最孤独的一段时光。就在我奋力拯救患者，而她却被自己的体液湿透的时候，我知道，并且无比确信，我的无能正在谋杀她。如果我学习得更用功一点儿，更好一点儿，知道得更多些，惊慌失措更少些，这个慢镜头恐怖故事就不会展开了。和那些真正救死扶伤的医生不同，我的治疗不当是致命的。那天当我终于走出医院的时候，我再也不想回去了。我讨厌阳光，讨厌那如薄纱般的天空，讨厌折叠式婴儿车里的孩子，还有那些在公交车站聊天的人，我恨周围每一个天真无知的男人和女人，他们对我刚刚害死自己的患者的心情一无所知。这一切都让我想用拳头砸向水泥地面。

你遇到的每一位医生几乎都曾经历过这样的时刻。他们中绝大部分人永远都不会提起这件事。心理疏导、专业咨询、情感支持，这些应对创伤性事件的标准流程在大多数英国医院里都没有设置。如你所见，你害死了一名患者，内心因为负罪感而煎熬，然后你就默默地忍受这份羞耻。没有人告诉你，这不是你的错，甚至都没有人注意到你的内心受创了。最终，假设你还没有放弃医学，你会接受现实，即实习医师的工作和你之前想象的根本不同。医院里的患者通常不会好转。他们年老体衰，陆陆续续地离世，医药几乎不能拯救他们。这不是你的错，这就是人类的常态，是我们无情而冰冷的命运，在医学院被一直回避着。你的心肠变硬了，你变得更坚强了，你循例行事，仍旧渴望讨好那些更资深、更智慧的医师。心中的负担被悄悄卸下，现在你也在面对患者时对生死之事避而不谈，就像你的前辈们在无意中教会你的那样。

学医最让人沉醉的一部分就是成为人体的破译者。我发现，血肉可以像一本书一样被阅读。一个人的走路方式，笑起来不对称的嘴角，两颊上的皮疹，瞳孔的大小，每一处模样、声音、肌理和言谈举止都是一条暗藏的病理学线索。有一段时间，作为医学生的我几乎看哪儿想到的都是重症疾病。公交车上的那个女人脸特别圆，还有多处瘀伤，那一定得了库欣病。那个又高又瘦的家伙的手指细长得不可思议，他肯定有马凡氏综合征。还有指尖上那几不可见的黑色细条，意味着可能在心脏瓣膜内有致命的感染，那是由于血液里细微的血块如同流星一般冲刷至指尖，是灾祸的小小征兆。这些症状除非主动观察，否则极易错过。我第一次也是唯一一次见到这种"指甲下线状出血"（splinter haemorrhages）的时候，仅仅从指尖的一瞥就知道，我们的患者得的是感染性心内膜炎，本质上就是心脏里充满了脓液。

　　但有一种诊断我们从未学过，没错，就是对临终状态的诊断，正是奥里奥丹夫人的那种情况。从没有人解释过临终究竟是什么样子，或者即便医疗团队倾尽全力，我们的患者也常常最终走向死亡。我在奥里奥丹夫人的病床旁所犯的关键错误在于，想当然地以为只要医生做得足够好，所有人都可以被复活。事后看来我是如此天真，如此愚蠢。

6

上帝是一位老赌徒，在每一种场合掷骰子

上帝是在掷骰子。

所有证据表明，

上帝是一位老赌徒，

他在每一种可能的场合掷骰子。

——斯蒂芬·霍金，《上帝掷骰子吗？》(*Does God Play Dice?*)

角落里昏暗的绿色灯光下，我儿子在睡觉，抓着破破烂烂的睡伴小熊，他从出生起就一直很喜欢这个脏脏的涤纶小玩偶。玩偶被他紧紧地抱在胸口，随着每一次呼吸缓缓地起伏，像是在随着海岸的浪潮漂浮一般。我用手轻抚芬恩的脸颊，他叹了口气，喃喃着难解的不成句子的字词。

戴夫和我是幸运的。我们想要孩子的梦想实现了。我在芬恩的枕边不愿离去，享受片刻的宁静，我明白多停留在他床边这宝贵的几秒钟，意味着我得紧赶慢赶去医院。等到第二天一早我回家的时候，戴夫肯定已经把芬恩送去托儿所了。这就是近24小时

内，我唯一的机会。他是我的能量补给，我的解药。他是如此天使般可爱，让人不忍离去。我给他最后一个吻，再闻闻他的头发，然后穿着我的医生袍冲下楼，祈祷车子能够第一下就顺利发动。室外一片漆黑，寒冷刺骨，急诊科里兵荒马乱。我深呼吸一口冰冷彻肺的空气。今天晚上也是一场硬仗。

通常，在酒吧即将关门，把顾客纷纷赶回家的时间开车去医院，我都能听见那么一两辆呼啸而来的救护车的鸣笛声。不过，就像昨晚一样，今晚一片寂静。我很清楚在哪儿能找到他们。我停好车，向医院跑去，脚下是沙砾的嘎吱嘎吱声。果然，他们就在那儿，最为沉闷的队伍。今晚得有个八九辆救护车吧，一辆接一辆紧排着，都停在医院的前院里，每一辆车里都有一队急救人员和一个患者，他们迫切地需要医院床位，患者命悬一线却无法入院。这里根本就没有空床位。医院已经完全饱和了，甚至是超负荷了。除非里面有人空出位来，否则连一个人都不能再收了。心脏病发作、大出血、脓毒症、脑膜炎……这些在蓝灯闪烁下一路被急送到这里的患者随时可能情况生变，令人担心他们的时间所剩无几。

在医院里，我甚至还没有走到急诊科，就得先穿过人山人海，人多得都挤到了走廊上。还有更多孤苦无援的患者，他们躺在沿着走廊的墙壁排成一排的推车上，等待着医生的关照，身旁甚至没有一块遮羞的帘布。我听见一堆毯子下传来呜咽和呻吟声，一个中年妇女在一部急救推车前蹲下，对藏在毯子下惊恐不已的年迈母亲说着"没事的，妈妈，我在这儿，妈妈"。尖叫和辱骂声不停地从她隔壁的患者口中传来："帮我，帮我，他妈的帮帮我，你们这些该死的！"他年纪轻轻，眼神疯狂，一脸的杀气和绝望。他可能嗑药了，喝醉了，或许是个精神病患者，或许神经错乱了，又或许由于脑肿瘤他才会这样。但我更担心的是后一辆推车上的男子，他安静无声，脸色灰白，额头上挂着成串的汗珠，甚至都没有接上氧气。大量的警察在场工作，在疲惫不堪的护士中来来往往。"2号推车SVT（SVT指的是一种可能引发心脏骤停的快速心律失常），"一名护士对着另一名大喊道，"现在能从复苏区叫个医生过来吗？"

抽泣、喊叫、咒骂、喘息、抱怨、哀求和呻吟，像是一曲来自地狱的背景乐，是充斥苦难的嘈杂。有那么一刻，我真想拽着一位政府部长的后脖颈，把他从他的车里拉到这条令人羞愧的走廊上，让他亲眼看看现实，看看在所谓的经济"效率"的借口下，预算降到不能再降的卫生服务究竟是个什么样。但我最终把目光投向了地板，一半是出于羞愧，一半是出于害怕自己在还没上班前就先惹怒了某个忍无可忍的家属。

夜晚11点整，我准时加入了这场混战。我们在"金鱼缸"里进行了简短的交接，金鱼缸是一间四面玻璃墙的办公室，位于急诊室中心，墙外肉眼可见整个科室一片喧嚣。在看到今晚的老大是谁的时候，我暗自开心。急诊科里的每个主任医师都非常优秀，但尼克在热情的外表下有着特殊的冷静气场，就连最年轻的同事都能受他影响冷静下来。他能让我们所有人都觉得我们是一个团队，觉得我们能行。他是一个天赋异禀的领导者。他把我派到重症区的时候我就更高兴了。按照传统，急诊科被分为3个区。能够自己走路进来的伤者会在轻症区接受评估和包扎，重症区则接收被救护车送来的、情况更为危急的患者，复苏区里则是在救护车上就已经命悬一线的患者。然而，在这个冬季，产生了第4个区：走廊区。走廊上挤满了在急救推车上的患者，每一个都需要医生护士，需要专门的救治团队。一些医院集团甚至已经开始就"走廊医疗"招募医生，这个工作的存在本身就标志着卫生服务体系的崩坏。

我有一个朋友在另一家医院工作，是急诊科的老手了，他总是有着不祥的预感，咬紧牙关巡视他的走廊。一天晚上，他流着泪给我打电话。"说不人道都是客气的。"他直截了当地对我抱怨道，"我简直是在扮演上帝，决定谁生谁死。而我们可是全球第五大经济体啊。"他所在的医院就和我们医院一样，人满为患。每一张病床都被人占了，包括重症监护室里的。那就意味着他的复苏区——在急诊科里，幸运的垂危患者会在那里被抢救回来——挤满了病情危急的成人和儿童，他们无处可去，直到ITU（重症治疗室）里有人死了，或是病情足够稳定能够转移至普通病房，他们才能移动。一旦复苏区里出现一张珍贵的空床位，我的朋友就会被派去执行最残酷的任务：挑选下一位幸运的收治者。"我必须沿着走廊行走，决定谁是病得最重的，谁最接近死亡。我在做的是死亡评估。而最疯狂的事情是，我可能会看到四五个人，都让我觉得他们应该进复苏区，至少在专业方面是这样的。但是这些可怜人呢？他们就躺在闸门边的推车上，没有监护仪，没有氧气，没有医生，也没有尊严可言。太野蛮了。"

我已经不止一次被医院与战场的相似之处所震惊了。当然，我们不是真的在硝烟下工作，但我们所见的，如鲜血、痛苦、极限的人类体验，与所谓的"正常"生活实在相距甚远，只有和你同在前线的战友才能够理解。除非亲自到过那里，在一家超负荷运转的医院里工作过，曾用紧张至极的双手握过那危在旦夕的生命，否则你怎么能明白那背后的代价，明白那不知不觉间淤积在灵魂上的污秽？

今晚，我资历还太浅，不足以负责复苏区或走廊，但我知道重症区也会被如潮水般涌入的危急患者挤满，而这正是我在此坚守的原因。经历了一年左右的医生工作，现在的我已经进化成了一个脸皮超厚的医学受虐狂。我特意选择在急诊科工作6个月，将自己投入每日的生死大战之中。我就是想要考验自己，反复地直面休克、癫痫、过敏、中风、大出血、心脏病发作、脓毒症，直到没有什么再能唤醒奥里奥丹夫人在我面前窒息而亡时的恐惧。

在医院里，死亡常常不可避免，但这并不是我在她病床边学到的最重要的一课，最重要的是我必须坚持搜寻那些病重的患者，那些在生死之间徘徊的垂危者。直到有一天，无论我在医院里遇见什么情况，我都能像其他人一样足够坚强，好好履行职责，让我的患者活下来。

急诊室里随时随地可能发生任何状况。荒诞的、可怕的、离奇的、令人心碎的，再没有一个地方像急诊室这样赤裸裸地展现生命有多无常，我们有多天真，竟将一切视为理所应当。在被捅伤、被枪伤、骨折、用药过量、被狗咬伤、被刀割伤、被烧伤、被刺伤的患者中，急诊科只无情地反复传递出一个信息——生命短暂，甜蜜得不可思议，永远悬于生死边缘。早晨还是蓝天白云，下午可能就有风暴降临。急诊科每一天都在提醒你，你可能在清理排水沟时滑一跤，结果摔断了背和腿，一命呜呼；你可能眼睁睁地看着自己的孩子追逐蝴蝶时被迎面而来的汽车径直撞上；你可能在吃一个平平无奇的三明治时，没想到里面居然有花生，结果得依靠喉咙插管给肺里打气艰难求生；你可能莫名其妙地在某个星期天的下午，开着你的新剪草机把自己给碾了，只能把手臂装在森宝利超市的塑料袋里带到医院来，期望医生能通过手术把它重新接上（我曾从这样的袋子里翻出来一张购物小票，被血浸透了，而且没有折扣券）。

我的第一个夜间患者年轻又叛逆，虽然只有19岁，但利拉几年前就受够了医院。她患有脆性哮喘，这是一种极端的呼吸系统疾病，发作时非常突然和凶险，气道会急剧阻塞，甚至会危及生命。利拉是一名政治学学生，在儿科重症监护病房里待的时间久得连她自己都懒得记了。有好多次她都命悬一线。现在，她戴着3个鼻环，顶着一头参差不齐的粉色头发，只身一人劝我让她出院。

"好吧，"她张口说道，我甚至都没机会插嘴，"让我直接给你报一遍，我的血氧饱和度是97%，最大呼气流量是正常值的95%。说真的，你知道这些数字意味着什么吧？我这不是哮喘发作。哮喘才不是这样呢。我之所以会在这儿，只是因为我的主任医师想多了。"

和她商量时我忍不住笑了起来。"进攻是最好的防守，对不对，利拉？"我反驳道。

她咧开嘴对我不情愿地一笑。

不过，我不得不承认，她说的那些都是对的。她的血液里氧气充沛，心跳也完全正常。我听她胸腔的时候，没有听到任何喘息声。如果不知道她的既往病史，我会认为她是一个非常健康的年轻女孩。但奇怪的是，也是她病历里唯一让人在意的一点，利拉今天在其他医院看门诊时，门诊的专科主任医师坚持让她来我们急诊科做检查。一定有什么事让一位声名显赫的呼吸医学教授都感到纠结，一定还有一些我没能察觉出的细节。

我并没有实在的理由能够让利拉留在急诊科，尤其外面还有大把患者躺在推车上，让她多停留几小时观察也没什么说服力。但不管怎么说，有两件事让我难下决定：早前日间时她的主任医师的不安，以及现在已是半夜。我不想让穿得这么单薄的少女在气温低至零下的城市里独自穿梭，更别说她还患有脆性哮喘。

"听着，"我提议道，"不如各退一步，你就在这里待到天亮。我知道这不好受，但起码这里还比较暖和，而且我能确定你是安全的。天一亮你就能走，我保证。好吗？"

她恶狠狠地盯着我。几秒钟过去了，我能听到有人在复苏区轻声抽泣。终于，利拉咬牙切齿地回答道："我最恨医生了。你们总是知道什么才是对蠢患者最好的，是吧？"

她这句恨意宣言是那么激烈，让我忍不住又想微笑了。但在此刻，我同情她。在那愤怒和抗拒之下，在我眼前的是一个刚刚成年的女孩，她的童年总是在窒息边缘徘徊，每次进医院，她的动脉都要被我这样的人扎针抽血，每一次她的肺出了问题，她都要被静脉插管推入镇静剂，气管插管辅助呼吸。她永远没有权利，也不能够拒绝医生左右她的身体。我几乎就要开始吓唬她，说提早离开急诊科可能发生怎样的危险，但仔细想想还是算了，最起码，利拉值得听实话。

我不顾医院的感染控制规范坐到了她的病床边，因为急诊室里从来就没有多余的椅子可坐，而我又超级讨厌从上往下俯视我的患者。我说："利拉，说实话，我不知道我为什么会有这种感觉，就是我如果让你走出医院，我可能会整个晚上都担心你有没有安全到家。我说不上来原因。给你看病的主任医师让你今天来急诊科，一定有什么原因。或许是一种预感、一种直觉，绝对不是什么正经的科学理由，但是他比我更了解你的病情，而现在他也让我觉得不安。我不能够强行让你留下来，如果你想离开，我会尊重你的决定。你自己选。"

利拉犹豫了，沉着脸瘫回床上，选择投降，再在医院待一晚上。

"谢谢你，"我说，"真的，谢谢你。"

我赶紧把她转移至隔壁的工作区，这里类似于留观室，用来安置那些病情不稳定、夜间不能出院，但又不至于差到需要在楼上占一张正式床位的患者。有那么一会儿，我本来考虑就在重症区这里写一下记录，但又一时兴起决定跟着她去留观室，以防她突然改变主意。这一突然的判断，混合着一丝不信任和母性的担忧，可能恰恰救了她一命。

一开始，我伴随着医院的标配背景乐填写着记录，点滴堵塞时的嘀嘀声，自动血压仪袖套的电子呼呼声，心跳过快或过慢时仪器发出的刺耳警报声，不安的患者们在医院毛毯下辗转反侧、坐立难安时发出的打鼾声和呻吟声，表明这注定是一个断断续续的不眠之夜。过了一阵我才注意到利拉在喘气。病房昏暗，我涂写时几乎看不清她的病历本，而她那小小的呼吸声在嘈杂的背景乐中几乎难以察觉。我笔下不停，急着赶快写完，然后去看下一位患者。

终于，我耳朵里的声音和大脑联系上了。喘气声。我身体站直，高度警惕。喘气声一秒钟就变大了，刺耳的呼哧声从房间的另一头远远地传来。那声音来自我15分钟前刚刚做过听诊的患者的胸腔，那时还什么声音也没有。对于一个受过医学训练的人来说，没有比这更不祥的声音了。脆性哮喘发作的时候，时间就是氧气，每一秒都很宝贵。等我意识到的时候，自己已经冲到房间中间了。"我需要帮助，快！"我大喊道，一边叫护士，一边拉开利拉的隔帘。一片阴影中我勉强能看清她，她正向我伸出手来。

我打开灯，看见她眼球鼓起，一部分是因为惊慌，一部分是因为用力把空气吸入衰弱的肺部。但有什么不对劲。她的脸涨红且有斑点，她的双唇就在我眼前肿起来。我皱起了眉。这不合理。然后，我突然顿悟。"利拉！"我喊道，想引起她的注意，"利拉！你觉得痒吗？"她点头，神情绝望，说不出话。她的大脑觉察到了细胞缺氧，动物本能的惊慌正以人类的形式表现出来，她的眉梢上汗液津津，虹膜边缘泛白。"肾上腺素！"我大喊道，"找辆急救推车过来！"

这不是哮喘，是过敏反应。有什么东西触发了严重的过敏反应，可能是利拉吃的东西或者是吸入的化学品。她的免疫系统将那个神秘的物质视作致命入侵，开足马力运转，发起了生化大战。

组胺令她的气道舒张，静脉中的血液渗漏到组织中。成百上千的白细胞集结起来。她的血压狂跌，气管近乎完全关闭。这既吓人又惊人，是一场免疫系统的地毯式轰炸，也是致命的无差别攻击。一个人的身体正在高速崩溃，从生理上来说，这场面冷酷、壮观且恐怖。我无视这种感觉。我们进入自动驾驶模式，将一袋袋盐水输入静脉，将肾上腺素注入肌肉，推着利拉飞奔向复苏区。等我们冲到复苏区，她已经脸色发青，失去了意识，距离呼吸骤停只有一步之遥。

　　让我松了一口气的是，尼克就在那儿，接管了大局。他为利拉接上输液和氧气机，让她的肺吸满肾上腺素气雾剂。没过多久，她就像个木偶人一样挺直了身体。利拉看着那么娇小，看上去好像死了一样。她的朋克发型乱糟糟的。她是那么完美，还太年轻，不应该英年早逝。我从没见过人的嘴唇会这么白，而在那一刻，整个世界好似拒绝运转了。然后，我们见证了一个女孩的起死回生，快得犹如灾难降临时那般迅猛。医生的时间穿梭利器肾上腺素逆转了不幸。利拉的皮肤恢复了血色，泛出了浅浅的粉色。她动了动，小声呻吟着，好像要吐了。我这才意识到我的心跳得太猛，胸口都作痛了。

　　这个女孩刚刚从死亡的悬崖边被我们抢回来。她在崖边摇摇欲坠，眼见着她差点掉下去，我们紧紧抓住了她。我脑海中还在不停地回放着各种如果。如果她是男性，或者年纪大些，或者衣服穿得更多些，或者没那么听话，对医生的劝说更抗拒呢？如果我待在本来该在的地方写病历记录呢？如果未来的某一天，她下一次再摇摇欲坠时，我们不在那儿，或者我们搞砸了，她就直接离开我们了呢？

我再也没有见过利拉。正值"冬季危机"的急诊高峰期，我没有闲暇溜去ITU看看，等到值班结束，我又精疲力竭得没心情去看她了。但是，当我穿着皱巴巴的外科手术服冒着寒风去取车时，我正好碰到了尼克，他也去取车。"你今晚做得很好，雷切尔。"他跟我说，"过敏反应，在有些人身上会表现为哮喘。你救了她的命也说不定呢。"我咧开嘴笑了。或许他是对的。终于，我在重症患者之中感到了自在。急诊室的紧张和高压真令人上瘾。

在急诊科，我们对患者付出的人性关怀总是与他们的病危程度呈反比。如果你的心脏停止跳动，我们会齐齐出动，不惜疯狂地按碎你的肋骨也要把你救活。如果你经历了一场高速公路连环撞车事故，刚从沥青路上被人抬下来，我们会把你扒光，用力搬运你，在你的骨头上钻孔，急着解决你的致命伤，而完全无视你的呻吟和痛苦。我为自己辩解一下，在紧急情况下，每一分一秒都很宝贵，不能把时间浪费在与患者建立情感联系上。然而每一次，当医生们——更常见的是护士们——努力让混乱的医疗过程更人性化一点儿时，都会让我惊叹，例如，复苏区内捏一捏手，一个鼓励的微笑，对着惊慌失措的患者轻声说几句话："你做得很棒。""我们在这儿帮你。""我们会治好你的。"

一开始，我期待着涌入急诊室门的海量患者，这是短短的不期而遇，一天的值班时间还没结束就已经忘记了。把性子磨平，心肠变硬，成为冷酷能干的医生，正是我的目标。但是随着我作为医生的自信渐长，我对于这种工业化的患者接待量也越发感到不安起来。医生？我不过是个人体故障的修理工罢了。我们修复的是器官，而非人。

有一天，现实证明，一个完整的人无法被忽略。没错，她会萦绕在我心头，挥之不去。我第一次认识爱丽丝是通过她的检验数值，而不是姓名。分诊评估在医院深处一个连窗户都没有的地下室里进行，到处是仪器的哔哔声混合着人们的呻吟声。在一次紧张而忙碌的分诊评估中，她的数值没有附上任何姓名，就这样跃入我的眼帘。

分诊是大多数现代英国医院中很重要的一环。有人突发急病来医院，必须先经过分诊，由值班医生快速评估，来决定是否需要由外科医生收治入院，或者，无须手术的情况下，由我这样的医生来接手。

每一个患者住院前都必须经过分诊，一年365天，每天3场评估，每一场间隔8小时。这个环节如此重要，而它的组织流程却异常过时。那时还没有高科技的计算机系统根据病情的轻重缓急来对患者进行排序。在狭窄的护士办公室里，只有一张手写潦草的破纸，被透明胶带粘在桌子上，上面列着患者的姓名、住址和评估发现的主要病情细节。通常，医生们都是一个路数，写的所有东西都没法辨认。

而爱丽丝——我们当时甚至都没有她的名字，一名全科医生把她送到我们这儿，因为她血常规检查里的数据让他担忧。但不知为何，她的名字在流程中被弄丢了。我手上拿到的只有数值，一个年龄和一份血细胞计数，用圆珠笔潦草地写在纸上。当时还不具名的爱丽丝，年龄20岁，血红蛋白45，白细胞2，血小板低得只有30。我死死地盯着那张纸。

医生们早早就被培训要依据患者而非数值进行治疗，也就是绝对不要忽视眼前真实的人。但我从医已有一段时日，知道任何规则都有例外。而我眼前这些数值，来自一个如此年轻的患者，她刚刚成年，这些数字像小虫一般让我脊背发麻。它们预示着不祥的诊断结果。

这位无名氏，我担心她得了白血病。她的血细胞计数低得很危险。一般来说，骨髓是一家不知疲倦地生产血细胞的工厂，它可能受到了恶性细胞的致命入侵，导致三种正常细胞，即红细胞、白细胞和血小板的生产线被压制。

顷刻间，分诊处的喧哗仿佛被屏蔽了，在医院的条形灯光下，我发现一位年轻姑娘即将面临癌症的威胁，刚刚成年的她本该步入崭新的人生，考虑论文提交期限、恋爱烦恼、偶尔剪坏的发型之类的事。如果说这结果让我感到一丝害怕，那她又该是怎样的心情呢？

我下定决心，不让她成为一个与我擦肩而过的患者，便出发去寻找她。

"这是谁？"我抓住一个护士问道，"我们有她的名字吗？"

"还没有标签纸。"护士答道，"我们这儿没有编号。她可能还没有被录入系统。"

刚刚诊断出白血病的患者极易突发危及生命的极端情况。我努力压制心中的沮丧，穿过傍晚时分忙乱的急诊室，来到办公室。一名饱受折磨却仍镇定坚守的接待员正在将涌入的新患者的信息录入电脑，梳理成一条条记录，每一条都标记上重要的医院编号。

"啊，有了。"她高兴地跟我说，"爱丽丝·拜伦，才20岁，很年轻，是她吗？我正打印她的标签纸呢。"

"谢谢你。"我说道，抓起一捆身份标签纸。终于有名字了，我带着这个信息向候诊室走去，希望给人的第一印象能让人安心，而不是感到受威胁。

在爱丽丝注意到我之前我就认出了她。要在一间挤满了体弱多病者和老人的候诊室里找到一个学生不是什么难事。没有拐杖，没有轮椅，没有毯子，也没有老花镜，藏在角落里的只是一张年轻的脸庞，苍白而紧张。她埋首在书里，避免和周围的人对上视线。坐在她旁边的中年男子焦虑得蜷成一团，我猜，那是爱丽丝的父亲。在医院里容易被人遗忘的生活很可能就要结束了，我有一种感觉，他们已经知道了。

"爱丽丝？"我温柔地问道。

她慢慢地把书放到膝盖上，抬起头看向我的眼睛。

我能在她的眼睛里看到恐惧和脆弱，但同时我也注意到她当下尚算健康，让人松了一口气。虽然她苍白单薄，但仍有足够的精力，可以独自走进诊室。当我们再次相遇在廉价的病床帘布后，医院的一切仿佛使爱丽丝看上去更瘦小了。患者袍和腕带悄悄地抹去了她的身份。她把膝盖抱在胸前，但这并不妨碍她条理清晰地向我阐述她的故事。

她今年上大二，在这个学年的最后几个星期里，她一直挣扎度日，一反常态地情绪低落，毫无生气。她把这样的反常归咎于疯狂做期末作业的辛苦，期待着回到舒适的家中。然而，回到父母身边之后，那种沉重的疲倦感并没有消失，而且她还发现，自己经常明明没有被撞伤，身上却到处有瘀青出现。这种不正常的身心状态久久没有得到改善，终于，她不情愿地预约了血液检查，最终让她来到了这里。

问出那个让医生害怕的问题的人是她父亲。我在谈话中暗示了许多她的症状可能代表的病症，故意不提白血病。

"我明白普通病症更常见，"他说道，"但是最坏的可能性是什么？"

我转头面向爱丽丝，她僵直地坐在病床上，全神贯注地听着我的话，了解如何才能填补她日渐损耗的血红细胞。我想尽量让她掌握谈话的主动权，向她解释道，虽然一些人喜欢知道所有的统计资料、数值、可能性等等。但也有一些人倾向于不去预测未来，反而选择等待，看看事情会如何发展。"我不知道你是哪种人，爱丽丝。你想知道多少呢？"

在内心深处，我想我希望她选择回避那些罕见却致命的诊断结果，但是，我猜是她一贯直截了当的性格使然，她希望我对她坦诚一切。

我停了下来。恐怕不久之后就会有数不清的医生来看爱丽丝，如果要让爱丽丝信任他们，那么她现在需要的是我的坦率直言。

"好吧，有非常多可能的病因，"我开口道，"常见的是一些轻症，严重的病症比较少见。最糟糕的可能性，也是我们想要排除的那种是一切症状源于你的骨髓发生病变，这意味着你的骨髓不能再正常生产血细胞了。最严重的情况，可能是白血病之类的疾病。但是现在，我们还不能确定。"

我仔细地观察着她的反应。关于最坏情况的医学推测从来都是让人痛苦的，因为它是徒劳的。在说出这些假想的疾病名称时，无论情况多么不可能，医生都会让患者产生大量不必要的焦虑。

但是这一次，无论是爱丽丝还是她的父亲似乎都一点儿也不惊讶。之后，我一边写病历记录，一边还在担心是不是给他们带来了不必要的烦恼，此时拜伦先生来到办公桌边找我。事实证明，就像许多焦虑的父母一样，拜伦先生和他的妻子之前就已经自行研究过，在家中上网搜罗答案。早在我向他们提及白血病之前，它就已经是他们最关心的问题了，他们同时还想过另一种没那么出名的血液病——骨髓增生异常，也是一种骨髓不能正常制造血细胞的疾病。

我心里一震。这令我一时想起自己，我也曾在瞬间知道我自己的孩子可能得的各种病，那是一长串的致命清单：板球打到头肯定会造成致命的硬膜外血肿，肿胀的膝盖是毁关节的化脓性关节炎，蚊虫叮咬会发展成脑膜炎。我多么希望这一次也只是一对父母的疑心病。

当然，这次不是。在爱丽丝这个年纪，骨髓增生异常极为罕见，每年在英国的确诊病例也是屈指可数，概率就和上帝掷骰子时连续掷出几十个"6"差不多吧。然而，不知为何，拜伦夫妇在女儿入院前就精准地识别出了她的病症。

爱丽丝从急诊室转到了病房，又转到了血液专科中心，而我的值班也结束了。我们的人生仅仅是偶然而短暂地相交了那么一刻，我再也没有见过爱丽丝，尽管如此，她却长久地留在了我的记忆中。她明明害怕不已，却仍然保持安静沉着，她身边还放着那本被翻旧了的《哈利·波特》。最重要的是，她还那么年轻，这一切是多么不公平。一个家庭就这么被掷入了医院的掌中，毫无理由和预兆，这样的困境可能发生在我们中的任何人身上。

我本来以为这件事就这么结束了。爱丽丝，这位我从一组数值开始认识的年轻姑娘，如果说我没有忘记她，那么她也被淹没在日复一日不断涌入的急诊病例中了。几个月后，一位血液科医师朋友恰巧问我是否关注了一名年轻患者的博客，那个博客最近非常火。"你一定会喜欢的，"他跟我说，"她是学英语文学的学生，甚至姓拜伦呢。"

"你是说爱丽丝？"我问道，"她进急诊室的时候，我是第一个给她看诊的医生。她还那么年轻。"

"那样的话你最好看看她的博客。说不定文章里有你。"

那天晚上，孩子们都睡着后，家里暂时恢复了秩序，我倒了一点儿红酒，打开笔记本电脑。屏幕上，那是鲜活的爱丽丝：

在这个曲折的童话故事的开篇，我19岁，在卡迪夫大学上二年级，学习英语文学，普通得不能再普通了。我有几个很棒的朋友圈子，我很幸运，有几个朋友在我还绑着发辫玩亲吻追跑游戏的时候就认识了，我有一个幸福的家庭，有一份忙碌但有趣的在家兼职工作，我喜欢舒适的睡衣和各种漂亮粉嫩的东西。

爱丽丝用坚定的笔触，既不带遗憾也不伤感地将自己的症状、诊断、生育治疗和卵子采集过程一一记录，就像她曾被警告过的那样，她的骨髓增生异常最终不可避免地发展成急性白血病，需要激进而危险的化疗。在她初次去医院确诊后的6个月左右，那一刻终于来临了，她用坦率得近乎残忍的文字写道：

> 一夜无眠，接收了几份快速追踪活检报告后，我的主治医师今天确认了。当我6月第一次被确诊时，骨髓中还只有1%该死的（癌）细胞。而今天，它们占了骨髓的50%。我的身体被完全而彻底地入侵了，我到现在还在试图厘清思绪，面对现实，周二的晚上我还在想哪里可以订个眉蜡护理，到了周五我就意识到，在可预见的未来我都不需要眉蜡了，因为突然之间，我在听医生跟我滔滔不绝地讲化疗方案和毛发脱落的事了。

> 但现实就是如此。两周之后，我不会再有毛发了。同样，正常工作的骨髓也不会有了，因为化疗会一点一点地将它们消灭掉。

> 可能我不得不写个类似遗嘱的东西，好让我爸来还清我在亚马逊上狂买Kindle电子书欠的债（我知道，我

疯了，谁来阻止我），我不知道要怎样面对这样的事，想想我到现在睡觉时还要抱着毛绒小驴屹耳，五个月前我还在大学里，开心地穿着托加袍去参加女子橄榄球聚会。现在的一切对我而言是一个全新的世界。

医生们特别擅长猛扎患者的心——"治疗没用""癌又复发了""我们没有什么能做的了"，但这一次，情况反转。我瞬间被打动了，作为母亲的我感到心痛，我停止阅读，合上笔记本电脑，在继续读爱丽丝的故事前，给自己倒上更多红酒。

我第一次认识这位年轻姑娘时，她只是一串数值，当时她也被自己的离奇的数值弄得情绪低落，然而现在，透过她鲜活的文字，我逐渐了解和喜爱上了她。爱丽丝是她所在的病房里最年轻的骨髓增生异常症患者，是有记录以来发烧最高的患者，癌症情况最为凶险，预后生存率最低。看起来，她轻而易举地打破了医院里的每一项纪录，而作为一名患者，最不希望的就是在医生眼里显得太过"迷人"。她的最后一篇博客是在接受匿名捐赠者的骨髓移植前一天写的，那是阻止她体内白血病暴走的最后一搏，博客的标题甚至就取作《数字游戏》：

今天，我在谷歌上搜索了英国女性平均寿命有多少天。我知道有点儿病态，但请对我宽容一点儿。答案是

82.7 年，也就是 30,185.5 天。听上去很多，而且确实很多。如果你试着去掉那些我们花在交通上的时间，在乐购超市排队的时间，或者在孩子们生病时照料的时间，以及处理像这样的琐碎任务的时间。

我给自己小小地算了一笔账，截至目前我已经活了7682天。不过，过去的一年多一点儿的日子里，准确地说，是自从一年前我因为贫血来做血检而入院，最后带着血癌的诊断离开，也就是过去的369天里，我的生活都是被类似"血液异常""骨髓移植""癌症"之类的词汇和想法填满的。这么算起来已经有太多日子浪费在这该死的病上了，而且我知道，之后还会有更多这样的日子，但是明天将标志着一个说再见的机会，和一些事说再见。一点一点地告别，再见了，亲朋好友的忧心电话；再见了，住院生活；再见了，针头和有毒副作用的点滴……

一切都尚未结束，远远没有结束，但是我知道我已经累了，尤其是对于我的生活总是被数字和统计数据衡量，其中包括有75%的可能性这一切都不值得。但是我已经准备好坚定地走下去。虽然机会很渺茫，但我还想再活61.9年，活到英国女性的平均寿命。我现在就想要回正常的生活，拜托了。

骨髓移植手术后不到一个月，爱丽丝去世了，她刚满21岁。没有时间留给她告别针头和有毒副作用的点滴。为了那谎言般的62年挣扎求生的爱丽丝，经历了另一轮为期3周的医学干预折磨，直至她新移植的骨髓也失效了。

在外行人看来，血液科医生有过度治疗的名声。人们质疑血液科医师坚持不懈地不惜一切代价尝试治疗，明知注定会失败却还是让他们的患者接受痛苦的治疗，或许这质疑也不无道理。医学生的黑色幽默臭名远扬，而血液学的圈内笑话是这样的："为什么死人要被埋在六英尺之下？"回答："确保血液科医师不能再去找他们了。"

严格说来，对于血液科医师的部分指责其实是基于人们对血液肿瘤病情发展的误解。治愈实体肿瘤大多依靠外科手术在癌细胞扩散前将之切除，血癌则不同，肿瘤细胞从一开始就是分散的，可以自由地在血液或淋巴系统中流动。例如，白血病，通常是发展迅猛、难以控制、猖獗的疾病，外科医生的手术刀对它毫无用处。它就像癌细胞那样神出鬼没又无孔不入，能够渗透身体的每一个角落和缝隙。也因此，血癌天然地要比实体肿瘤更加难以预测，而治疗的主要方法就是静脉化疗。面对白血病，问"我们是否在它扩散前逮住了它"是多余的。永远只有后见之明，只有当化疗失败了，我们才能知道输液无效。

更重要的是，从患者的角度来看，尽管爱丽丝知道机会有多么渺茫——骨髓移植能救活她的概率不过25%——她还是想要尝试所有可能的治疗。她那文字中赤裸裸的渴求：我现在就想要回正常的生活，拜托了。除非你也亲身经历，否则要如何想象在刚刚告别童年，20多岁的年纪就被迫面对这一切，整个成年生涯都在谎言中度过？难道一个医生，或者任何人，可以拒绝她的请求吗？

当一个像爱丽丝一般年轻的患者，极度渴望活下去，竭尽全力的治疗是毫无争议的选择。这正是我们希望医生能扮演上帝的时刻，希望他们能对疾病用上一切可能的手段，去尽他们最大的努力去扭转那随机掷出的骰子，去干预，去力挽狂澜，去将年轻的生命从死神手中夺回来。

随着年龄的增长，我们的生命力会逐渐衰弱，但我们的求生欲望未必随之消减。即便我们的身体积累了疾病和虚弱，这些疾病加在一起，治愈的概率已经变得微乎其微，但人们对治疗的渴望丝毫没有减少。

BBC电视台前记者安迪·泰勒在46岁时，曾被诊断出患有另一种类型的血癌，多发性骨髓瘤。虽然他没有其他严重的合并症，但在他这个年纪，唯一能够摧毁骨髓瘤的治疗方法，就是像爱丽丝一样进行骨髓移植。不过，就统计数字而言，这极有可能会令他丧命。他的血液科医师建议他采取更友好、温和、安全的疗法，这能为他争取更多时间，运气好的话，最长可达7年，但他们无法给予安迪渴望的治愈的方法。安迪断然拒绝了医师的建议，没有一丝犹疑。对安迪而言，要么是治愈，要么就是什么都不做。

"那对我来说又有什么用呢？"他跟我说，"那样做有什么意义呢？我不想只再多活几年。我有孩子，我想要活下去。我想要看着他们长大，上大学，结婚，生下自己的孩子。我不想错过任何时刻。我全都想看到。延长7年对我来说毫无意义。人们可能会对我说'天哪，这个决定好难做'，但我觉得没有比这更容易的决定了。我想要活着。"

安迪的执着最终收获了回报。他撑过了磨人的骨髓移植手术，活了下来，令医生大为惊讶，他也因此成为统计数据中的异常值之一，他的存在给其他人带来了希望，当然，更可能是不现实的期望。如今，在他接受移植手术10年后，他依然身体健康，直言不讳，"特别会刁难人"。他也是活生生的例子，证明医生对预后的最佳预测可能会出错，证明患者可以挑战那最渺茫的胜算。

简而言之，就像爱丽丝·拜伦妙笔点出的那样，医学是一场数字游戏，但是那些自诩游戏大师的医生并不总能够计算清楚。就像医学世界的其他部分一样，预测寿命充满了不确定性，是一种基于并不完全的信息，在各种风险与可能性之间不精确的尝试。在医院里，没有占卜水晶球。在这个充满了不确定性的混乱空间里，医生永远不能下断言，没法信誓旦旦地确认或是排除一名患者的生存概率，人们总是可以有更多希望。爱丽丝和安迪尽管明知自己的生存概率微乎其微，却仍选择不惜一切代价为生命而战。对他们而言，干预治疗意味着一切。他们想要一直奋战到痛苦的最后，即便那疗法会杀死他们。

　　虽然我们中没有人能明确知道这一点，但我想，如果我也面对这样一种危及生命的疾病，我也会做同样的选择，将一切都投入高风险的治疗之中，要么治愈，要么死。只要我觉得有可能让我的孩子免于丧母之痛，我就会缠着、喋喋不休地恳求我的医生采取最不可靠、最具试验性的干预疗法。如果唯一对我有意义的生存率比彩票中奖率还低得多，那么指导我做出医疗决策的谨慎的、有理有据的、理性的理由——至少我希望如此——全都成了空话。

7

生活中所有你热爱的部分，其实是那些活生生的瞬间

除了温饱、居所和陪伴，

故事是我们在这世上最需要的东西。

——菲利普·普尔曼

19世纪晚期的威廉·奥斯勒医生被公认为现代医学之父，众所周知，他认识到了故事在医疗中独特的重要性。奥斯勒坚持认为，医学生和正在接受培训的新人医生应该学习如何从观察患者的过程中，尤其是与患者的交谈中了解病情。他曾说过一句令人难忘的名言："倾听你的患者，他会告诉你诊断结果。"

这句话放在今天也仍然适用。无论现代医学涌现了多少神奇的高科技，如医疗扫描、基因组学、分子分析，始终不变的一点是，医生只需仔细关注患者告诉我们的信息，便可以明确诊断。讲故事，即患者向医生描述自己的病征，是良好医疗实践的基础。

作家菲利普·普尔曼更进一步。他大胆地坚称，故事是人类

生存必不可少的部分，是我们在这世上最需要的东西之一。他认为在医疗中，故事深具改变之力。不可否认的是，我们如何定义自己的困苦和疾病，如何告诉自己什么是错的，我们该往哪儿去，这些都能颠覆我们的患病体验。但是，在一家繁忙的教学医院里，在每天上演的激烈战况中，如心脏骤停、大出血、急救传呼、每小时都在做出生死攸关的决定，你可以想象，讲故事是医生最容易忽略的事。我们连自己的工作都忙不过来，时间常常不够用。

爱丽丝·拜伦的故事、她清晰而真实的声音让我明白，普尔曼的话对医院而言是最合适不过了，因为在医院里，治愈与否并不全然取决于医生的药或手术刀。正是这些更安静、更细微的东西，例如，被温柔以待、被倾听、被重视，让患者感觉自己被珍视，让医院变得更人性化。直至今日，我仍然对爱丽丝记忆犹新，就像我的父亲仍清晰地记得那两名年轻的水兵，五十多年前，他曾与他们谈笑风生，也曾在他们因重度烧伤而垂危之际给予慰藉和关爱。我一直在想，又有什么故事能比他当时说给他们听的故事更重要呢？

伦敦的皇家马斯登医院是英国首屈一指的癌症专科医院，一位来自那里的同仁就出色地展示了讲故事的力量。作为一名儿童游戏专家（play specialist），她的工作目标是帮助孩子击退面对癌症放射治疗的恐惧与焦虑。在放射治疗的过程中，房间里不允许第二个人存在，所以患病的儿童必须和父母分开，独自面对一个又吵又吓人的大机器。有时，得用上全身麻醉才能抚平孩子被独自留在放射房内的恐惧。不过，这是一个有风险的过程，应当尽可能避免。

她从小患者的视角出发，仔细考量过后，发明了一种她称之为"魔术绳"的道具：一团简简单单的彩线，绳子的一端可以让孩子紧紧抓住，剩下的部分可以从房门底下穿过，一路拉到房间的外面，由父母握住。她在设计了一条实物线的同时，也创造了一条叙事线，一个害怕的孩子可以讲给自己听的故事：当他们独自躺在冰冷的治疗床上时，在防护铅门外，爸爸妈妈就在那儿，在门的另一边他可以通过细绳牵着他们，心系他们。一根魔术绳再便宜不过，但它同时又是无价之宝，帮助重塑当下癌症患儿的治疗体验，从被抛弃到被照料、被关爱和被支持。

我发现，就像任何一种瘾一样，急救带来的快感虽然让人沉迷，却维持不了多久。拯救生命有一种更为平淡的模式，即通过尊重和关注患者的故事，我们有一万种方法让他们感到自己是人，而这种模式渐渐渗透我的内心。面对生死，我逐渐明白，有时行动的力量不如言语来得强大。

"你能过来一下吗？3A的布鲁加达综合征患者不能呼吸了。"

"患者名字叫什么？"疲惫的我晕晕乎乎地问道。

"名字？我……不知道。呼吸频率40，用的是15升氧气瓶。

明天安排了除颤器（ICD[①]）植入手术。"

　　我竭力藏起自己声音中的不满："好吧，我就来。"

　　凌晨4点，天还黑着。我疯狂地上了7小时夜班，一想到还有五六小时才能交班，我整个人都萎靡不振。这一晚就是危机跟着危机，又是危机。我匆匆跑过医院长廊，试图振作精神，在路上听到黑暗中传来一阵骚动。大概是麻雀或者乌鸦，在吵嚷着、合唱着生活的点滴，无形中预示着白天即将到来。但它们那得意扬扬的鸣叫，在这破晓时分的大肆欢腾，却惹得我内心涌起一股自怜的怒火。现在是几点了啊？我想要对着它们咆哮：兴高采烈的样子真是够了！你们就不能自己偷着开心吗？

　　3A病房的布鲁加达综合征患者是一名住在心脏科病房的男性患者，年龄41岁，在病床上大口喘气，身体痛苦地扭动着。他的名字叫汤姆，他支持曼城足球队。他喜欢带着两个刚学步的双胞胎孩子去公园踢球。但就在几个月前，当他追着3岁的孩子时，突然摔倒，横在草地上，不知所措地瞪着蓝天。

　　"你没事吧，伙计？"远处一个人问道。

　　汤姆眨着眼睛，他眉头紧蹙，说不出一句话来。接着他奋力地动了动身子，轻喘几口气，试图站起来。

　　"放轻松，伙计，你刚刚晕倒了。别担心，你的孩子们都在这儿呢。"

---

① 全称为 International Classification of Diseases。

双胞胎在他们的父亲身边不知所措地走来走去。"爸爸！爸爸！"四条小手臂向他伸去，"给，爸爸，球给你。"

汤姆先前并不知道，他之所以会摔倒，是由于一种罕见的遗传性心脏病，这种病极易导致致命的心律失常。布鲁加达综合征，无形而致命，是可导致心脏性猝死的疾病之一。上一秒，你的4个心房还是一个同步运作的泵机，下一秒，它们开始震颤，做无用的抽动，就好像心脏正在经受一场雷电交加的暴风雨，血压骤降为0。如果当时汤姆的心脏没有自行恢复正常的节奏，他可能在顷刻间就死了。

事实上，对于这次与草坪的令人不安的碰撞，他认为就是一次普通的"眼前一黑"，不过是无伤大雅的意外，不值得他的妻子担心。当天晚上，他的妻子注意到了他手臂上的擦伤、因为冲击力而被蹭开的皮，还有上面淡淡的草渍，他则开了一个自黑的玩笑，说踢英超足球可危险了。把一个凶兆说成闹剧是多么容易啊。

第二次发作可就完全不一样了，令人无法再置之不理。几个星期之后，汤姆身着套装，喝过咖啡，从每天高峰期交通的紧张与吵闹中走出来，开始上班。某天他从报纸上读到一些文章，文章提到在都市工作日中加入一些间歇性运动有诸多好处，自那之后，他就一直慢跑着爬楼梯。但这一次，汤姆没能像往常那样大步流星地走出楼梯间，跨入开放式的办公室中，反而化身为当天热度最高的八卦对象——一场戏，一幕奇景，一场公开的弱者秀。

即便到了现在，即便他知道了第二次摔倒的原因，每每想到他当着同事的面躺在油地毡上一动不能动，想到他从担架上挣扎起身时，救护人员将他按回去的场景，想到在所有那些热切地、贪心地盯着他衰弱身体的目光中，这个昔日金童变成了跛脚鸭，晕倒了，不省人事了，被一溜烟地送去了医院，想到这一切，他就忍不住退缩了。

汤姆工作所在的对冲基金可谓业界精英会聚之地。在这里，重要的事只有一件，而汤姆获利的手段让老板为之赞叹。他的表现超越算法，仿佛可以"无中生钱"。他很清楚，他的一些同行最想看到的就是他跌落神坛。

当我第一眼看到汤姆时，我对以上这些背景都一无所知。我看到的只是一个陷于盲目恐慌的男子，揪住自己的胸口愤怒地叫喊："我喘不过气了！喘不过气了！该死的医生在哪儿？"

"我就是医生。"我口气不善地回答，注意到汤姆的血压和血氧饱和度都是正常的，而且还有力气发火。

"他今天一整天都在惊恐发作中。"心脏科的一名护士疲惫地小声说道。

我和汤姆的交流时间很短，也很敷衍。我用命令的语气指引他模仿医生的呼吸，他的惊恐症很快就得到了控制。当确定他安全了，我便离开了。我并不在乎他夜间恐慌的深层缘由。我几乎没有时间去处理真正紧急的急救病患，就像我看见的那些中风患者、心脏骤停患者、流血的患者、脓毒症患者，更别提那些因为脑子抽风而犯病的人了。我之所以如此铁石心肠，如此判断，一部分是由于我深入骨髓的疲惫，但我自己知道，也有一部分是由于我的偏见。当你的神经被绷得太紧，刻薄成了一种本能的生存模式，晚上的我实在没有时间去好好对待神经过敏症患者。

　　大约又过了一天，我的夜班结束，我在病房中又一次见到汤姆。心脏科医师在他胸腔的皮肤之下装了一个ICD，这是一种植入型心律转复除颤器，是预防心脏性猝死的内置保险。如果他心脏的电脉冲再次失常，ICD会通过电击使他的心脏恢复活力。他拥有了一个自己的急救小队，大约只有7厘米宽。

　　汤姆第二天就要出院回家了，我得确保他知道何时回来复诊。这是傍晚时分，我急着下班。但这次，我发现自己在他的病床边迟疑了。或许我想要做些弥补。我知道我之前对他的态度实在太专横了，现在，当我看着他苍白而又焦虑的样子，我内疚地垂下了眼睛。

　　"汤姆，介意我问一下吗？在那之后你的惊恐症还发作过吗？"

　　他用力地盯着我，打量着我，我想，他是想从我脸上搜寻医生的嘲讽神色。"几次吧。"他简单回了句，"但都不像那晚那么严重。"

　　我试图去想象，当一个人被剥夺了一切身份标识，穿着患者袍，弱小无力，在条形灯下被一览无余，并且被告知心脏可能随时停止跳动，那是一种怎样的感觉。当你被告知，你的身体，曾经如此健康、毫无后顾之忧的身体，现在却成了一具衰弱而不可靠的遗憾之躯，会是一种怎样的感觉。

"我那晚那么粗鲁，真的很抱歉。"我说道，"我当时太累了。我不是有意用轻视的态度对待你，我不该那样做。我太过分了。"

汤姆的态度软了下来。"嗯……起码你还礼貌地来道歉了。"

我紧张地对他报以微笑。"装上了ICD，你现在感觉安全点了吗？"

"说实话吗？完全没有。"他停顿了一下，无助地看着自己向上摊开的掌心，"我差点儿就死了，就这么……还有……当然了，我胸腔里现在装了这个金属盒，但是那又怎么样呢？明天我可能会出于别的什么原因死掉。我们都有可能。当……你明白这一点，一切又有什么意义呢？"

"所以……"我迟疑着开口，尽力去理解他的话，"你之所以会惊恐发作并不是因为你觉得你会猝死，对吗？"

"没错。不是因为死亡，而是垂死对活着的人意味着什么。我的意思是说，一切都没有意义了。一切都是徒劳的。一百年后，甚至根本没有人会知道你曾经存在过。"他对我打了个响指，"你知道每一秒钟就有两个人死去吗？"他又打了个响指，"这一下，两个人就没了。"又一个响指，"又一个人没了。我、你、我的妻子、我的孩子们，没了。昙花一现，成为历史。"

看起来，汤姆的惊恐并不是因为担心猝死，而是由于他痛苦地意识到我们不可避免的短暂——人的生命是短暂的，是一颗火花，在漫长的时间的吞噬下短暂地燃烧着——和他对某种东西的渴望。"一想到每一个生命最后都会化为虚无，"他几乎带着一种愧疚的情绪说道，"我就感到麻木。那活着的意义究竟是什么？"

"我问你一个问题吧。"我小心翼翼地说，"想象一下几年后你的孩子们，可能10岁、11岁，也有了和他们的爸爸一样的存在焦虑。"汤姆笑了笑，给了我说下去的勇气，我继续说道，"如果他们对你说，爸爸，如果我们知道自己迟早都要死，我们还怎么继续生活呢？你会对他们说什么？"

汤姆仔细地思考了一番。"那，我想我会告诉他们这个世界有多美好，要走出家门去享受这个世界，告诉他们有爱的人在身边陪伴是多么令人愉快；告诉他们，最终，那些小事，比如，星期日和孩子们一起在公园里踢足球，才是真正重要的事。诸如此类的吧，你懂的。"

"好，那你已经知道了，这就是你要的答案。你刚刚说的那些事都不是因为永恒所以才珍贵。没有人会说'夕阳有什么意义？它下一秒就要结束了'。"

汤姆静静坐了一会儿，一言不发。终于，他苦笑起来。"是啊，是啊，我明白。说白了，我该离开城市去当个嬉皮士，对吧？"

"也许吧。"我也冲他咧嘴一笑，"我猜那取决于你有多爱保时捷。但说真的，生活中所有你热爱的部分，其实是每一天的过程，不是吗？是那些活生生的瞬间。为什么一件东西一定要持久才美丽，才有价值呢？这话可能对你没用，但我就是那个嬉皮士，我觉得正因为事物无法永恒，所以我才更爱它们。或许我们所有人都是如此。"

第二天一早，汤姆走出了病房，依旧活着，胸膛里的小盒子保护着他，随时准备发出电击，保护他暂时免于人类遗忘的命运。我不知道我们的谈话是否帮到了他，但是当夜幕降临我们并肩坐在一起时，我相信那时我试图理解他的恐惧这一点，至少传达了他的医生对他的关怀。

在我们谈话的时候，我突然有了一个想法，一个在当时不太适合说出口的想法，但我想，到了今天，汤姆大概也会觉得它很有说服力。假设，他因为心脏性猝死已经身亡，是即刻消亡，他的生命被一笔画去了。但讽刺的是，汤姆生命之短暂，不仅不会说明生命的无意义，反而会给他的生命注入意义。因为在对他尸检时，他的布鲁加达综合征很可能会被发现。他的儿子们就有可能接受基因检测。所以，由于他英年早逝，在最好的年华倒下，他可能会拯救自己孩子的性命。就遗产而言，很难想象还有比这更有力、更持久的了。

我从医不过几年，已经见证了同行们是如何奋力斗争来保持他们的仁慈本能。我环顾四周，同情这里泛滥的疲惫。我看到医生和护士们为了生存，在自己与所照料的人之间竖起高墙，把自己修炼得越发冷酷和疏离。

当患者面对生命尽头时，这样的场景就更是赤裸裸地一览无余。我曾经以为，没有什么能比死在走廊急救推车上更残忍无情的了。然后，有一天，一个新人同事含泪向我描述了她最近一个冬天的经历。和往常一样，卡莉的急救室已经拥挤到了崩溃的边缘。走廊里的推车上的患者都快人叠人了，床位管理人员疯狂地对医护人员施压，让他们把任何还能摇摇晃晃走回家的患者都赶出医院。卡莉做医生才第一年，从没有经历过类似的情况。

"我知道我不了解战争，但那场面就和我想象中的战区差不多。"她告诉我，"我一整天没吃没喝，太混乱了。"

傍晚的时候，一名高级管理人员指示卡莉护送一名年长的患者从急诊室去病房。她顺从地遵照指示，累到都不想问为什么这位脆弱的92岁老人需要医疗护送，老人一个人在病区里，甚至都没有一个枕头可以靠一靠。直到电梯门关上，她才发现自己在往8楼去，身边是一名护工和一名躺在推车里的患者，这时她才注意到他的眼睛里充满了恐慌。"他好像有点儿喘，"她告诉我，"他的脸色开始发黑，我可以看到他就在我面前死去了。"

电梯门重新开启的时候，那名患者的心跳已然停止了。卡莉走进电梯时陪伴的还是一个活人，出来时身边是一具尸体。在临终时刻，那个人身边既没有他所爱的人，也没有足够的尊严，反而被当作一个运输中的包裹来对待，那更像是一个联邦快递件而非人类。

这事听起来可能很荒诞，我却能精确地想象它是如何发生的。每一天，耳畔都充斥着急救推车上患者的惨叫声和呻吟声，在这样的情况下，医护人员狠下心把垂危的领退休金的老人塞进电梯，腾出病床给那些在外面等候的患者，又有什么奇怪的呢？不然他们要怎么继续下去呢？

我想要做的与这截然相反。我想要保留我的仁慈、我关怀的本能，不想因为现实的重击就放弃它们。我渐渐意识到，说出口的言语，可以像任何对肉体的干预治疗一样微妙而重要，有时甚至能改变生命。言语是医生建立信任、减轻恐惧、释放怜悯、解答疑惑、灌输希望的一种手段，偶尔，还能消除希望。但言语干预不能操之过急。最重要的是，当你关注整个人，而非某些器官时，花时间倾听患者的话，真正想去理解对他们而言重要的是什么，往往能出现惊人的效果。

我发现自己被一些同事极力避免的困难对话所吸引。例如：告诉患者他被确诊了癌症，或者更糟的，他的癌症复发了；温和但坚定地说服患者，是时候放手了。他们只能看着患者因为巨大的失落愁眉苦脸，看着患者直面脚步渐近的死神。

有时，这样的谈话会戳到我的伤心处。"有个患者总让我想起爷爷。"有一天我对爸爸说道。

亚瑟被匆匆送来急诊科的时候几乎已经不能呼吸，而后在我们的病房里经历了一场恶战。他年逾八十，身材高大，肌肉发达，一辈子都在农场里劳作。他呼吸急促的根源是他吸了70年的烟。这一次，不是肺癌，而是慢性阻塞性肺疾病（COPD），一对伤痕累累、破败不堪、被焦油堵塞的肺叶，是每一个老烟民难逃的命运。疾病终于找上了亚瑟。他很有可能会继发肺炎，再多的抗生素也改变不了他的病情。他发起了高烧，体重不停下降，一直在咳嗽，伴有浓痰。他已在家中靠氧气疗法撑了一年多，几乎从不敢把吸氧管摘下来。

亚瑟之所以会格外地令我想到已故的祖父，是因为他对家庭的态度。他对妻子贝丽尔的忠诚感动了我们病房里的所有人，他对调皮的儿孙们的爱也是如此。他的气不那么喘时，就特别乐于跟我们分享年轻的家庭成员的滑稽动作。

"杰玛最近一直在为学校的蛋糕义卖烘焙蛋糕。"有一天他骄傲地宣布这个消息，"她要把钱都捐给医院慈善基金。汤米准备卖了自己的飞机模型。他们知道爷爷在医院被精心照料。他们说也要帮助这里的其他患者。"

当我晚上离开病房时，总能看见有那么一两个小孩子在他们的爷爷身旁爬来爬去，完全忘记在病床上还有氧气管、监控仪、痰壶之类的东西。他的肺像风箱一样呼呼作响，他的眉头挂满了汗，尽管如此，亚瑟仍是满脸喜气洋洋。

一开始，他在病房里的情况还是不错的。静脉注射强效抗生素后，他的呼吸状态好转，已经平稳度过24小时。我们都希望他能出院回家。但在最初的好转过后，他的病情又恶化了。偶尔，我会在病房尽头瞥他一眼，看到他直挺挺地坐在病床边，身子前倾，双唇紧闭发青，脖子上的肌肉像绳子一样鼓起。一天，我和他谈起吗啡。

"人们都知道吗啡是止痛用的，亚瑟，但它也可以有效帮助缓解呼吸困难。小剂量的用药就能让你觉得舒服很多。"我向他建议道。

"吗啡？"亚瑟慢慢地重复道，停顿，消化了一下这些信息，"所以……你觉得到了用吗啡的时候了，是吗？"

我知道，或者说至少我以为自己知道亚瑟害怕的是什么：提及吗啡，我在向他阐述一个更糟糕的事实，他的死亡即将来临。说实话，我没法否认这一点。当一个人的肺部功能差到连静躺在床上也不能顺畅呼吸时，吗啡也只能压抑肺部对氧气的渴求，给处于疾病晚期的肺部一些舒缓罢了。使用吗啡是最后一招。亚瑟虽然极不情愿，但还是同意试用一两剂。令他惊讶的是，吗啡居然很有效。"最重要的是，"他告诉我，"用了吗啡，我和孙子们聊天变得更容易了。那可是支撑我活着的力量。"

　　一天早晨，我发现亚瑟满脸通红，大汗淋漓。贝丽尔就在他的病床边，绞着手。他的颧骨有一种我以前从未见过的瘦削，眼窝深陷。这些都是死神将近的征兆，肉体比灵魂更早一步显出端倪。

　　我坐了下来。"你觉得怎么样，亚瑟？"

　　"累，"他喘着气道，"好累。"他歇了一下。贝丽尔低着头，开始抽泣。"又是感染，是吗？"

　　"我觉得是，"我同意他的说法，"你的体温很高。"

　　有那么一会儿，我们两个人坐在一起，相对无言，想着该怎么继续说下去。

　　"亚瑟，"我紧紧注视着他，开口道，"我们可以聊聊你希望接下来怎么办吗？"

　　这对夫妇交换了几个眼神。

　　"我们可以给你更多的抗生素。但……那真的是你想要的吗？"

　　"我们已经聊过这个话题了。"亚瑟轻声答道，"不要抗生素了。我们都同意，不要再用了。"

　　我们又接着聊了一会儿，谈了谈病情之后可能的发展。这种感染如果是致命的，几天内就会要了他的命。那天晚上，当我离开病房时，我注意到亚瑟独自一人在那里，他的胸膛好像活塞一般起伏着，眼睛半闭。我的脚步迟疑了。令我惊讶的是，当他看向我时，我看到了泪光。我很快得出结论，他害怕了，他感到悲伤，他不愿离开这个世界。但是亚瑟微笑着看向我。他拍了拍床铺。

"别那么担心，过来坐我旁边吧。"

我向他走近些，可以看到挂在他眉头的汗珠。

"我哭的理由和你想的不太一样。"他开口道，"有些事你不知道。没有人知道。"

在衰弱肺部的勉力支撑下，他断断续续地诉说了一个关于爱和忍耐的故事。我发现在亚瑟努力喘气的过程中，我反倒屏住了呼吸。

"雷切尔，我的一生都在说谎。我成年之后的日子都是。"他轻轻地说着，"但是你得明白，我成长于20世纪50年代。当我还是个男孩时，我所做的就是犯罪。如果我不是自欺欺人，就得承认自己……不正常。我根本别无选择。"

我一动不动。我知道自己正被交付的东西极其珍贵，意义非凡。这个秘密是如此神圣，以至于我觉得自己更像是牧师而不是医生。这个男人，正从临终之床上向着他所信任之人伸出手，他相信对面的人不会回避，也不会谴责他。

"还在上学时，我就怀疑自己可能是同性恋。"亚瑟说道，"我试图说服自己我不是。"他停了停。面对不断衰竭的肺，说话只能节节败退，"贝丽尔是每个男人都梦寐以求的爱人。她的爱，她的真心。但……我爱的是另一个人。而我永远也不能把真相告诉我的家人。"

几十年来，亚瑟一直与另一位同性维持着交往关系，隐秘地、羞愧地，用一生的时间隐藏自我。我感觉到，他在为那个他终其一生也不能成为的人而哀悼，为那个被社会偏见和个人责任感所压抑的真正的他、真实的他而哀悼。

"当他……乔纳森死的时候，我没能陪在他身边。陪伴他到最后的是他的孩子们，而不是我。即便他活到了今天，他也不能够在这里陪伴我。我仍是孤独的。"

我本能地抓起了他的手。我想到我们终其一生用最脆弱的线穿过分歧的鸿沟，把人与人分开，我们多么渴望人与人之间的联结，由衷地渴望被理解。亚瑟在临终之际将他的故事交付于我。我是他的见证人。我了解了真实的他。

"谢谢，"我说，"谢谢你告诉我真实的你。"

离开之前，我发现自己破了规矩。我想要传达不同于偏见的信念。我想要让亚瑟知道他被倾听，被尊重，被珍惜，被关爱。所以一时冲动之下，我在病床上探过身子，亲吻了患者的脸颊，然后坐了回去，还好，他笑了。他示意我靠得近些。我向着疾病与恐惧之源俯身。亚瑟满头是汗，肩膀微微颤抖着，努力回吻在我脸颊上。我们都很清楚，他的生命或许只剩几小时了。

每一天，在每一家医院里，都有人躺在皱巴巴的棉布床单上开始面对死亡。我们都知道我们对医院的期许是怎样的。我们希望医院是一个温暖、安全、充满仁慈和关爱的地方，尤其是对于我们这些脆弱、恐惧、孤独、迷惘的人。我们希望，在医院，人们被视为独特而珍贵的个体而受到珍视。但是，医院常常做不到这些。虽然医护工作者们对患者的无数次微小善举多得我都数不清，但人们还是会被简化成数值、疾病、问题、器官，他们的故事在重重体制下被淹没。他们可能在不经意间遭受我们的折磨。

我不得不做出选择。有一段时间，我的梦想专业是血液学。我喜欢血癌微妙而不可预测的发展轨迹，喜欢高精尖科学技术与高风险的结合，喜欢与患者之间的生死对谈。在幸运的日子里，我喜欢拯救生命。但在我的脑海深处，几年前的那一晚仍挥之不去，那一晚我在最后时刻陪伴着戴夫的母亲，在父亲的帮助下，努力确保她得到充分的照料。还有我在医院里见到的一些医生，他们把自己的患者匆匆扔进"缓和垃圾箱"，因为似乎一旦疾病发展到晚期，人的生命就不值得继续为之努力了。

虽然我热爱急诊科和急救医学，但我发现自己之所以被身患绝症的患者所吸引，某种程度上，正是因为其他一些医生对此避而远之。我在医院见过太多丑陋而残忍的死亡，他们本该不那么结束的。我知道，我们应该做得更好。

尽管缓和医疗表面上看起来前景不明朗，但我想，它可能是医院里唯一一个部门，在那里，我能继续做自己一直想成为的那种医生。

8

你很重要，即使在生命的最后一刻

> 这个黑色的东西让我恐惧，
>
> 它沉睡在我体内；
>
> 整天我感到它在旋转，柔软似羽毛，
>
> 满怀恶意。①
>
> ——西尔维娅·普拉斯，《榆树》，
>
> 收录于《诗集》(Collected Poems)

那是一种能让人猛然愣住的尖叫，与其说是人的哀号声，不如说是一股奔涌的痛苦洪流。我全力冲向那紧闭的房门，但其实根本不知道进去之后要做什么。很幸运，我的患者罗恩很平静，但他的妻子此时正蜷着身子蹲在地上。

"朱莉，"我轻声呼唤，扶她站起来，"没事的，来，朱莉。"

她完全不像是没事的样子。她的身体在我的怀里痛苦地颤动

---

① 译文摘自《西尔维娅·普拉斯诗集》，[美]西尔维娅·普拉斯著，胡梅红译，译林出版社，2016年。

着。如果我们中有谁18岁时就与青梅竹马的心爱之人成婚，之后度过了40年亲密的婚姻生活，养育孩子，含饴弄孙，然后被迫看着脑瘤中最恐怖的恶性胶质瘤冷酷无情地占据爱人的大脑，我们可能也会瘫倒在医院的油毡上，无法抑制自己的绝望。

在我从医的这些年里，很少有觉得共情是如此多余的时候。我不想理解朱莉的感觉。对她而言，这种感觉就像是码头上奄奄一息的鱼在不可控制地抽动着，奋力喘息。我的每一根神经都想停止这样的共鸣。

罗恩在一边安详地睡着，不知道妻子在哪儿。为了减轻颅内水肿而服用的类固醇已经改变了他的体形，使他的肉从四肢重新分布到面部和躯干上了。他的双颊浮肿，额头隆起，眼窝深深下陷，一如他的大脑深陷于肿瘤之下。在他的安宁病床周围，没有监控仪器，没有哔哔声，没有导管，没有导线，没有任何现代救生装置的点缀，只有家里带来的羊毛毯和孙子送的泰迪熊，小熊斜斜地躺在他的枕头上。罗恩的无知无觉或许是一种福气。就在我抱住他的妻子，试图安慰她，让她平静下来的时候，我注意到罗恩不规律的呼吸，诉说着死亡渐近的脚步。如果说他快死了，我想他是快了，只是他自己还完全没有意识到。

我眼见着罗恩的病情日渐恶化。星期一的时候，他还能微笑着捏紧妻子的手，还能用"是"或"否"回答医生的询问。到了星期二，他就说不出话来了，但每次朱莉和他说话，他的眼中还有光彩闪现。到了星期三，他的眼中就是空洞一片了。罗恩人还在那儿，但是如同不在，灵魂仿佛飘浮着，眼睛半睁着，他的意识已然被封印，即便是妻子的触碰和他经常听到的声音，也不能够再唤回他。星期四的时候，他已经睁不开眼。他的呼吸声深沉而清晰，睡姿如同一个孩子，四肢松弛地伸开，脸松松地耷拉着。"我从没想过会如此平静。"朱莉跟我说，但无论是妻子还是医生，都不会忘记这讽刺的现实，当罗恩越是平静地进入更深的昏迷状态时，他的离去对她来说就越可怕。

今天是星期五了。一晚上过去，罗恩的情况无疑又变化了。他对外界的刺激毫无反应，呼吸变得不规律。从他手腕处摸到的脉搏极其微弱，我知道他的心脏正急速衰竭。他四肢皮肤上的斑点也说明了这一点。他的指尖冰凉，皮肤变得青灰，就像全身的器官一个接一个地停止了工作。

我做缓和医疗医生已经整整一周了，罗恩是我的第一批安宁疗护患者之一，今天早些时候，在一间安静的房间里，我向朱莉解释这很有可能是她丈夫最后的几小时了。"我就知道会这样，我就知道，我就知道……"她心烦意乱地嘟囔着，双手绞在一起，仿佛重复这一句就能减轻她肚子里不断加重的反胃似的。那一小盒特意放置的NHS纸巾，在她的悲伤面前显得可怜、愚蠢，墙上的田园风光挂画也像是嘲讽一般。我忍住不去说些老生常谈的鸡汤。此刻，什么话都没用。于是，我们相对无言地坐着，我握着她的手。她知道所谓"失去"正一步一顿地在她的一颤、一喘间，逐渐化为现实。她感到悲痛在燃烧，她用手抓紧了胸口。

　　和朱莉不同，我掌握着选择来这里的主动权。我可以逃离这个病房，选择一个不一样的工作方向。但即便我转身离去，把一地悲伤留给他人，罗恩仍旧垂危，他的妻子仍旧心碎。而我则会成为一个逃跑的医生。可在这一刻，在场，或许就是一个医生所能提供的最好治疗。

　　他们的婚姻已走过46个年头，比我的年纪还大，年龄大到可以谈论他们的"恋爱"时光。朱莉把病房布置成丈夫的纪念堂，一套相片串联起两人数十年的岁月。这张，罗恩站在教堂外，穿着20世纪70年代的喇叭裤，一身摇滚范儿，笑容满面地看向羞涩微笑的新娘。这张，还是少女模样的朱莉怀抱着刚出生的孩子，婴儿的小手紧紧地抓住父亲大大的拇指。还有窗台，上面摆满了相框，都是丈夫、妻子和他们共同养育的4个孩子的照片。接下来，可谓人生巅峰时刻，是在退休时拍摄的邮轮快照，有鸡尾酒、晒伤的皮肤和醉酒告白。还有，最关键的是那面墙，被来探病的孙辈们分期征用了，墙上贴满了用蓝丁胶粘上的各种情书和用A4纸裁出的碎字条，手绘的小猫咪和独角兽、破旧的挖掘机和外星人、马克笔画的爱心和星星，还有那些写得歪歪扭扭，但是情意满满的爱的告白——"要好起来呀，爷爷""亲亲你，爷爷"。

　　现在，在罗恩的床边，朱莉再也不能压抑她的失落，情感溃堤得如此猛烈，惨不忍睹。过去，医生们会在这种时候使用镇静剂。但是，用几针苯二氮平来迷昏悲痛欲绝的家属，是用来缓解医生的不适感的首要方式吗？我思索着，在这间传统医学无法再施以援手的病房里，什么才能真正帮上忙，而不是单纯地将悲伤抹去。黔驴技穷的我脱口而出："朱莉，你想不想跟罗恩告别？我的意思是说，作为他的妻子，你想不想躺在他身边？"

哭喊声停下了。她凝视着我，颤抖着声音问："我能……能这么做吗？可能吗？"

我不确定。罗恩一个人的身子已经占满了他的特制软床，我担心我会给他造成无意中的伤害。但我还是把护士召集起来，在他们的带领下，我们极其小心地重新安置了他僵硬的身体。我们花了一番功夫，在床上腾出了空间，刚好够朱莉蜷缩在她的丈夫身边。她靠着丈夫躺下，握住他的手，抚摸他的额头，感受他缓慢、如叹息般的呼气拂上她的脸颊，一遍又一遍地对他轻声说，她爱他。我忍住不出声，我们调暗了室内的灯光，在离开时悄悄地把门关上，留给这段婚姻最亲密的最后时刻。

大约半小时后，我回到病房，罗恩被学生时代起就认识的姑娘环抱着，呼出了最后一口气。生与死之间的界限变得如此模糊，我几乎没有察觉到他已跨过生死线。一瞬间，那一刻我明白了，而朱莉还未意识到。突然，朱莉大张着嘴，把手伸向我，手指张开并颤抖着，那手势就是最好的提问，言语都是多余的。我没有回避。"他走了。"我温柔而清晰地说道，"我很抱歉。"

我不确定今天我做的事是否对或者合适，更别说这些还能不能算作医疗。在随之而来的暴风雨般的哭泣中，护士们扶住崩溃的朱莉，为她送上茶水、拥抱和肩膀，任她流泪。这些微小的举动，看似远远不够。但几周后，当朱莉提着几篮礼物回来看医生和护士时，她会告诉我们，缓和医疗工作者的仁慈之举，安抚了因悲伤而失去理智的她，对当时的她而言是多么重要。

距离罗恩逝世已有3年，如今，我工作所在的NHS宁养院仍和当年一样美丽迷人。你可能难以相信我们也是医院的一部分。自然光从天窗和法式落地窗透进来，患者可以眺望室外的花园、树木和小鸟。这里有按摩浴缸、按摩器、美术和音乐理疗、自助式冰淇淋和自制冰沙。如果患者想要好好泡一个久违的澡，护士们还有私藏的奢华浴球可以提供。我们在这儿举办婚礼，设立约会之夜，偷偷带宠物进来，破坏规矩。这里甚至有饮料推车，志愿者们一天两次推着车走过一间间病房，车上备足了各式好酒和罐装饮料。对于那些喜欢来一杯的患者而言，要想让人回味在家般的正常生活，还有什么比这更好的方式呢？

鸟食，啤酒，看起来可能不是什么大创举，但当我第一次来到宁养院，对已经做了7年医生的我来说，这标志着一些令人激动的激进的东西。一家常见的繁忙教学医院，尽管医院的内部也充满了关怀和同情，但可能很难有比它更人性化的空间了。长长的走廊和霓虹灯照亮的荒凉的建筑，是为卫生和效率服务的。建筑的每一处表面都是光秃秃的，用防腐剂擦过，每一盏灯都刺眼且只具备功能性：这就是作为病弱人类产品仓库的医院。

美国著名建筑师阿尔伯特·卡恩，曾负责福特汽车公司的几家大型工厂。事实上，他在1925年参与设计密歇根大学医院时，就曾明确地将装配线的逻辑应用于患者护理的空间组织。这种设计能带来高效、无菌、高产、一尘不染。在离世时分，在这个圣洁与温暖从未如此重要的时刻，出现在一个如飞机登机口般毫无生气的环境，当有这种选择的时候，难怪很多人想在家中离世。

从词源学上讲，医学（medicine）和表面看上去的并不一样。"医生"（doctor）一词源于拉丁语的docere，意为"教学"，而"患者"（patient）则源于拉丁语的patiens，意为"受难之人"。无论在NHS医院内外，患者所必需的忍耐力和默默忍受，从来都令我动容。比如，在急诊室里一个又一个小时地等待，排着队苦苦煎熬，等上数周，甚至数月之后，才能开始抗癌治疗。有时，我也会惊讶于这其中的讽刺，我们请患者来医院是为了缓解他们的痛苦，却恰恰轻易地增加了他们的痛苦。患者袍、手环，以及作为一个患者所失去的自主权，让他们对医生接下来要做的事情提心吊胆。毫无疑问，这所有的一切，对于一个生来就要行动、决定、总要试图创造自己命运的物种而言，都是一种痛楚，无论我们的命运有多么简略。

　　至于"宁养院（hospice）"和"医院（hospital）"，这两个词就和"好客（hospitality）"一样，拥有共同的拉丁语词根，hospes，意为"主人""客人"或"陌生人"。我愿意把我所在的宁养院视作在某种意义上修复医院里碎裂的待客之道的纽带，它是一种医疗与家庭生活的混合体，一种介于家与医院之间的过渡场所。最基本的待客之道，提供食物、庇护和安全感，感觉就像是现代医院里霓虹灯下的脚注。但在宁养院里，墙上的艺术品、植物、配色、纹理，包括风景，都经过精心布置。

　　对我而言，走向这样一间精心布置过的病房，就像是去参加叛军联盟。宁养院的空间，就像其医疗理念一样，打破了传统的医学模式，从来这里第一天起，我就因为有无限可能而心潮澎湃。为什么一个妻子不能蜷身在病床上陪伴垂死的丈夫呢？为什么我们不能找到一种方法，保证那些住院患者知道自己时日无多，他们应该选择和伴侣亲热呢？为什么我们不能敞开病房的大门，让孩子们带上比萨和爸爸一起享受电影之夜，以免未来再无机会呢？为什么明明宠物猫狗可能比人更具有安抚力量，却会被视作有害健康的存在呢？一个最为异端的提问：为什么所有这些问题，还有更多类似的成千上万的问题，在非缓和医疗领域，在日常医院环境中，从未被人提出？简而言之，为什么只有当你是一个孩子，在儿科病房里，周围的环境才会被精心布置，或者是在垂死之际，你才能获得真正意义上的以患者为中心的医疗环境？在医院这样一个满是压力与焦虑的空间里，难道不是每一个成年人都应该获得这样的慰藉吗？

在我刚加入团队不久的一天傍晚，我亲眼见证了环境的重要性，以及把患者从痛苦中带出来所需的时间有多短。

一句带着法国口音的提问从宁养院的花园传来，清脆好听。"打扰了，我能在这里待一会儿吗？"那个人问道。我听到了一阵喧闹，我猜是救护人员。然后，令我惊讶的是，笑声传来，一阵发自内心的愉悦之声，就像是从担架上升起的一道光。

阿黛尔在一家都市癌症专科中心度过了生命中最后3个月的时光。那段时间，她一次都没有呼吸过新鲜空气。或许，她的身体状况实在太差，没法坐甚至是躺在户外，尽管我怀疑她的"禁闭生活"更像是一场意外，不是因为阿黛尔的生理状况太差，而是医生的想象力太差。当医疗机器的全部力量——教授们、科学家们、庞大复杂的医疗团队——都一心一意地专注于拯救生命、寻找治疗方法，像请患者去户外坐坐这样的小事，自然就被抛在脑后了。

今晚，这位还不满30岁的年轻姑娘被救护车送到宁养院来等死。我知道，我很快就会向她伸出手，这初次的人类接触，肌肤相碰，可能比任何言语都能更好地欢迎她。正值盛夏，一阵持续时间如此长、强度如此大的热浪袭来，淡蓝色的黎明迅速地破碎着，就连我们这群成日生活在雨季里的禁欲主义者，都几乎相信这样的天气会一直持续下去了。

阿黛尔的寿命最多还有几周。恐惧常伴随入住我们宁养院的患者，黄昏时分的阳光洒在她的脸上，她看上去并不恐惧而是喜悦。我听到了一声轻笑，还有一句法语的呢喃，我听不太懂。护理人员和我一样，都咧开嘴笑了。可能是因为她的美貌、她的魅力，或者是由于她这个巴黎人的倔强，她坚持让护理人员把她推到户外而不是楼里，径直前往花园，而他们也十分乐意这么做。在花园里，她心满意足地晒着太阳，合上双眼，脸庞微微向天空抬起，展露出纯粹欣喜的笑容。

那一刻，我徘徊在安宁病房门口，没有人知道，我心中的那个医生动摇了。我脑海中出现的词是"医学亵渎"，但这又无异于重生。在经历了那么多个月的衰弱之后，阿黛尔被疾病一点一点地蚕食了身体的大部分，此时此刻，在这里，除了忍冬花、蜜蜂、蓝色的苍穹之外，没有什么科技含量的东西能够补充她的体力。她就在我的眼前，走向死亡的同时持续生长着。

我知道不久之后我们就要聊聊肿瘤的事。关于她的第二轮禁闭，她的肝、肠、脾都已经被癌细胞包围。癌细胞冷酷无情地开疆拓土，甚至已经超出了她的身体限制，冲破了腹壁，向外生长了。从基因学上来说，她尚属人类，但从解剖学上来说，她已经是怪物了。我们会聊聊这给她带来了多少痛苦和耻辱，聊聊到了这一步，她执着关注体形这样看似微不足道的小事是否还有必要。未来的我会注意到，她每天早晨都会坚持化妆，即便到了抬不起手臂的时候也是如此。慢慢地，她会对我有足够的自信，向我袒露她害怕死亡将如何一步步吞食她，告诉我她能否依旧保持镇静。我将帮助她写两封信，一封给妈妈，一封给姐姐，还要给不到3岁的侄女们写生日贺卡。她卧室的房门永远不会关上，而是向她深爱的花朵和天空敞开。她的微笑会持续下去，即便短暂，却比太阳更耀眼。

所有这些都将到来，但现在我仍徘徊在安宁病房的门口。像平常那样，令我震惊的是，我的患者有一种用热情和激情品味当下的能力，这种能力让我那些漫不经心、不专注的日子相形见绌。阿黛尔正因癌症走向死亡，时间如流水般从她的指缝间匆匆流走，但她仍然热烈地生活着。她是怎么做到的？我心怀谦卑、希望和热切的帮助之愿，踏出脚步，走入阳光，向着她而去。

宁养院浸透着恐惧和禁忌，很少有地方能与其相比。患者们常把自己的病房看作悬崖，在这里，生命就此残忍地中断了。他们想象一旦跨过了那道门槛，一切就会断崖式下跌，除了死亡，什么都不剩。希望就像生命本身一样，会被摧毁。

最近，我遇到了一个新患者，他是《星球大战》的粉丝，心衰竭晚期了。他一进入病房就说了一句伤感的话："我一直都把这个地方当成死星。"我看得出他竭力让这话听上去轻松一些。"那好，"我微笑着接过他的话，"我尽量做莱娅公主，不做达斯·维德吧。"他咧开嘴对我一笑，我希望这算是一段治愈关系的开始，但就目前而言，他的恐惧仍是显而易见的，仿佛到宁养院来就意味着他的结局已被注定，宣判了他即将到来的死期。

　　我第一次来到这里时同样惶恐不安，说实话，好几次被吓到。当时我还是一个极其初级的实习医生，在值夜班的时候，我负责照顾整个医院里的患者，包括那些被送去宁养院的患者，这令我十分不安。在忙乱的医院里，即便在情况最好的时候，夜班也意味着要在空荡荡的走廊里走上几英里路。但宁养院位于医院的边缘地带。要到达宁养院，你必须离开主楼，一个人在夜色中快跑，穿越无人的停车场和荒凉的灌木丛。我总是会哆哆嗦嗦地为自己手无缚鸡之力感到害怕，我清楚地意识到，如果黑暗中发生了什么恐怖的事，直到天明我的尸体才会被人发现。

　　终于到达宁养院后，那无处不在的死亡气息更令我心慌。如果说医生都不能治愈这些患者，那我们又有什么用呢？我该说些什么才能够安慰这些患者？我该面对死亡，还是避而不谈呢？他们逐渐腐坏的身体，如此接近死亡，是否会让我难以承受？缓和医疗医生们究竟是怎么做到让自己日复一日地被所有这些痛苦包围着，却仍然能笑得出来的？太令人费解了。我内心翻腾着，蹑手蹑脚地走向病房，暗自希望有一个直白的急救电话把我从这个暗夜之地拉走，这个地方无论从字面上还是隐喻上，都笼罩在黑暗之中。

当然了，事实上，我在夜间遇见的宁养院患者其实并不是什么因为病危就超凡脱俗的外星生物。他们只是患者，是普通人，就和我们一样。他们有时害怕，有时痛苦，有时很高兴能在孤独而漫长的后半夜和医生聊个天。我对暗夜的恐惧其实并非源于宁养院里实际存在的东西，而是源于我所想象的或者说恐惧的东西。我的想象，而非死亡，才是真正的问题所在，我的大脑给死亡注入了骇人的特性。我给垂死的患者平白安上了许多他们并没有的糟糕特质。

然而，我的恐惧依旧存在，即便在我决定以缓和医疗为专业之后，我的决定与其说是一种信念，不如说是一次冒险的尝试。实际上，刚进入宁养院工作时我觉得自己就像一个新人医生，一切从头来过，学习一种不同的医疗之道，一种核心在于人而非疾病的医学。

"好了，各位，我有办法了。用安桃乐①。我是认真的。如果它能用于分娩，那么它对这个也会有效。"

我扫视了一圈屋内，被其他人的反应激起了兴趣。牧师看上去有点儿惊慌，社工挑起了眉。一氧化二氮，辅助分娩是一回事，

_____
① 一种麻醉气体，混合了一氧化二氮和氧气，多用于急救和分娩。——译者注

但是用于病危患者，真的可行吗？我看得出，房间里其他医生都在试图弄清楚这个问题。

提出这个建议的护士尼娜被我们的惊慌失措逗笑了。作为宁养院里最资深的护士之一，她奔放热情的性格有一种不可思议的本领，甚至能感染最痛苦的患者。她有着罕见的天赋，一进入病房，就能带来一丝轻松明媚的气息，就好像无论世界有多黑暗，这里都能变成一个更美好更安全的所在。

"你知道吗，我觉得她可能说得对。"劳里同意道。她是我们的护士长，宁养院的主心骨，灵魂人物。

我们正坐在一起开每周的多学科联合会诊（MDT[①]）的时候，医生、护士、物理治疗师、作业治疗师、牧师和社工聚在一起深入探讨每个患者的需求。许多医学专家总是口头上支持团队合作，实际上却是医生说了算，但这次，我看得出，是认真的会诊。每一个在场的人都在为如何帮助一个年近九十的患者而苦恼，她身体极其衰弱，侵袭性恶性肿瘤已经导致她全身多处骨折。

弗洛伦斯的身体过于虚弱，无法承受外科手术，她不得不忍受已经碎裂的骨骼发出刺耳的声音。她僵硬地躺在床上，一动不敢动，等待疼痛一波波来袭。然而，她实在是过于消瘦，瘦得就好像一副包了羊皮纸的骨架，这意味着护士不得不做一件让她害怕的事：每过几小时就要帮她翻身移位，以免她脆弱的皮肤受损。

---

① 全称为 Multidisciplinary Team Meeting。

但无论护士们的动作如何轻柔，无论我们给她用上多少吗啡，都无法缓解弗洛伦斯对即将受到的疼痛的恐惧，她很确信一定会疼。

不知怎的，她就是直觉地知道什么东西能帮上忙，之后很快我就会发现尼娜一向富有这种创造性的同情。安桃乐帮助许多女性渡过分娩的难关，靠的不是抑制疼痛，而是能使她们不在意疼痛。这个药起效快，效果强，像是魔法仙粉，又像是野格炸弹鸡尾酒，能抹去一切忧愁。如果说有什么能消解弗洛伦斯的预想性恐惧，安桃乐可能行。

"我今晚准备试试。"尼娜宣布道，"弗洛伦斯喜欢音乐，我们可以办个小型安桃乐派对。"

我笑开了，根本忍不住。这是我第一次参加宁养院的MDT，感觉有点儿像医学界的《狂野西部》。入夜后用安桃乐开派对？这真心不是什么教科书式的止痛案例。但是我看得出，尼娜的逻辑是无可挑剔的。神经生物学研究表明，我们对疼痛的感知程度依赖于疼痛产生的场景，而与伤口本身的严重程度关系不大。举例来说，有战场上受伤的士兵报告显示，虽然身上最大的一块骨头有多处骨折，但据他本人描述只有轻微刺痛。众所周知，全神贯注于疼痛这件事会令痛感加倍，而分散注意力则能有效减轻患者的痛感。譬如，有研究显示，重度烧伤患者在接受治疗或理疗时，如果同时玩虚拟现实类电子游戏来分散注意力，则只会感受到一小点儿疼痛。

尼娜的笑容仿佛能点亮整个曼哈顿。虚拟现实跟她比起来不值一提。我下班的时候充满希望，她一定能解决问题，第二天一早，我就冲过去找她。

"尼娜，弗洛伦斯怎么样了？情况如何？有用吗？"

"雷切尔，简直太棒了！我放了葛罗莉亚·盖罗的歌，我们都放肆地和着音乐大唱。安桃乐妙极了，你知道吗？她甚至根本都没有注意到我们在动她。就像做梦一样。"

"哈！尼娜，太棒了！你太棒了！实话实说，在我临终的时候最希望病床边有你在，这是我最真诚的想法。"

笑着，忙碌着，尼娜横扫病区，一支女子单人行善小队。尼娜一边哼着小曲，一边笑着冲进病房，这是一个女人的力量。

后来，我去看望弗洛伦斯时，她聊起晚上尼娜来的事，露出了开心的表情。癌症日积月累的伤害仿佛短暂地消失了。"我真的爱听女儿们的迪斯科音乐。"她沉吟道，略带羞涩，"我只是忘了去担心，然后感觉没以前那么疼了，我想下一次可能没这次疼。"她突然咯咯笑了起来。在时间的褶皱深处，或许她还能依稀想起自己是个学生妹时的样子。我立刻就发现了，尼娜修复的或许是医院里最为重要的品质。她给予了患者希望。

类似注意力转移的行为在我工作的宁养院里随处可见。当工作人员炮制一杯新鲜的黑莓香蕉果昔时，整个准备工作都诉说着食客有多么重要。当按摩师提起患者的手掌，一点一点地揉捏消除她的压力时，她的指尖诉说着放纵和愉悦。你值得这一切，你值得，你值得。

或许我在工作中所经历的最沉重的一幕，是当一个患者——基本上都是老人——坦承他们觉得绝症令他们变得一无所有，变成一个无名小卒，一个只会给爱人增添负担的废物。死亡的迫近用一个可怕而无可避免的无意义玷污了他们人生的最后时刻。但他们告诉自己的故事其实都不是真的。事实恰恰相反，我们每一个人从第一次呼吸开始就在走向死亡，就像时钟在无情地嘀嗒着转动。所以说，要么我们所有人的生命都是一场空，要么每一个人的生命都有意义，或许生命的尽头更有意义。从护士转行做医师的英国人西西里·桑德斯爵士是缓和医疗运动的开创者，正如她曾经写的："你很重要，因为你就是你；你很重要，即使在生命的最后一刻。我们会竭尽所能，不仅要帮助你平静地离开，而且要帮助你活到最后一刻。"

而我的患者弗洛伦斯，对将来的痛苦的恐惧，使她现在就受到了深深的折磨。我猜测，她的恐惧一部分来源于疼痛背后的意义。如果疼痛还不够剧烈的话，想象一下，每一次痉挛都仿佛是末日来临的警报，像身体在用扩音器发出宣布自己湮灭的轰鸣。如果在你心目中，已经将疼痛与死亡画上了等号，那就难怪一想到疼痛就不能忍了。

可能比起其他任何专科，在缓和医疗中，我们给自己讲的故事尤其有着毁灭性的力量。垂死是一生仅有一次的体验，直到死亡来临前一刻，谁也无法亲身体验。在不熟悉的情况下，在未知的空间里，我们内心最可怕的恐惧就会滋长。因此，我们所谓的死亡，是我们肉体有限的物理事实和无限的人类想象的结合。我们可能会为自己的结局想象出暗黑故事，可能想象令人难以忍受的痛苦、毫无尊严、孤独或凄凉，这些故事的真相永远无法靠科学揭穿，尤其当这些故事本身帮助塑造了结局。正如弗洛伦斯体验到的，在生命尽头，害怕最坏的结果反而可能增加其发生的概率。

要在这张事实、恐惧、想象与生理学复杂交错的网中找到方向，缓和医疗医生是一个带有巫师气质的科学家。严格的循证医学，即依据最精湛的药理学和最敏锐的诊断，冷静客观地评价各种治疗方案利弊的能力，这些的重要性不言而喻。但它也只能帮你到这里。当你的患者要面对的不仅仅是一系列病征，还有他们因自身湮灭而存在的焦虑时，医生的角色同时还包括咨询师、教师、父母和牧师的职能。

与许多人的恐惧相反，患者们一般不会来宁养院等死。通常，只有一小部分缓和医疗工作是围绕他们的病床进行的。除此之外，还有许多在日间照料中心和社区内的活动。那些身体状态良好、能够往返于宁养院和家之间的患者，通常还处于疾病早期阶段，他们可能会在日间照料中心待上几个月，甚至几年。与此同时，宁养院的护士和医生也会走出病房，走进人们的家中、疗养院或医院的其他部门，为患者提供护理，为家属和非缓和医疗专业的团队提供专业指导。即便在提供住院服务的宁养院中，患者们通常也会在短暂的宁养院治疗后病情好转，然后出院回家。只有那些症状最复杂的患者才会入院，例如，有剧烈疼痛、恶心、呼吸困难、焦虑等问题的患者。

我们的日间照料中心总是生机勃勃。在美术和音乐治疗师的陪伴下，患者可以选择写歌、画水彩画、弹钢琴、歌唱。他们常常会建立起亲密的友谊，互相鼓励和支持。食物美味，笑声朗朗。有一次，在一个复活节星期日，我刚上班就发现办公室里摆满了用巧克力做成的鸟巢，里面装着前一天准备的爱心迷你糖彩蛋。那是日间照料中心的患者们对宁养院工作人员的善举。我又一次被提醒，一份绝症的诊断书不等于判决书，而是标志着一个过程的开始，这个过程可能将持续数年之久，包含着爱、希望、慷慨与善良，同时也伴随着不可避免的悲伤与失去。简而言之，它就是人生的一部分，一个人的当务之急。

"我不觉得死亡要来了。"我的一个患者曾如此说道，"我仍然感到充满活力。"特丽莎六十几岁，身材娇小，像鹪鹩一样机敏而聪明。她被诊断患有自身免疫性疾病——系统性硬化症，多年来一直靠免疫抑制药控制病情。近来，药物开始失效了，她的肾和肺在衰竭。她知道自己可能已经是生命的最后一年了，但当她接到来自宁养院的电话请她去日间照料中心时，她的第一反应是，"他们还有什么没告诉我？如果我去了那儿，可能就再也出不来了"。

特丽莎处于一个让人迷惑的中间地带，既不完全健康，也没有严重并发症。"我知道什么要来了，我只是还不认为它属于我。'我在哪儿，'我还记得我当时在想着，'我还活着吗，还是已经在走向死亡？'"

她的自我意识被疾病撕裂了，混乱不已的她决定拿出冒险精神，去一次日间照料中心试试。让她惊讶的是，一到中心，她就在音乐治疗师的鼓励下拿起了笔。"距离我上次写诗得有50年了吧。我那时还是个学生，在英语课上被迫写的。之后就再也没写过了。"诗自然地从她笔下流淌出来。看知更鸟在厨房外的草坪上吃小虫，和拿着球的孙子一起坐在太阳下，从她热爱的每一个日常的瞬间，她发现自己把生命的旋律留在了一页页诗中。

"我不认为我是在有意地阻止时间。我只是太热爱这一切了。"特丽莎带着哀愁的笑容告诉我，"我注意到了之前不曾注意的瞬间。一切都激励着我去写作。"

特丽莎并没有屈服于宿命论的绝望，而更像是被减短的寿数激励了，注入了更多能量。我问她，对她而言，死亡是否一种催化剂。

"我想我只是领会了活着的纯粹喜悦。我们都忘了这个世界有多美好，不是吗？"

那天晚些时候，我思考着时间的短暂，思考着生命的可爱，思考着我们都终将死亡的事实。我感到很幸运，感恩我能在"死星"工作，这里的男男女女向我展示了该如何生活。

9

我要在那被斩断的茎秆上继续绽放

我无法继续。我会继续。

——塞缪尔·贝克特,《无名者》(*The Unnamable*)

"他一到就请告诉我。"听完患者的故事后,我就对尼娜说道。西蒙情况危急,他患有甲状腺癌,有窒息的危险,正被救护车从家护送至宁养院。在家的时候他就已经需要吸氧了,今天早晨,他的呼吸状况更差了,就我们所知,他现在正奄奄一息。

西蒙六十多岁,以前是警察,几个月前刚刚退休。当时他正期待着把时间消磨在呼吸新鲜空气、散步和慢跑上。没过多久,他就发现颈部有一个肿块,不疼,没什么影响,他猜想这也许和最近的感冒有关系。但是那个肿块不像感冒那样很快就过去了,令人不安的是,它持续变大了。那时西蒙还是好奇多过担心,毕竟他会定期在早餐前跑16公里。他去看了自己的全科医生。但是医生将他转去了医院,速度之快给他留下了深刻的印象,那时他还不知道自己距离确诊肿瘤只有两周的时间,转诊之迅速印证了医生最为担心的结果。西蒙应得的乡村平静生活没可能了。先是扫描，后是活检，再后来是主任医师，医师喃喃着让人不懂的"不宜手术"，而西蒙则被钉在了椅子上，煎熬着，"癌症"之后的字眼就再也听不进去了。

我还没看见他，就先听到了他的声音。准确地说，我听见了他吸气的声音，空气从肿瘤严重挤压的气道流入他的肺部。喘鸣，每次吸气时气道内会发出粗粝的声响，只有当气管变得极窄时才有可能被听到。这是一种听过就毕生难忘的声音。喘鸣的患者无处可藏。如果呼吸受阻更严重，他们可能会窒息。

我走进他的病房时，西蒙正僵直地坐着，眼神癫狂，衬衫都被扯掉了，他的双手紧紧抓住床沿，仿佛命悬于其上。他颤抖着，恐惧在身体深处滋长，沿脊髓蔓延。站在他旁边的是一个三十多岁的女子，心急如焚，披头散发，说着："没事的，爸爸。看，看，医生来了，一切都会没事的。"

西蒙抬头瞪向我，额头上挂着一串串的汗珠，大口吸着气。他不可能坚持这么呼吸下去。与此同时，我注意到，他通过细细的鼻管吸氧来保证氧饱和度，流量并不高，但已足够，不需要氧气面罩。虽然他惊慌失措，但我有理由相信，他还不到呼吸衰竭的地步。

如果是在急诊科，西蒙已经被径直送到复苏区了，换上患者袍，插上各种导管，接上各种监控仪器，一到医院就被装备齐全。

你可能会说，我选择了赌一把。我的想法是，如果西蒙真的快死了，这些装备都阻止不了。但如果像我推测的那样，只是恐慌加重了他的气道阻塞，那我知道该怎么帮他。

我从西蒙的女儿索菲那里得知，几天前他完成了甲状腺癌的放射治疗。他的肿瘤医师希望放疗能缩小他的肿瘤，为他多争取一点儿时间，甚至说不定能让他活到孙子的6岁生日。尽管希望不大，但也值得一试。

"西蒙，我相信我们能让你感觉好些。"我开口道，"但在我们好好谈谈前，我想给你做一个快捷高效的检查，能立刻得出一些治疗方案。然后我们可以聊一下，好吗？"

他默默地点了点头，他脖颈和胸部的每根筋都在努力地将空气输送至肺部。

我动作迅速。护士拿来了大剂量的类固醇，我希望这能减轻西蒙颈部的水肿。接下来，一小针快速起效的镇静剂被打入他的身体，刚刚能够缓解他的恐慌。

"你想不想听一下我对你病况的分析？"我问他，想让镇静剂再发挥一会儿，好平息他的恐惧。

"好的。"他清楚地答道——这是他第一个能够清楚说出的字眼。

我不疾不徐地开口解释，希望给他灌输信任和信心。"西蒙，我认为问题有两个。首先，你的肿瘤压迫着你的气管；其次，放射治疗破坏了你喉部的组织，导致喉部肿胀。这很常见，我们经常应对这类情况。放射治疗后的几天内，呼吸情况通常会比原来更糟糕，也许一周左右才会变好。类固醇确实能够帮助消肿。"

我说话的时候西蒙的眼睛始终盯着我。我注意到，他的喘息开始逐渐放缓。

"现在感觉怎么样？我们刚刚给你打的针是不是有用？"

"嗯，没那么难受了。"他含糊地说。

我的余光瞥见索菲，她正好站在她父亲的视线范围之外，正在哭。

"西蒙，我想试些别的。我觉得我们可以调低一点儿你的输氧浓度。你的血氧饱和度现在是100%。我觉得你其实不需要这么多氧气。"

他不太乐意的样子，但还是让我调低了，然后开口讲起他在几年前丧偶后独自面对癌症的事。"一切都太快了。有太多要承受的。说实话，索菲就是我的依靠，但她还得照顾她的儿子蒂米。"

"别傻了，爸爸。"索菲插话道，几乎是愤怒地说着，"你知道我照顾你不成问题。我们都喜欢和你待在一起，尤其是蒂米。"

西蒙不敢看女儿的眼睛。他的胸部大汗淋漓，肌肉线条依旧明显，一生坚持运动所雕刻出的身材尚未被癌症所抹消。他的前臂上有一枚老虎文身，肩头上有另一枚文身，简单的"Love（爱）"字样。不知道像这样将自身的脆弱暴露于女儿眼中，对他而言意味着什么，这样的羞耻感是否也在增加他的痛苦。

我慢慢地把氧气浓度调低。"西蒙，你知道吗？这真的很令人振奋，你开始能讲完整的句子了。10分钟前我就已把氧气浓度调得很低了。我能把它从你身上拿下来吗？"

"你真是太狡猾了。"他大声说道，露出了一丝浅浅的微笑。

"没错，"我咧开嘴一笑，"我们医生啊，最狡猾了。"

暂且算是建立起了联系，我开始和他聊起未来。

他立刻就打断了我。"听着，我不蠢。"他喊起来，"我才没有未来呢，不是吗？这就是未来。我知道我身上正发生着什么。"

"爸爸，"索菲在一旁哀求道，泪水直流，"她只是想要帮你。别吼她。"

在医疗中有那么些时刻，你接下来说的话就好像外科医生下的第一刀那样充满风险。正确的措辞，如果使用得当，可以在你和你的患者之间架起最宽阔的桥梁，但如果判断失误了，则可能让之前建立的信任烟消云散。不过一个月的时间，癌症就从这个威严果敢的男子身上夺去了他的健康、未来、力量和无畏。今天，也许比这更糟糕的是，他的女儿目睹了父亲在恐惧中痛得打滚，因为相信自己马上要死了而失去了所有镇定。

所以，我接下来要说的话是具有决定性作用的。很少有比在气道阻塞时奋力挣扎呼吸更恐怖的体验。在那一瞬间，你之前所有的精神力量，一生的逻辑思维、爱、信念和理性，都被一种对空气的狂热渴望彻底摧毁了。生命中唯一重要的东西就是氧气，其他的一切都是没用的。西蒙刚刚在为生命而战，那是人类最强烈最迫切的本能。我需要把控制权交到他手里，即便只是这段对话。

"西蒙，你是喜欢把话都说开了呢，"我开口道，"还是宁愿过一天算一天，不去想未来怎样？"

"我已经知道自己快死了。"他回答道，"你还能告诉我什么呢？"

"你看，人们常以为自己一到了这儿，就再也不会离开了。但是有大约一半的患者没死在这里。一旦我们解决了他们的症状，他们就可以回家了。这里不总是单程旅行。"

他眨了眨眼睛。一时间，没有人说话，他喘鸣的声音尴尬地传来。终于，他的女儿先开口道："我倒是没注意到这件事，爸爸，你注意到了吗？"

一片沉默。我的直觉是，西蒙不仅害怕再也不能离开宁养院，他还深信自己很快就要死了。也许唯一能让他放心的方法就是直面这些恐惧。

"西蒙，我在这里工作时注意到了一点，患者们常常觉得问不出口他们想得最多的那件事，就是他们什么时候会死。我在想你是否愿意聊聊这件事？"

我看到索菲的脸瞬间因为恐慌而扭曲了，就好像我闯进了什么医生不该踏进的地方，但她的父亲看起来如释重负。"继续说。"他谨慎地说道，并未透露任何情绪。

"好。但如果你不想听了，请随时打断我。"

我瞥了一眼索菲，西蒙示意他希望她在场。

"在癌症患者或其他濒死的绝症患者中，我们常会看见这样的情况反复出现：尽管他们每个人的疾病各有不同，但结局总是惊人地相似。许多患者首先会注意到的事情之一就是变得无力，没有精神。以前轻而易举就能做到的事，现在是体力和精力的双重挑战。我猜你已经注意到这一点了吧？"

他惆怅地翻了个白眼。"不开玩笑，我以前能跑马拉松呢。现在连楼梯都上不去了。"

"精力丧失会逐渐加剧。你会发现你差不多每天都需要打个盹，可能一天不止一次。然后，有一天，你会发现自己睡着的时间比醒着的时间更多。这并不痛苦，也不可怕，只不过会让你很沮丧。患者会发现试着提前做一些计划很有用，能够节省下精力做些真正重要的事。"

"就像蒂米，"西蒙突然插话道，"我喜欢提前知道他什么时候来看我，这样我就能提前睡一觉。"

"我都没注意到，爸爸。"索菲说。

"嗯，我想要展现给他最好的样子，不是吗？我不想错过和他在一起的每一秒。"

现在索菲转向了我："你知道，蒂米的爸爸不在我们身边了，他两岁的时候爸爸就离开了，只在圣诞节和生日的时候回来看他。我爸比较像他真正的父亲。"

"我明白了。"我慢慢地说着，消化着一重重的伤感，这比我想象的还要复杂沉重。

到现在为止，我注意到，西蒙已经平稳地自主呼吸了半小时，而不需要任何额外的氧气吸入。我深受鼓舞，继续开口。

"通常，到了最后没有什么戏剧性的变化，昏睡会持续下去。患者发现自己几乎总在睡觉。你不再觉得饿了，也不想吃东西。你可能也不会觉得渴。然后，有一天，你不是睡觉，而是陷入了无意识中。你甚至都注意不到这之间的区别。你的大脑只是更迟钝了。有时候，我想这是不是人体对意识的保护机制——你不再害怕了，对一切都不在意了。"

我停了下来，想看看西蒙的反应。我感觉，无论他做过什么形式的警务工作，他一定擅长不动声色。他一点儿反应都没有。

"我可以继续吗？"我问道。

他敷衍地点了点头，于是我继续。

"你可能会觉得自己今天的经历和我描述的完全不同。你觉得你快要窒息而死了，我没法想象那有多恐怖。但是我能向你保证，如果你再有这样的感受，就算我们没法解决你的呼吸困难，我们也能够帮到你。我们能用药物缓解你的恐慌，药物能瞬间起效。

刚才给你打的咪达唑仑，能够让一个崩溃到挠墙的人变得什么都不在乎。我今天只给你注射了规定范围内的最小剂量，一丁点而已。你不会再有那样的感觉了。不管发生什么，我们会一直在这儿陪着你。"

西蒙和索菲都在默默流泪。外面的天空更暗了。我注意到，我们都坐在西蒙床头的那一盏可调节台灯的一小束光中。一个父亲、一个女儿和一个医生，周围是一片黑暗，共同凝视着即将到来的死亡。我们或许是第一次在衡量着、思索着它的形状和形式。西蒙刚刚浑身还散发的敌意已然消散了。

"你觉得我还有多长时间？"他直截了当地问我。

"西蒙，我没有理由认为你今天会死。我甚至都不确定你呼吸道的阻塞会是你最后的死因。就像我刚刚描述的那样，你可能最后会越来越困倦。我认为放射治疗在起效前先让你的身体变差了，类固醇能抑制肿胀，我希望它能让你撑过接下来的几天。然后，如果一切顺利，我们会发现放射治疗起效了，你的肿瘤缩小了。我的确认为你的时间不多了，要以周计，而不是以月计，可能只有短短几周，但我还是愿意相信我们能让你回家待一阵，如果你想的话。当然，如果你觉得在这儿更有安全感，待在这儿也没问题。你说了算，告诉我们你想怎么做。不如你等等看接下来几天情况如何？不用着急，一步一步来就行。"

西蒙沉默了一阵。这份安静，尽管被情绪感染得有些沉重，但还不至于令人难以忍受。终于，他抬起眼看向我，微笑着说："好吧，我会等等看情况，也许我还能赶上孙子的生日。谢谢你，雷切尔，真心的。"

我的心一颤，差点儿让我失控，到了晚上，我才允许自己去感受这一切。一个垂危的人刚刚直面了人生的结局，还是所有结局中最糟糕的一种，可能窒息而亡，然而，在他对人终有一死这件事进行深刻思考的那一刻，当每一件他所爱的事物都颤抖着、凋零着从他的指尖溜过，他在自己的内心找到了向外看的力量，向着比任何东西都重要的：他所爱的人。我禁不住去想，一个人怎么能在面对自己的脆弱如此惊慌失措的同时，还能展现出如此前所未见的力量呢？

那天夜里我哭了，但不是为了那些我们失去的。让我感动的是我们自己——我们胆小但不愿屈服的澎湃内心——在宁养院里一次又一次地感动了我。当有人问我，我的工作是否令人沮丧，我回答说，完全不是。所有人性中美好的品质——勇气、同情、爱的能力——都在这里得到升华、呈现。我总是能够在这儿目睹人们面对最糟的情况时，也能展现出最好的自己。我身边的都是最美好的人们。莎士比亚笔下的哈姆雷特，这位愤世嫉俗的青年说出下面这句话时可能带着苦涩，但我却是带着敬畏在工作中赞叹："人类是一件多么出色的杰作啊。"

我们从小就一直被教导要躲避死亡。宠物豚鼠死了，我们不可抑制地哭泣时，父母则会想尽一切办法让我们感觉好起来，用甜言蜜语伪装真相，否认现实："没事的，亲爱的，它只是去天堂了。它还能在那里吃甜菜根，对，我知道那是它的最爱。"

在童年养啮齿动物的时期，我对死亡的另类看法全都浓缩于可怜的飞飞鼠冈萨雷斯的命运中。这是一则关于一只沙鼠、三个热忱的小孩和真实死亡的苦涩寓言。首先，就在姐姐不小心摔了飞飞鼠的那天，它的飞奔岁月被无情地腰斩了。然后，它的两条腿在身后无力地拖着，在它拖着受伤的身体穿过厨房的地板时，爸爸看了它一眼，然后飞快地带它去做急救处理。

"你要做什么？"我轻声问道。

"它的后背摔断了，需要氯仿麻醉。"

当爸爸在楼上浴室偷偷为小老鼠施行安乐死时，我们在屋外的苹果树下干劲十足地挖了一个沙鼠大小的坟坑。妈妈在厨房找到了一个空火柴盒，里面有棉绒内衬，堪称完美的小棺材，甚至可以说是舒适的。但是，当我们准备给飞飞鼠下葬的时候，生物化学的法则显灵了。死后的沙鼠因为尸僵而硬得像块石头。这样一来，先前准备好的棺材尺寸就小了太多。我们惊恐地看着爸爸把一只僵硬的啮齿动物猛往纸板上撞，他喘着气嘟囔道："该死的，塞不进去啊。"

"爸爸！"我们哀号起来，因为这亵渎死亡的一幕而出离愤怒。

"马克！"妈妈也喊道，同样表达了不满。

"只不过是只沙鼠，"爸爸坚持道，"它已经死了。"

直到上床睡觉前，我们都在花园里玩默哀游戏。飞飞鼠的新坟墓被苹果花簇拥着。我们用毡尖笔在自制的木十字架上绘制了爱心。一切都轻松愉快，就好像《人猿泰山》（*Tarzan*）中的一幕，有葬礼、颂词和共同的隐秘希望，我们都想着，如果哀号的声音足够响，我们可能会增加宠物升级的机会，即把宠物沙鼠升级为仓鼠。

在游戏房里，你很难忍住不欺骗别人，向他保证一切都会好起来，在病房里也是一样。有哪个医生不渴望用言语带走恐惧，不渴望用脆弱的承诺和魔幻的想法去延迟患者的悲伤呢？我非常想大声宣称，在良好的缓和医疗护理下，没有人在离世时会感到痛苦。当然，如果我这么说了，我就是在散布谎言。身患绝症的日子里，人们不断失去，失去身体功能，失去外形，失去独立性，失去自控能力。这些如此可怕，让人难以承受，就拿这件事来说，连医生也无能为力。但有一件事我可以自信地说，在宁养院中，人们所害怕的死亡方式极少有与现实相符的。这是我从曾照料过的上千名患者中得来的经验。

西蒙就是一个典型例子。很少有比窒息更恐怖的死亡方式了。我们会增加一张新床位，排除万难，把有呼吸道阻塞风险的患者送到宁养院。但是一旦患者入院，即便症状如西蒙这般紧急，现代缓和药物还是几乎能够解决一切。

西蒙入院后的第二天早晨，我在巡房时去看了西蒙。还没进入他的病房，我就知道他好多了。世界上最不祥的刺耳的喘鸣声已经消失了。我走进房间，发现他在吃维多麦早餐麦片。

"嗯……早上好。"我高兴地对他露齿微笑，"我可没想到能看到这一幕。西蒙，你觉得怎么样？"他放下了勺子。

"说实话吗？感觉焕然一新。类固醇一定起效了，对吧？"

没错，的确有效。类固醇缓解了西蒙颈部受损组织的肿胀，他的气道又恢复通畅了。

"我一直在想昨天你说的那些话。"他跟我说，"如果可以的话，我想回家待一阵。但是当病情又恶化时，我还想来这儿，因为我在这里有安全感。我知道有人会好好照顾我。"

接下来的几天里，西蒙摆脱了呼吸不畅的噩梦，设法享受坐在宁养院的花园里的乐趣。然后，有一天，我走进他的病房，发现一个拖把头的熊孩子正蜷在他的怀中，高兴地啃着凯利恬巧克力。索菲则安静地坐在房间的一角。

"外公不能像以前那样陪我玩了。"蒂米说道，就好像我们刚刚就在聊天，"因为他太虚弱了。"

"是吗？"我回答道，"但我敢说他还是能给你几个大大的拥抱的，对吧？"

蒂米扭过脸去看他的"代理爸爸"，咯咯地笑着，害羞地把头藏起来。

"哦，当然了，他能。"西蒙对着膝上不安分的小臭鼬说，"还有厉害的挠痒痒，一不留神，你就接招吧，蒂米。"

不用甜言蜜语伪装，即便对喘鸣也直言不讳，我秉持着绝对的坦诚承认，西蒙回家的愿望无法达成了。类固醇在帮助他呼吸的方面已经颇有奇效，但经过一个星期的好转后，他又开始疲倦了。他的甲状腺癌极其危险，已经开始让他难以负荷。

"你觉得他能撑到蒂米的生日吗？"索菲在走廊里问我。

"恐怕很难。"我坦率地答道。离蒂米6岁生日还有一周左右，但是西蒙的病情却日益恶化。"不过，我有个主意，不知道蒂米会不会介意你今年提早为他过生日呢？"

几天后，西蒙的房门外绑满了气球，还有一条横幅，上面写着"蒂米的生日派对"。蒂米看见的时候高兴地尖叫起来，冲进病房拥抱外公。他激动地拆着礼物，包装纸飞得到处都是，亲朋好友都在病床旁喝着普罗塞克葡萄酒。一把玩具光剑、一只泰迪熊、一个巴斯光年形状的生日蛋糕，人们歌唱，欢笑，在这一切的正中，是一位正在忍痛的憔悴男子，但他的眼睛依旧发亮。

第二天一早我上班时，西蒙已经昏迷了。两天之后，他去世了，在女儿的陪伴下，再也无法被唤醒。最终，没有恐慌，也没有奋力挣扎呼吸，生命的陨落就像潮水退去，静静地露出一片冰冷的沙滩。

☆ ☆ ☆

患者们到达宁养院时一般都不会抱有一个开放的心态，这点可以理解。就像西蒙一样，他们通常已经在脑子里为即将发生在自己身上的事情写好了剧本，内容包括受苦、疼痛和向他人屈服。有时，患者可能会因为太害怕入院而从病床上逃走，就好像病床是他们冰冷潮湿的墓地。患者的亲朋好友也可能饱受同样的折磨。他们可能会担心，我们会使用吗啡来加速他们所爱之人的离世。尤其是注射泵，人们害怕这是安乐死的工具。但这些都不是真的，确实，这两种用法可都是犯罪。这些疑虑总是藏在人们心中，除非我们温和地循循善诱，把它们说开了。

因此，面对每一位新患者，我总是做好万全准备。所有这些疑虑他们可能都有，也可能有的患者完全没有这些疑虑。我希望，通过时间、尊重、耐心和关照，我的患者会逐渐卸下心里的重担。我知道，我们最大的挑战常常不是控制复杂的病情，而是让人们相信他们可以重写自己的人生剧本。

某一次，剧本竟惊人地精准。多萝西在某个星期一入院。"在我身上浪费时间没有意义。"她一来就这么说，"我星期四就会死了。"

"你为什么会这么想？"我好奇地问。

她盯着我看了好一会儿，就好像老师看蠢学生时的那种眼神。然后，她用一种出人意料的活泼语气解释道："爱德华兹先生——

你知道爱德华兹先生是谁吧？外科病房的资深主任医师。他没有和你聊过吗？他跟我说我的肠子已经停止工作了，6天之后我就会死了。他在星期五说的。我还剩3天。"

我知道多萝西的基本情况。她因为急性肠梗阻进入急诊室，病因不明。但考虑到她96岁的年龄，几乎可以确定是晚期了。医院安排她转来宁养院。但是病历信息中没有提到过星期四啊。

"我承认，我不觉得自己快死了。"多萝西解释道，"说实话，我觉得自己充满了活力。但是如果你不介意的话，我现在宁愿一个人待着。我没剩多少时间了，我想读报纸。"

在我的职业生涯中，我极少像现在这样被如此彻底地拒绝。我几乎都不敢回答。"我答应你等一下就离开，"我跟多萝西说，"但是我真的觉得有必要提一句，有时候，即便接下来要发生的事情已经非常清楚了，一个人的情况还是有可能改变的。根据我今天的医疗评估，我不太确定你会死在周四。如果你有更多的时间，你有没有什么特别想做的？"

我又一次被那种犀利的眼神凝视着，这次她显得更不耐烦了。"如果星期四我还没有死，那我肯定会和我的桥牌小组一起玩牌，过去20年里我每个星期四都这样过。但我可以向你保证，我会死的。"

"不如这样，"我提议道，算是一种妥协，"我们把桥牌写进日程，除非死亡先来？你想不想让我试试，看看能不能安排你去打牌？"

"小姑娘，如果你想让自己感觉有用的话，那就去办吧。"她说着拿起了自己的《泰晤士报》。

"谢谢。"我微笑道，面对着报纸的体育版，"我看看能做些什么。"

☆ ☆ ☆

拉丁语动词palliare，意为"遮蔽"，暗示了缓和医疗（palliative medicine）的首要任务是掩饰和压制濒死症状，就仿佛在死亡将近时，你所能期望的最好结果是用一针吗啡来麻痹痛感。但我们能做得比这更好。如果说缓和医疗有一条原则，那就是生与死并非二元对立的，就像多萝西所证明的那样，走向死亡的人依然生机勃勃。

对我而言，在宁养院，如果某一天我觉得我们帮助了患者舒适而有尊严地死去，无疑这就是美好的一天了。但更让我开心的始终是帮助一个垂危的患者多活一天——在家庭活动区和好友共进一餐，和孩子在床上一起看电影，洗个奢华无比的泡泡浴，在家养拉布拉多犬企图啃巧克力时摸摸它，在宁养院的小教堂里，坐在缀满鲜花的轮椅上，说出一句热切而又不失庄重的"我愿意"，或是看着户外树间闪着光芒的金翅雀忽隐忽现。无须闪光灯或号角助兴，也无须鼓点和喝彩，在这样一个满是绝症患者的病区里，生命，以其最可爱的姿态继续着。

在宁养院里我有一个"犯罪同伙"。珍妮非常熟悉作业疗法的基本目标，即帮助患者在对他们重要的活动中实现最大程度的独立性，并将之转化成一种忍者艺术形式。我一次又一次地见证她带领患者从苦难中走出，到达他们自己从未想过的境地。她身材娇小，热情开朗，特别喜欢水獭，她与其说是在拯救生命，不如说是在召唤生命。我知道她一定会爱上多萝西的。

"你觉得呢？"星期二的时候我问珍妮，"星期四是死亡还是桥牌？"

她放声大笑起来，然后才详细地描述多萝西是怎么急匆匆地打发了她的。我和珍妮喜欢给我们的阴谋取代号。因为我们对桥牌一无所知，只对它有模糊的概念，知道包含扑克牌，所以，我们误将代号取作"皇家同花顺行动"。后来我才知道，皇家同花顺是扑克牌中的一手必胜牌，其尊贵的内涵也很适合这个主题。星期三，全情投入的珍妮预约了一辆无障碍出租车，载着多萝西前往村里的桥牌俱乐部，各个桥牌发烧老姐妹随时严阵以待，一旦有紧急情况就会给我们打电话，多萝西的侄女那天下午还来了宁养院一趟，送来多萝西最重要的珍珠饰品和运动衫。"让她穿橄榄绿那套。"她提前指示我们道。

星期四早晨，护士们禁止任何人进入多萝西的病房，忙着为她梳妆打扮，穿戴整齐。终于，多萝西出现了，她96岁了，但仍

然是个不容忽视的人物，简直像布狄卡女王①。骨瘦如柴的她坐在
自己的战车轮椅上，静脉中提前打好了一针吗啡，尽管如此，她
仍然坐得笔挺，膝上放着鳄鱼皮手袋，完美搭配绿色花呢衬衫、
羊绒开衫和浅口高跟鞋。人们纷纷注目谈论，多萝西的脸因为忙
乱和人们的关注而变得通红，在那个星期四，多萝西是我们病房
的女王，而她自己也清楚这一点。

在某一瞬，我们的眼神相遇，她几不可见地点了点头。不算
是感谢，也绝对不是承认我做得对。我猜，要她承认这种事估计
十年一遇吧。我觉得那种感觉更接近于，我们都明白确实有某种
情绪在释放，一支游击队出发突袭，准备去夺回一点儿被偷走的
未来，在濒死之际夺回一个生的机会。

第二天早晨，我来到多萝西的病床边听她讲桥牌俱乐部之旅，
她抱怨自己表现不佳。"我就是没有往常那么敏锐了。"她不无遗
憾地说道。

我挑了一下眉毛。"说句公道话，多萝西，牌桌上其他人可没
有得绝症这个借口。"我边说边观察她的脸色，"其他人看上去介
意吗？"

她狡猾地咧嘴一笑，眼睛一眨，然后，我终于不再是她眼里
的蠢学生了，"克拉克医生，感觉棒极了"。

_____

① 罗马帝国统治不列颠时期艾西尼部族的女王，曾领导族人反抗罗马人的压
迫。——译者注

几天之后，多萝西离世了。看起来，爱德华兹先生的预言只是晚了48小时才成真，但关于在那段时间里患者的生活质量，他也不尽然全对。人类的存在是如此脆弱，对比世界之大，时间之绵长，我们的生命不值一提，但尽管如此，生命就是生命，这一点即使我不在宁养院工作也早该明白的。在你的余生中，你总能发现美或意义的火花，即便，也许是尤其，当你站在生命尽头。

我开始在宁养院工作后不久，诗人海伦·邓莫尔已步入了癌症晚期。她最后的诗集《浪涛之内》(Inside the Wave)，通过她的癌症经历来表现死亡这个主题。就像图书封底上的文字所言，活着"就是在浪涛之内，不断漂流，直至它破碎、消失"。邓莫尔写作于浪峰之下，就在浪涛落下、崩塌的边缘，她清楚地意识到那些浪花不会因她的去世而停止破碎。但这一切都不能阻止她在周围的世界中继续发现闪闪发光的美，比如，当她躺在手术台上的时候，她注意到手术室的滑动门外就陈设着一个非常治愈的装置——一座小瀑布。她描述起自己在看到室内瀑布时感受到突如其来的"惊喜和愉悦"，即便当工作人员冷漠地关上大门时，她还在因为发现了自己最爱的水元素而欣喜不已，没想到它竟会离自己如此之近。

邓莫尔享年64岁，在离世7个月后，她被追授2017年度科斯塔图书奖。奖项公布后的第二天一早，她的女儿苔丝·查恩利在BBC广播4台《今日》（*Today*）节目中，讲述了关于她母亲如何帮助她直面死亡的恐惧，我听得目瞪口呆。"我想是因为我还很年轻，也许还很天真，我总是把死亡看作非常可怕的东西。"苔丝说，"我妈妈向我展示了死亡未必如此。我想，虽然患病后的她不能出远门，她的世界变小了，但是她仍继续在每一件事物中发现美，这让我很受鼓舞。直到离世前，她都尽力过好了每一天。"

我深深地吸了一口气。这位刚刚痛失母亲的悲伤的女儿准确表达了我们希望在宁养院中达成的事——这是一种临终时的状态，在这种状态下，尽管重病缠身，但仍然感到世界充满了美丽与安慰。可能没有什么能比《我生命的茎秆被斩断》（*My Life's Stem Was Cut*）一诗更好地传达出缓和医疗的本质了，这首诗是邓莫尔临终前最后的创作之一，虽然痛苦地意识到生命之短暂，但她传达出有意识的决定，要在濒死之际依旧绽放。这首诗的结尾极其简洁：

> 我知道我要死了
>
> 但只要我还能够
>
> 为什么不在那被斩断的茎秆上
>
> 继续绽放呢？

为什么不呢？这个问题没有人能给出确切的回答，除非我们亲历绝症。不过，就我的亲身体验而言，作为死亡代名词的宁养院其实格外生机勃勃，生命依旧以其苦乐参半的姿态，继续向前。

10

不知为何，生命总会胜利

所以，别这样假惺惺地说话，

时候已经不早了。

——鲍勃·迪伦，《沿着瞭望塔》(*All Along the Watchtower*)

当我们的儿子芬恩4岁的时候，我们，或者应该说是我，差点儿就失去他了。那是一个冬季的星期六早晨，选择这个时间点去本地超市是最不明智的，但我们没有牛奶和玉米片了，空空如也的冰箱诉说着双职工父母的疲惫，所以芬恩和我还是在严寒中出门去买应急粮。

为了抵御寒风，我们戴上帽子和连指手套，穿上羽绒服和长筒雨靴，芬恩像往常一样热切地聊起恐龙。在他这个年龄，他的词汇还跟不上头脑运转的速度，我们断断续续地聊着，讨论棘龙和甲龙打架时哪个会获胜，我胡诌了好多棘龙脊骨稀奇古怪的用法，逗得他咯咯笑。这个早上真是太冷了，他像只小恐龙一样呼出雾气，小爪子被我握在手里，暖暖的，软软的。

在超市里，我紧紧抓住他的小爪子。表情严肃的人们推着购物车在过道里挤来挤去，就好像一场慢动作的撞车比赛，要随时注意避开车上成堆的卷筒卫生纸和号叫的小婴儿。芬恩的手被我拉住，他兴奋地小跑着，拖着我冲向他最爱的货架，那里堆着昂贵的塑料玩具，当孩子站在前面求"款待"时，父母们的心都沉了下来。我拉着他穿过购物人潮，人们的眉头紧蹙，都像是在问自己，我苦干了一整周真的就是为了来这儿？

我们终于挤到了收银台的位置，我如释重负地松了一口气。要在人群中握住芬恩的手就跟看住一只狐猴一样难。柜台前那一排排颇具心机地摆放好的糖果最是勾引小孩子，他目不转睛地盯着，用手指郑重地勾勒出糖果包装的形状，当时我正迅速地将购物篮里的东西摆上台，然后我回头一看，他就不见了。

"芬恩！"我叫道，回头望着身后一长溜的队伍，"请问，你们有谁看见他往哪儿去了吗？"看着面前一张张茫然的脸，我感到一阵恼怒，但是还不至于焦虑。我知道他可能去了哪儿。

我挤过排队结账的购物车队伍，左右张望。没有芬恩。我飞奔去儿童礼物货架，离开队伍的时候好像还听到了很多人不耐烦的嘘声，估计不是幻觉。当我到达玩具货架的时候，发现货架间的走道上没有人。我感觉喉咙一紧，我的胃有点儿恶心的感觉。他去哪儿了，怎么不在这里？

"芬恩！"我的声音听起来又尖又细，"芬恩！"我开始大步流星地沿着刚来的路往回走，伸长脖子张望，从摩肩接踵的人群和购物车间寻找他的蓝色绒线帽。我加速跑了起来，大喊着他的名字，恐惧涌上了我的喉头。"芬恩！芬恩！"我叫得更响更急。我没法思考，也没法呼吸。恐惧迫使我号叫着寻找儿子，那是一种毫无羞耻感的绝望之声。

不知怎的，顷刻之间，整个超市都知道了他的名字，知道他不见了，他4岁，穿着亮蓝色的外套。其他妈妈们也都一脸紧张地扫视着一排排走道。然后，一声大喊："看！他在那儿！"有人指着卖鱼的柜台喊道，"那儿，那儿！和保安在一起。"我跌跌撞撞地跑向儿子，他正全神贯注地看着旁边一条闪闪发光的鲑鱼，鲑鱼大张着嘴躺在冰块上。

"芬恩！"我几乎是用责备的语气叫出了他的名字，将他粗暴地抓进怀里，紧紧地抱在胸前。"谢谢你。"我向保安喊道，他尴尬地转过了头。我把脸埋在芬恩的头发里，他害怕地哭了起来。"没事了，没事了，对不起，亲爱的，我太担心了。我还以为要失去你了。"

我们慢慢地走回收银台。有人把我们买的东西都收进一个购物篮里，然后扔到了一堆打折的洗衣粉上面。闹剧结束，我们不再是人群关注的焦点，站回队伍的最后排队。一开始弄丢了他，后来又向他大吼，我为此心里充满了愧疚，于是我打破了原则，允许芬恩挑一些糖果。当他满足地嚼着糖果时，我努力忽略自己狂乱的心跳，等待着反胃的感觉退去。

我们不愿失去自己的所爱，甚至为此变得狂暴。当我在超市里横冲直撞，因为恐惧而变得疯狂时，从本质上而言，我的绝望就是在一瞬间回归到5000万年前我脑中最深、最古老、最原始的角落，那控制着求生、本能和动力的部分。被大脑边缘系统主宰的我，不禁张牙舞爪，准备好了为了我的孩子拼上性命一战。每个人内心都住着这样的野兽。

尽管宁养院里看起来岁月静好，在平静的表面下却涌动着悲伤的洪流，也因此根本没有缓和可言。偶尔，这份悲伤也会以物质的形式爆发。有人可能会把他的兄弟按在墙上，然后我们就不得不打电话，让医院的保安来控制释放出来的兽性。哀号，尖叫，用拳头砸水泥墙，扑倒在地，这里有各种让人心碎的场景。有时，在工作中我感觉自己像是面对着能粉碎一切的怒号的惊涛骇浪：如果说，一个浪头、一个人的体内都能有如此巨大的能量，那么这个世界一定超出我的想象，它过于惊人，过于强大。

也许令人惊讶的是另一种绝望——患者对自己的生命不愿放手，这在我们的病房中则不那么常见。通常，当一个人走进宁养院的大门时，在某种程度上，他们已经接受了自己快要死去的现实，无论这现实有多么令人恐慌。我的同事们，那些肿瘤科医师、血液科医师、内科医师、外科医师，通常都已经和患者进行过伤感的对谈了。在谈话中，患者对于病愈的残存希望会被彻底抹杀，我的同事通常会尽量委婉。但并非总是如此。即便在宁养院里，在这个等同于临终的地方，和患者对谈的工作也可能落到我们身上。

我第一次见到乔的时候，他看起来健康的外表、活力四射的状态，都令我惊叹不已。我读过他的病历，看过屏幕上的扫描结果，知道在那看似完美无瑕的外壳下，他的身体正静默地崩溃。乔只有36岁。童年时，他和父母侨居在肯尼亚，在他的记忆中，那里有羚羊和狮子，无垠草原上有丰富的物种和广袤的苍穹。但这也埋下了他英年早逝的种子。非洲的阳光如此灿烂而又致命，直击他的皮肤细胞，猛攻并烧毁了其中的基因。他的基因链中出现了细微的突变，一次又一次突变最终将一个人类细胞变成了致命武器，一股无限繁殖的力量顽强地在他体内强取豪夺。

乔注意到自己背部长了一个奇怪的小斑点，发痒而且流脓。慢慢地，就像一瓶墨水打翻在纸上一样，斑点蔓延至他的肋骨。终于，他的妻子安吉不肯再让他拖延，坚持让他去看医生。接下来的剧情发展快得让人不知所措。乔发现自己面临的是刺眼的霓虹手术灯光、手术刀的刺痛、活检结果证实了医生最害怕的结果，以及晕头转向地被救护车送进医院，这些都是我们努力说服自己只会发生在别人身上的命运。NHS不浪费任何一秒钟，立刻迅速行动，做着坚定、英勇而又无望的努力，救人于垂危之际。

　　乔早已回到他出生的这片阴沉的英国天空下，现在已是两个女孩的父亲。他被诊断出患有恶性黑色素瘤，这是皮肤癌中最为凶险和可怕的一种。虽然切除肿瘤的手术迅速而彻底，但结果证明，手术没有用。这在终极隐秘杀手黑色素瘤的病例中很常见，恶性肿瘤细胞仍然潜伏在他的血液中，让人看不见，不好察觉，它用爬行动物的耐心等待着时机。首次被诊断出癌症后，乔有3年的"缓刑期"，他心怀侥幸地觉得，也许他的黑色素瘤就这么过去了，但癌症突然复发了，反扑得更为凶残。上一秒他还和妻子女儿坐在一起吃着晚餐意大利面，下一秒他就从椅子上摔下来，跌在瓷砖地板上，四肢抽搐，眼球疯转，口水都流在了T恤上。

　　乔的黑色素瘤已经从皮肤扩散至大脑。这次发病，虽然用抗癫痫药很快控制住了，但无论是药物还是射线，甚至是最新的伽马刀手术，都不能够切除肿瘤，那肿瘤已经如同钻入岩石的螃蟹一样深入大脑。当我第二次见到他时，是他来到宁养院的时候，他曾经的健康表象都不见了，取而代之的是致命的疲惫。安吉是一名护工，为了养家一直在拼命工作，而乔则竭力照顾他们的女儿。虽然他们的亲朋好友都赶过来帮他们了，但乔的精力还是极速地衰弱下去，这对夫妇处在崩溃边缘。

　　"我不想待在这儿。我需要尽快赶回家。"我一进病房就听到乔这么说，"我需要恢复精力，恢复体重，为了我的女儿们，也为了能够继续接受免疫疗法，我要让身体重新强健起来。"坐在他身旁的安吉垂着眼看向地板，用手揪着套头衫袖子上的线头。

　　我知道，乔的肿瘤医师已经断定乔不能接受进一步的治疗了。他的癫痫反复发作，肿瘤细胞在扩散，身体过于脆弱，无法再承受更多治疗了。他们把乔从肿瘤病区转到宁养院来让他等死，却忽略了和患者本人说明情况。我今天一直在等他的治疗团队来和他聊聊，那是他一直信任且依赖的团队。

　　"我什么时候可以开始治疗呢？"乔问道，带着孩子般的急切，"如果免疫疗法效果不错，那我还能试试伽马刀。但我必须立刻开始治疗，没有时间可以浪费了。"

　　安吉瘦小而年轻，体形只有丈夫的一半，她开始轻轻地抽泣。我看得出，乔说的话她一个字也不信。"我真的要回到女儿身边去了。"她跟我说，"我没法再在这里等乔的肿瘤医师了。"

　　此时，两双眼睛盯着我，一双眼里充满希望，一双则满含泪水。我的每一根神经都在渴望逃离，只要不在这里被生命和死亡的沉重所压迫，去哪儿都行。我只能想象此刻乔在想些什么。或许是小女儿上学的第一天，或许是大女儿获得了老师的奖励，或许是女孩们未来的美人鱼主题生日派对，或许是第一次与女儿因为男朋友的事吵架，或许是在沙丘上的夏日度假，或许是在冬季打雪仗……所有这些将来而未来的、值得回味的生命瞬间，像是一串舞动的幸运符，但是因为身患癌症的父亲即将逝去，一切都断了线。

　　把这次谈话留给别人来做的想法几乎压倒了我。我可以在脑中想出无数条理由，假装我的逃离是为了患者着想。但我最终没有这么做，我狠下心来，准备将一个年轻的父亲拖离他热切渴望的生活，拖离他紧抓不放的未来。

　　我深吸一口气，坐了下来。外部世界消失在阴影中。4只眼睛等待着我，盯着我，时间不多了。我们站在拐点上，一切都悬而未决。

　　字眼的选择在这样的时刻格外重要。一个失误就可能带来不可挽回的伤害。我温柔镇定、不带同情和夸张地把我的患者从他的未来中分离出来，同时尽力保留一些能让他继续相信的部分。这是一场精密的剥离手术，是最艰难的那种，但可以完成，因为只要我们能活在当下，我们剩下的生命也仍然是充满美好的生命。

　　"乔，"我开始说话，"在过去几周里，肿瘤医师已经注意到你变得有多虚弱了——"

　　"是的，"他打断我，"但这就是我在这儿的原因啊。让我重新振作起来，让我的身体强壮到可以进行免疫治疗吧。"他在说话时，我还能看出他是多么努力地在对抗自己的疲惫。我必须直言不讳，选择明确的用词。

　　"我很抱歉，乔。他们不是这么跟我说的。免疫疗法对身体的伤害很大，我们认为，你已经没有足够的能力去承受这个了。"

　　"但你可以解决这个问题，你可以让我变得强壮起来。这就是我来这里的原因。你可以给我良好的饮食、理疗，我会变好的。告诉她，安吉，告诉她我可以。"

我转向安吉，她正双手抱着头，安静地流着泪。我需要让他们两个知道，她丈夫的医生所做的这些决定，不需要她来承担责任。

"乔，"我继续说道，"安吉希望你能活得更久。但到了此刻，我们都知道你的身体已经虚弱得不适宜再做治疗了。你已经精疲力竭，治疗对你没有用了。"

"你不能预知未来，"他坚持道，"你不能肯定治疗没用。让我试试吧，别剥夺我的机会。"

我狠下心继续："乔，如果现在我们尝试更多疗法只会让你感觉更糟，甚至可能会缩短你剩下的时间。我们没有办法治愈你的癌症，也没有办法减缓它的发展，但是我们能尽可能地让你感觉好一些，让你有机会和安吉、女儿们一起尽情享受每一天。"

接下来是沉默，漫长而阴郁的停顿。做这一类的谈话只有一个建议，那就是你必须提到"快死了"这个词，绝不能失败，但面对乔，似乎没有必要再给予这样的重击了。安吉像我一样，安静地等待着。房间里一片平静。我在想乔是否已经开始在病床上打瞌睡了，但他紧闭双眼，只是在思考，在适应，或许，甚至是在接受现实。终于，仿佛刚刚把自己从地府中挖出来，他用一种几乎像是耳语一样的声音说话了。

"我还有机会从这里活着走出去吗？"

我毫不畏惧地对上他的视线。"乔，如果你想回家度过你剩下的时间，那么是的，绝对可以。我们在这儿就是试着帮你按照你想要的方式度过剩下的时光。我们无法阻止你的癌症发展，但我们会尽全力支持你，包括让你回家，如果你想的话。"

我知道这个回答并不是他想要的。他想要的是完整的未来，不必英年早逝的一点儿希望。但时间如此短暂，如此宝贵，乔还在被延长寿命的想法折磨着，不断地尝试没用的治疗。我并不想摧毁他所有的希望。我的工作是打破乔的幻想，让他能够接受现实，与此同时又不至于让他彻底绝望。

"我快死了。"他最后还是说了出来。

"是的，乔，"我温柔地说道，"你快了，但是你还有时间陪伴安吉和女儿。这是很宝贵的时间，我们想帮你充分利用这段时间。在剩下的时间里，什么是对你真正重要的？"

重新定位你的希望，设定可实现的目标，比如，活到孩子的生日，或者再过一个圣诞节，这样能给人带来莫大的慰藉。对乔而言，他的目标很简单：尽可能陪伴妻子和女儿久一点儿。当他疲惫不堪时，我们结束了谈话。安吉和我出了病房，令我惊讶的是，她感谢了我。"真相必须有人说出来。"她坦率地跟我说，"他无法享受任何东西，他对治疗着了魔。"她停顿了一下又说道，"你明天能和姑娘们聊聊吗？她们也想问你一些问题。"

我想到可能发生的事就心里打战。我想要拒绝，但并没有这个选项给我。第二天一早，我和4岁的洛蒂以及姐姐萨拉坐在家庭活动室里，同时还有她们的母亲，她安静地坐在一边，让萨拉主导谈话。

"为什么你不再给我爸爸治疗呢？"她的提问有着任何一个10岁孩子都不该有的沉重。很快我就发现，这个扎着发辫的小女孩，其实比医院里大多数医生更了解颅内转移性黑色素瘤的治疗方法。犀利的问题不停地向我刺来。

"免疫疗法不像化疗那么累人。你为什么不让我爸爸再试一下呢？"

"既然上次伽马刀对我爸爸有用，为什么这次就不用了呢？"

"如果爸爸想再试别的疗法，而恰巧那个就是能救他命的，你们为什么不让他试试呢？"

这是我经历过的最艰难的谈话。唯一打断那连珠炮似的提问的，是萨拉自己的呜咽，她会突然号啕大哭起来，然后再擦干脸颊上的泪水，不耐烦地摇摇头，继续对我的拷问。每一个问题其实都是同一个问题：为什么你不能再给我一点儿希望？但是她的父亲就要死了，没有人能阻止这件事的发生。我耐着性子，温柔地抽出她紧抓着的一根根稻草，直到妹妹洛蒂抓着的智能手机里，小猪佩奇哼唧出声、咯咯地笑出来，我才意识到自己正和这位伤心不已的小女孩说，要珍惜她和父亲仅剩的时光。她是多么想拥抱自己的父亲。她会为他画画来照亮他在宁养院里的病房。她多么想要让父亲露出笑容啊。我不知道自己正在帮助她还是伤害她，没人教过我现在该做什么。

作为缓和医疗医生，我们的工作不再是延长生命，奋力推迟不可避免的结局。接受那些无法掌控的事，在绝症的定局下工作，而不是与它对立，这使得我们能够专注于我们能够影响的事物，比如生命的质量、意义和小小的愉悦感，就像乔在临终前的日子里，与女儿们依偎在床上时所享受的时刻。

这些原则都与传统医疗模式格格不入。传统的医生奋力与死亡和疾病抗争，使人类得以战胜那些伤害或危害我们的事物。不可否认，医学史就是由一长串值得庆贺的耀眼进步组成的。第一支疫苗、抗生素、化疗、试管婴儿、清醒神经外科手术、钛合金髋部、仿生眼球、人工心脏、面部移植……这串名单可以一直往下写。就算是我，在匆匆写下这些医疗里程碑的时候，也禁不住露齿而笑，怀着敬畏之心赞叹。那些医生和科学家的顽强意志，他们的聪明才智，都意味着今天的我们比人类历史上任何时候都活得更久、更好。

但是死亡是不可战胜的，延期也需要付出代价。在奋力克服疾病、事故和残酷意外的过程中，医学拥有延长生命的力量，但它同时也能在不经意间延长人们的痛苦。一个人热切渴求的续命治疗对另一个人而言可能是痛苦的，对后者而言，那是一场无用的折磨，他们希望医生从未施加给他们。我一次又一次地遇见这样的患者，他们发自内心地希望，在生命的最后时刻，他们能够拿出之前所忍受的一年的化疗和手术时间，交换一点儿自由时光，不用再忍受折磨人的副作用。"你不会鞭打一匹死马，"一个患者曾对我说，"除非那不是马而是人，而且恰巧是患癌的人。"

我们这个时代有心肺复苏术、人工通气、胃管喂食等方法，生命可以一而再再而三地延长，但代价是什么呢？如今，越来越多的医生开始质疑，对死亡过度干预，将死亡医疗化，是否弊大于利？因此，现代医学的一个决定性问题已经不再是我如何让这个人活下来，如何让他苟延残喘地活着，而是我应该这么做吗？

混乱、复杂、充满道德争议的困境，已经代替了人类死亡的简单的必然性。在这个过度治疗的时代，患者可能在忍受副作用的同时并不能得到承诺的寿命延长，医生、患者、家属，我们所有人要怎么辨别出该停止挣扎的时间，让一个人离开呢？简而言之，什么时候才算够了呢？

曾经，当我还是一个非常稚嫩的实习医生时，我照顾过一名患者，用这名患者自己的话来说，在生命的最后4个月里，他的生活"就只有癌症，癌症，癌症"。许多恶性肿瘤在早期潜伏时很难被查出来，患者们会不可避免地慢慢衰竭，但亨利·辛普森则不同，他在几小时内就被压垮了。"我早上起来的时候感觉还正常。"他告诉我，"但到了晚上，我知道事情不妙了。我真的认为自己快死了。"

从那一刻起，剧情急转直下。在全身疼痛、神志不清的状况下，亨利被救护车火速送到医院，扫描显示有一个肿瘤包覆在他的输尿管上。输尿管就是连接肾脏和膀胱之间的管道。52岁的亨利患有严重的浸润性肠癌。他的肾脏衰竭，危及生命，医生只能匆匆同意立刻进行支架植入术，给他植入小小的塑料管帮助被堵塞的肾脏恢复排尿。在手术之后没过多久，亨利的肿瘤医师就立即提议对他做根治性手术，将患癌的肠道和四周组织都切除。"我感觉自己别无选择。"他回忆道，"我签下了手术同意书，但说真的，如果我知道之后会发生什么，我绝对不会同意进行手术的。"

虽然手术后亨利活了下来，但他身上留下了一个手术孔，他的排泄物排进了一个吊在腹部外的袋子里。在医院里待了几周后，他逐渐恢复到正常体重，接近足以接受化疗的健康状态。但是之后，他的肾脏突然再次衰竭了。癌细胞又一次阻塞了他的肾脏。这一次，插入了更多管子。每个肾脏连着一根管子，每个管子都把尿液从身体里排到另一个塑料袋里，他的身上一共有3个手术孔。

等我见到亨利的时候，他身上已经布满了伤疤，极易出现没完没了的感染，而他本人对这一切感到彻底的厌恶。不过，我依然没有想到接下来会发生什么。"把它们都拿走。"他指示我，"我之前都不知道我会面对什么。把这些该死的东西拿出来。"

我竭力对上他的视线。"如果我们把管子都取出来，你的肾脏就会衰竭。"我小心翼翼地说道，斟酌着我的用词，避免含糊其词的说法，"管子取出来后你很快就会死的，可能无法再放回去。我要确保你理解，你的这个决定可能会让你很快就离世。"

"听着，"亨利愤怒地回答道，"从我被确诊的那一刻起我就已经快死了。只不过从来没有人给过我思考的机会罢了。在医院里度过地狱般的 4 个月，这才是我最不想要的。"

在之前，亨利接受各种手术的时候，虽然医生表面上向他解释了风险和好处，但其实他从未真正理解过，也没有一个医生问过他那个真正关键的问题。为了一个活下来的机会，你愿意忍受多少痛苦？你能够忍受什么样的活法？你能够接受自己的身体被削弱至何种程度？他感觉自己被医生逼迫着接受了毫无意义的折磨。他身边有些人自以为知道什么对他最好，几个月来，在那些人的要求下，他接受了痛苦而屈辱的治疗。

亨利与医疗团队中的各个成员进行了数天的漫长对话后，他的决心毫不动摇。他显然有能力为自己做决定。他一次又一次地坚持，必须把他肾脏上的导管拿出来。而这份工作落到了我的头上，因为我负责他的病房。

那天早晨，我去上班时心中充满了焦虑不安，但亨利想法坚定。"好吧，让我们开始吧。"我稍微用力拉了一下，转一下，把手术缝口剪开了一点儿，第一根导管就落到了我的手中。一分钟后，另一根导管也被拔出来了。

自从他被诊断出癌症以来，这可能是唯一一次允许他对自己的癌症病情行使控制权。虽然我们尊重他的意愿，但我焦灼着，感觉不安，也不确定我做得到底对不对。我的医学魂里根深蒂固的思想是治疗、治愈、修复、拯救。要抵御那样的冲动，就像是对我的医学培训的一种背叛。导管被拔出后，亨利的病情不可避免地逐渐恶化了，由于肾脏里的毒素污染了血液，他越发神志不清。又过了一周左右，他死了，正像他所希望的那样。这种明明是对的事却好像做错了一样的感觉，我以前从没想过该如何面对。

尽管现代医疗有种种英勇光辉的战绩，但亨利的故事展现了一种因拖延死亡而败坏濒死体验的可能。这种无情的过度治疗甚至有个新名字："绝望肿瘤学"。这是一种无论有什么治疗副作用，即便成功率极低也要进行的治疗尝试。

医生为了更长久、更美好的生命而战，结果仅仅是延长了痛苦的死亡过程，那么医疗绝对失去了它原本的意义。但如果亨利活下来了呢？事后看来，他所受的折磨显然是毫无意义的，但在当时，他面对的是消除致死癌症的希望和奖赏。他才52岁，就注定要被骗去那么多毫无生机的未来。当你全身上下每一根神经都叫嚣着"活下去"时，抓紧最后的救命稻草难道不合理吗？

　　现在，有一种日趋常见的有力论调，"好好"去死，或者说尽可能按照我们选择的方式去死，掌握这种平衡的最大障碍就是沉默。我们不愿公开而坦诚地去讨论续命的治疗有哪些风险和好处，以及每一次尝试治疗可能付出什么代价，患者因此被蒙在鼓里，常常一不小心就要经历被医疗化的残忍的临终体验。

　　在英国，82%的人对于自己在临终时希望得到的待遇有着强烈的想法，但只有4%的人通过写"预先指示"（advanced directive）的方式，以具有法律约束力的方式来表达自己的愿望。提前为自己的死亡做准备，这听上去可能很吓人，让人不安，而且，对很多人，包括医生来说，都是难以想象的。但至少，当我们没法说话沟通的时候，这是一种确保我们的意愿被了解和尊重的方法。迟迟不做这些决定，可能意味着当最终时刻来临时，我们已经错失决定和影响我们的死亡方式的机会。打个比方，我们可能接着呼吸机，在救护导致的昏迷中死去，与此同时，我们一直希望但从未说出口的其实是，在家中，在爱人的包围下离世。如果医生都没有跟患者谈话，没有把所有可能性都告诉他，那么患者又怎么能希望写出自己故事的结局呢？

　　有时，人们会将现代人对于性和死亡的态度与维多利亚时代的人相比较。人们认为，维多利亚时代的人毫不避讳谈论死亡，但是，对他们而言，性是绝对的禁忌，而我们则不停地谈论性，却不敢提及死亡。我们觉得有必要委婉地谈论一个人"去世"，或是用"失去"了一个人这样的方式，来谈论我们生命中唯一确信无疑会发生在每个人身上的事。可以说，当代人类死亡的混乱局面需要我们每个人，尤其是医生，直面我们的恐惧，直视死亡本身，并开始再一次承认我们的生命是有限的。

如今，在报纸专栏、电视纪录片和社交媒体活动里，人们被鼓励讨论死亡。比如，在英国和美国，"死亡咖啡吧"（Death Cafés）遍地开花，参加活动的人们聚在一起，"喝喝茶，吃吃蛋糕，讨论死亡"。还有更刺激的，2018年，葬礼业务比价网站"Beyond"，为增加在线访问流量，在英国投放了一系列公告牌广告，对人不尊重的内容引起了人们的强烈愤慨。其中一张广告上，一对皮肤晒得黝黑的年轻情侣在沙滩上戏水，手里拿的不是冲浪板，而是棺材图样的平板。广告的设计概念是模仿低价跟团游的推销手段，高调地摆出颇具刺激性的文案，宣传实惠火葬："全包……灼灼高温……不受地点约束地离开……一生一次。"该公司坚称，他们故意设计这样无礼的广告，就是为了引起一场对于死亡和丧葬费用的全民讨论，网站的联合创始人伊恩·斯特朗在一次采访中大胆地宣称："我们在扯下皇帝的新衣，扯掉对这件事的过度尊敬，说到底，这是无可避免的结局，是以一种幽默的方式进行的不可逃避的花销。我们把音量调高到10分贝，希望能为每个人至少达到5分贝而铺平道路，希望竖起一面旗，然后说'这是讨论死亡的许可证'。"

"花销"这个词在这里就是个话术。当我听到斯特朗的话时，刚刚经历了父亲的死亡，还在心痛迷茫的我想用盎格鲁－撒克逊语脏字予以反击。真诚地宣扬直面死亡禁忌的价值是一回事，但是用无礼、粗鲁、标题党式的广告，靠人们对死亡的恐惧赚钱，就是另外一回事了。经历丧亲之痛的人最不需要的，就是那些公司为了赚快钱而想出一些貌似坦诚的话术吧？

当然，公开谈论死亡是非常有价值的。比如说，宁养院中的许多患者，在经历了无数次和家属拐弯抹角的对谈后，当被给予空间去开诚布公地讨论即将来临的死亡时，他们都会如释重负。但是医生们在工作中很早就明白了一点，如果仅仅是敦促患者转变言行，那行动毫无疑问会失败。我们越是叫嚣着让患者按我们的想法去配合，遇到的阻力就越大。毕竟，最让人讨厌的莫过于被别人说什么"为你好"，尤其是当一个"万事通"用着"假性甲状旁腺功能减退症"之类的字眼时。

就我个人而言，我不喜欢谈或者想的事包括：全球变暖、今年的个税申报、阁楼的状况、极右民粹主义的崛起、收件箱里的电子邮件数量、我的未来（最好的情况是）被年老体弱所困扰、有一天我的孩子不再爬上床来让我拥抱、绝经期、养老金、刺猬和蜜蜂的数量不断下降。

我并不是"拒绝接受"这些话题，而是不会对它们苦思冥想。

今年1月，我肯定会像往年一样努力按时完成个税申报单；有一天，可能是明年，我一定会清理阁楼。同样，一个人也完全有可能在清楚地意识到自己生命有限的同时，不愿意去想死亡这件事。这并不会把死亡提升到禁忌的地位。也许，更无聊一点儿的说法是，死亡就和个税申报单、养老金一样。我们也知道应该积极地应对，但说实在的，这中间的流程太烦人了。

我觉得我应该冒着丧失信誉的风险，坦承自己的失败。我从事缓和医疗那么久了，我很清楚，如果有人受伤严重，却没有写预先指示表达他在重病时的个人意愿，他很有可能会受罪，但我自己却迟迟没有写下预先指示。我的爸爸也从来没有，他也讨厌这中间的流程。这意味着，如果有一天我遭受了极其严重的脑损伤，最后得靠呼吸机延续生命，那么，没有任何法律文件能表现我不愿续命的豪情壮志。我的丈夫和姐姐完全清楚，我希望拔掉插管，宁愿迅速死去，也好过做一个穿着患者袍、插着管的昏迷不醒的人。但我没有把这个心愿写下来，罪魁祸首是我的懒惰，而非恐惧（等到这本书出版的时候，我一定会抽出时间办这件事，但是我也绝对不会反感那些没这么做的人）。

即使"拒绝"直面死亡确实影响我们与死亡的关系，但这也不一定是坏事。实际上，一名患者在心理上面对自己的命运的过程，拒绝可能是其中很重要的一环。有一次，在宁养院里，我照顾了一位非常直率的102岁老人，她用近乎恐怖的智慧让我们每个人都得随时保持清醒。邦尼奇教授曾是一名经济学家，数字是她一生的热情所在，而她自己的生命算术则完全不合常理。因为心脏衰竭，她入院时非常衰弱，骨瘦如柴，我一个人都可以把她抱起来，然后搬到病床上去。我每一次温柔地邀请她谈谈预后，都被她坚定而不耐烦地拒绝了。她更愿意聊约翰·梅纳德·凯恩斯和米尔顿·弗里德曼。我每天早晨的巡房开始变得像去上牛津和剑桥大学的培训课，直到有一天，就在我离开病房时，她突然说道："还有一件事，克拉克医生。"

我停下脚步，回到她的床边，等待。

"我想问你一个问题。"她开口道。

来了，我得意扬扬地想着。终于我们还是要开启这个对谈了。

"你觉得……"她尴尬地开口，"你觉得有没有可能……嗯……"

我等待着。

"我可能活不了多久了？"

邦尼奇教授，我心中有一个声音想脱口而出，你已经102岁了，你当然没有多久可以活了啊！你都已经活到人生的第二个世纪了！但是我想她只会允许我用最简洁的语句轻声赞同。

"谢谢你，没事了。"她答道，在我说出"死"字前打断了我，"你可以走了。"

从她病床边离开后，我禁不住笑起来。第二天，我们又聊回了宏观经济学。几天之后，她在睡梦中安详地去世了。我在想，极致的拒绝本身是否能延长生命。也许正是因为邦尼奇教授坚定地拒绝承认自己生命的有限性，才使她得以长寿。

比起告诉人们必须谈论死亡，并且坚持让他们用直白的字词，如"死亡""濒死"说出死字，我更愿意用一条原则作为我的出发点：在直面生命终点这样私人的话题上，我们每个人都应该用自己的方式去完成。谈论死亡并没有一个"正确的"方式，相反，这件事全凭个人喜好。医生可以也应该树立直言不讳的榜样，但如果我们的目标是让每个人都能以人道的方式离世，那么言语只是问题的一部分。至少，解决资源这一硬性问题同样重要，例如，够格的医生、护士、护工和治疗师，确保绝症患者可以选择在家、宁养院或医院生活，让绝症患者享有同样的舒适、尊严。

选择缓和医疗作为专业的几个月后，我开始相信自己已经打败死亡这件事了。并不是说打败它很容易，一点儿也不容易，而是无论工作中发生什么，我都有充分的自信，知道该如何提供帮助，或者知道团队里有谁可以帮忙。宁养院才不是什么被悲伤之火烧毁的黑暗荒原。

"你觉得这令人沮丧吗？"一天，爸爸这么问我，他总是渴望确保他的孩子真心快乐。

"不，爸爸，完全不会。我爱这份工作。每天早上我都迫不及待地想去上班。"

　　这回答里的激情令我自己都吃惊，但爸爸并没有感到惊讶。在他的职业生涯接近尾声的时候，让他失去快乐的不是沉浸在别人的痛苦中，而是被难以应付的工作量慢慢压垮。而一次又一次令他重新振作起来的，是那些与患者相联系的瞬间，是分享痛苦、恐惧、希望和梦想的体验，这些交织在一起，让我们成为人。而现在我很幸运，每一天工作的时候都能拥有这样的特权。

　　至于我之前担心被死亡环绕可能会逐渐令我丧失生命活力这一点，结果完全相反。没有什么能比看到其他人时日无多更让你庆幸自己长寿的了。作为一个奢侈地拥有40年生命的女人，我清楚地知道自己有多幸运。肌肉慢慢松弛，标志着衰老的皱纹出现，这些都是值得满怀万分感激之情去拥抱的变化。如果一个朋友哀叹青春流逝，那么，我会圆滑地藏起我的沮丧，但我知道灰白的头发和老花镜都是馈赠，而非诅咒，把时间浪费在外表上是愚蠢的。衰老既不是一种权利，也不是一项挑战，更不是需要抵御的东西，它是一项特权。

　　在我出生的同一年，1972年，美国作家亨利·米勒发表了一本关于死亡的非凡文集，用以纪念自己的人生步入了第90个年头。我特别喜欢他在《步入80岁》(*On Turning Eighty*)中对医学傲慢并带有怀疑的观点：

尽管这些年，医学取得了巨大进步，但我们依然有很多无法治愈的疾病。看起来最后总是细菌和微生物说了算。当一切办法失灵，外科医生就会上场，将我们切成一块一块的，榨干我们最后一分钱。这对我们来说就是进步了。

今天，当医生、伦理学家、记者和公众们就绝望疗法的意外伤害展开讨论时，米勒的话看起来非常有先见之明。但文章中最让我感动的，是他对于最不可治愈的绝症，即人终有一死的反思。米勒认为，真正能够衡量年轻与否的标准不是时间，而是态度：

如果到了80岁，你没有残疾，没有体弱多病，如果你还健康，还能好好散步，好好吃饭（所有的配菜都吃得下），如果你还能不吃药就入睡，如果花鸟鱼虫、高山大海还能让你心潮澎湃，那么你就是最幸运的那个人，你应该日夜叩拜，感谢上帝的救赎和守护之力。如果你人还年轻，但是精神已经衰弱，并已经在成为机器人的道路上，你最好跟你的老板说："去你的吧，杰克！我不是你的所有物！"当然了，别让人听见……如果你能一次又一次地坠入爱河，如果你能原谅你的父母不经你的同意就将你带到这世上，如果你一无所成却也知足常乐，简单过好每一天，如果你能原谅也能遗忘，如果你能不变得尖酸、暴躁、愤世嫉俗，伙计，你就已经赢了一半了。

对我来说，在这个世界上，没有什么比与生命垂危的病患者一起工作更能鼓舞人心的了，而这些患者像米勒一样，好奇心仍然完好无损。在工作中，我周围的患者从未像现在这样热爱生命，按理说，他们应该被痛苦吞噬了。但是，现实往往截然相反。不知为何，生命总会胜利。患者彼得在死前不久完美地把握住了那份悲痛："我爱我的妻子，我爱我的女儿，我爱这世上的每一件东西。"他话语中的留恋之情让人耳不忍闻，但是，当他说出这些话时，他是微笑着的。后来，彼得虚弱到无法离开病床，知道自己快死了。他会抬起眼看着窗外的树，在窗上用水彩画鸟。他的画就摆在床头柜上，为这个他不能离开的房间注入一丝他不愿放手的生机。他走向生命的终点时心仍旧活着，仍旧爱着，仍旧创作着。我想大概没有比这更鼓舞人心的了。

现在的我深深沉迷于宁养院的工作，我爱我所处的团队以及我们的共识——死亡只是生命的一部分，绝症患者跟医院里其他患者一样，值得照料和关注。然而，在我加入缓和医疗团队几个月后，电话响了，是爸爸打来的。

"你现在方便说话吗，雷切尔？"他问道。我撒了个谎，我很确定，我听到了他声音中的紧张，他要说一些糟糕的事。我正堵在上学高峰期的路上，突然有一种不祥的预感。他的声音通过扬声器回荡在车内，单薄而脆弱。"恐怕我有点儿坏消息要跟你说。"

他都不用说"癌症"这个词，我就知道他要说什么了。我感觉自己屏住了呼吸。好几个月了，他一直都说肚子里有奇怪的刺痛感，有轻微的绞痛和隆隆声。他总是轻描淡写、小心翼翼地说这就是一种良性而常见的病症——憩室炎，容易出现无害的腹部绞痛。我一眼就看出他想要什么，他想从当医生的女儿这里获得一丝宽慰，以缓解他作为医生的不安的直觉。那可能是更为凶险的潜在病症。那种特别而强烈的医生直觉，我们都再清楚不过，我们也都曾依靠这样的疑虑拯救过患者的生命。现在爸爸是患者，而我让他失望了。我是如此急切地仅根据表象就判断了他的病征，和他一样迫切地无视了那份不祥之兆。不用危险信号，也不用严肃的表情，他知道如何准确地向我发出暗示，就像是二联性精神病[①]，一个医生对另一个医生，我们两个人共同构筑起我们想要的叙事，并相信它就是事实。我的天哪，我的内心在尖叫。我们两个之前都在串通些什么呀？

我抓紧了方向盘，对抗着脖颈下因为恐惧而感到的刺痛，挣

① 感应性妄想性障碍，两个或两个以上关系亲密的患者产生相同的妄想。——译者注

扎着说出云淡风轻的一句："继续，爸爸。怎么了？"

"我被诊断出患了肠癌。"他停顿了一下，努力保持镇定，"从今天内镜检查来看，肿瘤个头还挺大的。我下周要去做个分期CT。"

我们都知道这时候不必说些陈词滥调。一次扫描也不能给人任何安慰，不过能排除掉一些更差的情况。可能随之而来的是大型手术，还有化疗，尊严丧失。到底有多糟还不好说，活检组织现在还在一碟福尔马林溶液里，很快就会为了后续研究用蜡封存起来。癌症这个浑蛋，它的细胞和畸形都会在显微镜下，被除我之外的医生们用锐利的目光麻木地审视。现在一切都取决于这些组织切片的异常程度。癌症蔓延到身体的其他部位，属于第四期，这是医生都不愿给出的诊断，因为在这之上已经没有第五期了，只剩下死亡这一种可能，即便已经发展到这种情况，有时也可能被治愈。但是在活检中，癌症的等级和癌细胞的异常，与癌细胞的发展速度和对人体的攻击性有关。我太清楚其中的讽刺了。那些提取出来的细胞可能被病理学家收藏在地下室里，保存10年，细胞的寿命能够得到保障，而我爸爸的预后，他的寿命，却岌岌可危。

"爸爸，你可不是普通的74岁老人。你一天能走20英里，能爬山。你很强壮，你知道这很重要。"我跟他说。没错，事实的确如此。但这些事实在癌症面前几乎没有用。

"我知道，我知道，雷切尔。但是，当然了，分级才是关键，还有扫描显示我体内的癌细胞有没有转移。"他回道。

我把车开进女儿学校的停车场里，整个人趴在方向盘上。"抱歉，爸爸，我必须要挂了，不然就来不及接艾比了。"我们说了再见，还剩一件事，"爸爸，我爱你。"

他回答的时候听起来有些破音："我也爱你，亲爱的。不要太担心。"

当然了，生活从来不会停下脚步。我把手机扔进车子的脚坑里，用手背擦了擦脸，然后下了车，一脚踏进几百个孩子的嘈杂声中，他们像风筝在空中盘旋一样，在操场上飞奔着、尖叫着。

"雷切尔，你还好吗？"有人问道。她是我的朋友，另一个孩子的妈妈，她皱起的眉间满是担心。

"不，"我喃喃道，脸也皱了起来，"我爸得了癌症。"

其他妈妈和孩子们都围着艾比，用葡萄干、巧克力之类的分散她的注意力，而我跌坐在墙角，试图镇静下来。那是我将要接收到的无数善意的开始。那天晚上，当我结束痛哭之后会想到，人们原来可以如此可爱。而现在，我需要咬紧牙关，擦干眼泪。我听到一声尖叫和轻微的砰砰的脚步声。她来了，我的女儿，我的小人儿，带着野性的自然之力扑进我怀里，开始说起各种各样的事。多么美好的生活啊，我想着，当我挠她痒痒、吻她的时候，我的眼泪弄湿了她的校服运动衫。多么惊人而神奇的生命力。

11

从未有人告诉我，这种悲恸犹如恐惧

> 从未有人告诉我，
>
> 这种悲恸犹如恐惧，
>
> 二者何其相似！ [①]
>
> ——C. S. 路易斯，《卿卿如晤》(*A Grief Observed*)

一切都变了。我曾如此渴望进入宁养院，如此骄傲地成为集体性努力的其中一员，为人们在临终时刻提供慰藉与舒适，但现在它已经从庇护所变成了我的雷区。我知道，我必须时时警惕，步步小心，不然，可能会遭到任何方向的伏击。

扫描结果显示，癌细胞不可避免地扩散了。我父亲的癌症已经扩散到了肝脏，他需要做手术，然后是化疗，以此拖延时间，但是结局几乎是板上钉钉了。这与他的癌症分级是一致的，事实上，它是最为凶险、破坏性最强的等级。

---

① 译文引自《卿卿如晤》，[英] C.S.路易斯著，喻书琴译，华东师范大学出版社，2013年。

　　我的患者们就代表着爸爸的未来。我知道，黄疸病、疼痛、单薄似纸片的肋骨和胸骨，这所有的一切都会发生在他身上。有一些特殊的患者让我害怕，就是那些在生死之间徘徊，虽然已经失去意识但身体仍旧温暖，虽然静默但仍在呼吸的患者，他们还在这儿，仍在颤抖着做生命的最后一搏，但对他们爱的人而言，早已失去了他们。我不忍想象父亲有一天也在这个地方漂泊，迷失在生与死之间，人还在这里，又仿佛早已永远地离去了。

　　一言以蔽之，迷信赢过了科学。深夜，我开始幻想，自己之前将父亲与患者的命运联系起来，现实可能因着这样的念头一不小心就成真了。个人与职业发生了令人不安的撞击，两败俱伤。"振作一点儿，"我对自己说，"你的患者需要更好的你。"

　　我没有睡觉，开始了夜间推理。看，没有突发新闻，没什么好伤心的。一个74岁的老人被诊断出了癌症。每两个人中就有一个正面临这样的命运，这真的太稀松平常了。

　　我知道，爸爸基本上已经度过了一辈子，有着几十年丰富而美好的经历。不幸并不是这样的，而是一个孩子还未出生就已经死去，或是一个婴儿还不会说话、不会走路、没有看过世界一眼就死在了新生儿重症监护室。新生的生命本该有着无限可能：这才是真正的悲剧。除了这一次，患者是我的父亲。而我很快就发现，悲伤和爱一样，是没有理性可言的。用生命长短来衡量谁更可怜是一种欺骗。爱让计数变得可笑。

我回想起之前做出的草率判断，感到羞愧，那就是，我对于什么才是真正的悲剧的划分标准。显然，小孩子的分级是高于所有人的。有什么能和失去孩子的那种令人心碎的恐惧相比呢？但是当我成为医生之后，我很快发现还有其他极端条件下失去亲人的痛。携手相伴一生的情侣，结婚六十多年，几乎不记得没有对方的日子，宁可比对方先死，也不想看着另一半死。这种情况，只有最冷酷无情的数学家才能计算出他们悲伤的分量吧？

即便如此，我的判断依旧。40岁之后我就喜欢和朋友开玩笑，说到此为止了，我已经过了那个年纪，那时我还年轻，能够让医生同情。"不，说真的。"我会边笑边坚持道，"一旦你超过30岁，就不值得被人同情了。你很幸运，已经过了不错的一辈子。"

宁养院里，一个令人担忧的星期五晚上，我发现自己怒火中烧。一间病房里，躺着一个垂死的年轻姑娘。她的丈夫和父母在一边陪着她，他们因为即将失去亲人而悲痛着，沉默着。她的孩子待在家里，被留给阿姨照顾，两个蹒跚学步的小婴儿被小心地隔离在环绕母亲的悲伤之外。隔壁房间是另一位患者，一位年过九十的女士。我猜，有15到20个家属挤在这个房间里。这喧闹的一群人都是来看他们的大家长的，守夜时十分吵闹。那天早些时候，我在门外徘徊了一阵，差点儿就要冲进去，然后请他们考虑一下其他患者和家属的情况。

突然之间，一群人的哀号响彻走廊。随着歇斯底里的哀悼者一个个冲出房间，尖叫着崩溃地倒在油地毡上，刺耳的吼声越来越响。那声音难听至极、震耳欲聋，我简直不敢想象隔壁年轻姑娘的家属在想什么，他们离这天崩地裂般的哀号太近了。保护患者的冲动使我变得暴躁。好吧，她死了！我想对着那些号啕大哭的人大吼一声。她还差两年就100岁了。多么罕见而完满的一生啊。现在，看在上帝的分上，能不能请你们别再吓唬活人了？为其他人考虑一下好吗？

评判你从未经历过的事是多么容易啊。我下意识的敌意源于我的无知。不过几个星期而已，现在的我就从那个天真、自以为比大多数人更懂得如何淡然面对死亡的人，一夜之间变成了疯狂、绝望、不知所措的糟糕样子。天哪，雷切尔，你可是一个缓和医疗的医生。然而，尽管我在工作中面对了那么多悲伤，帮助了那么多人渡过生死难关，但当我意识到癌症将夺去我父亲的生命时，我还是毫无准备。

白天，我努力做一个客观的医生，夜晚，我在烦恼中抓着每一根救命稻草。"试试也无妨。"我喃喃自语，着了魔似的在网上搜寻偏方。医生的科学评估技能都被抛在了脑后，取而代之的是妄想。所有这些惊人的全新免疫疗法，例如，单克隆抗体、新的细胞毒性T淋巴细胞相关蛋白4（CTLA-4[①]）抑制剂，一定有一种试验性药物可以扭转病情，让他重获新生，救回我的父亲。这种

---

① 全称为Cytotoxic T-lymphocyte-associated Protein 4。

不想失去他的强烈渴望，有时会将我的医学培训和理智同时抹杀。我只是不想让他死。

　　我和同事聊了聊，解释了一下情况。几天之后，我达到了一种脆弱的平衡。我跟自己说，你必须继续为你的患者竭尽所能。你虽然救不了他们，但是你仍然可以帮到他们，你必须不停地去尝试。我现在才明白，有一件事是肯定的：这么多年的医学训练也没有让我正确地理解他人的悲痛程度，理解人们想让亲人此时此刻多留在身边一会儿的绝望。

☆ ☆ ☆

　　天空中闪耀着如同碎冰般的光芒。远在高空，在那抹浅浅的蓝色中，一只红风筝正慵懒地滑过天际。当我们走下车，靴子踏在冰霜和沙砾上，发出嘎吱声，风筝随意的游弋吸引了爸爸的视线。

　　"戴夫会喜欢的。"他告诉我，把头歪向一边，欣赏着飞行艺术家灵巧地倾斜着翅膀和尾巴。

　　"当然。"我笑了。

　　我们在原地站了一会儿，目不转睛地盯着天空，赞叹着风筝那精准的飞行动作。

　　"天哪，好冷啊。"我弟弟说道，把我们的注意力拉回地面。

　　"那就走吧。"爸爸说，"如果有人觉得冷，那也该是我。"化疗攻击了他手足的神经，使他对寒冷极其敏感，现在他应该感到手指撕裂般的疼痛。

"那就把你的羊毛帽子戴上，先生。"我批评他。

爸爸发着牢骚迈开步，穿过停车场，向着一幢楼走去，坦率地说那楼仿佛建筑怪兽，混搭了巴洛克和维多利亚哥特风格，还有一丝仿都铎风格的味道。"天哪，"他说道，"多么像个大疮。"

我高兴地咧嘴大笑。爸爸骂人的高光时刻是芬恩4岁的时候，他在我爸妈家待了一个周末，回家后闻到小妹妹刚尿的充满"有毒气体"的尿布，脱口而出："老天都要哭了，艾比！看在上帝的分上你都干吗了？"和外公待了48小时后，他已然是一个"出口成脏"的老手了。

我和爸爸、弟弟来到了白金汉郡的布莱切利园，这座庄园在二战时期被征用，曾有超过一万名政府密码破译员在这里工作，它也因此成名。受父亲癌症的灵感启发，我们的一日之旅正将我拉回童年记忆中。情报部门在宽阔的庄园内和预制木屋中塞满了几乎所有他们能找到的聪明人：密码学家、语言学家、数学家、天文学家，甚至在必要的时候，还有妇女。

布莱切利因破败混乱出名。自制的密码破译机是用胶带和绳子绑定组装起来的。有一台机器甚至被命名为"华而不实"

（Heath Robinson）①。不知怎的，由艾伦·图灵领导的一群聪明的怪人，破解了德国军队中最臭名昭著的密码机恩尼格玛密码机，使战争时间缩短了约两年。爸爸是军事历史的终生爱好者，一直想要来参观这个庄园。为期6个周期的化疗进行到一半，没有比现在更合适的时机了。

我们高兴地在一个个寒冷的单层小木屋里逛来逛去，呼出的气都凝结成水雾，飘荡在我们周围。爸爸用极大的热情津津有味地看了所有的东西，看上去一点儿也不像个癌症患者。我们喜欢电木电话、制服、搪瓷杯和笨重的原始计算机。最重要的是，这群特立独行的天才组成的破译队有一种独特的英式浪漫，深深地吸引了我们，他们在这个本质上是个巨大的花园棚屋里跌跌撞撞地探索，最后仍奇迹般地力挽狂澜。

我们了解到，德国的恩尼格玛密码是一套基于五位数组的密码系统，极其精巧。德国人深信，只要使用得当，从数学的第一原理来看，它是不可能被破解的。但这个密码机的致命缺陷，在布莱切利被发现了，其缺陷关键不在于密码，而在于操纵机器的人。人就是人，会受心的影响。有些德国密码员会违反规定，用自己妻子或女友的名字作为发信密钥，或者在密函的首尾重复使用某些短语。每一个漏洞对密码破译员来说都是一道曙光，通过

---

① 希斯·罗宾森，英国画家，以画精巧复杂但不可能实现的机器闻名，他的名字被后人用来指代精巧复杂而不实用的东西。——译者注

这道光，整个精心设计的恩尼格玛大厦开始缓慢地、稳步地解体。

一时间，我想到了父亲体内预置的细胞密码。A、C、G、T——腺嘌呤（adenine）、胞嘧啶（cytosine）、鸟嘌呤（guanine）、胸腺嘧啶（thymine）——4种简单的核苷酸，组成人类基因的基础，决定了他一生的每一处细节。而比布莱切利的专家们更令人敬佩的是，七十多年来，他身体里的37万亿个细胞不断生长、分裂、完美复制它们的内在密码，每一个错误和故障都被纠正或摧毁，这是多么了不起的事实。

然后，有一天，无声无息间，37万亿中的一个发生了突变。在父亲的肠道深处，一个被配错密码的细胞拒绝死亡，从基因上拒绝身体的检查和平衡，开始自我繁殖。一个有着永生野心的细胞，它的子子孙孙不断繁殖，即便现在爸爸在我身边走着聊着，它们也在无情地、无法停止地、攻城略地地繁殖着，这场细胞闪电战会一直持续下去，直到它们的宿主死亡。

我在斯蒂芬·凯特尔为艾伦·图灵创作的真人尺寸的雕像前站了一会儿。现代计算机和人工智能之父艾伦·图灵，这个可能扭转了世界大战进程的男人，正坐在他的一台密码破译机前沉思。当然了，他是被另一种截然不同的恶性肿瘤杀死的，被他那个时代对同性恋的憎恶杀死了。当图灵对警察坦承他"恶心的不当行为"——同性恋取向时，他被免于牢狱之灾，但前提是他必须同意化学阉割。他的安全许可被收回，所有情报工作被中止，两年后，在他家中，他被发现死于氰化物中毒，身边是被咬了一半的苹果。

他的雕像由50万片威尔士石板构成，每一片都有着5亿年的历史。它像空间或数学一样漆黑而质朴，诉说着不解之谜：我正看向黑洞、时间的深处，以及我无法理解的事物。细胞、密码、肿瘤学、地质学，在这些以百万或万亿计的尺度下，一个人的生命与此相比仿佛空气般没有存在感。这些数字令人头晕目眩，我咬了咬自己的嘴唇，泪水从眼角溢出。

"你去哪儿了？"爸爸突然问道，在我身后出现，"快来，我们还没看过16号小屋呢。"

我注意到，我的弟弟无精打采地跟在爸爸后面，就好像去参加学校春游的小男孩在逛本地水泥厂一样。我们跟着爸爸小跑过霜冻的地面，奔向另一间木屋，我开始大笑起来，我可以很自信地说，这一间恐怕和上一间不会有什么不同。我们家的假日总是一场拖拖拉拉的锻炼。爸爸会拖着我们穿过沼泽，爬上山峰，冲入暴风雪，走下碎石坡。反对是无效的，哭哭唧唧更是没用，眼泪只会被风吹干。只有当我们直率地拒绝时——我不会再走一步了！我才不管你说什么呢！我恨你！——在这种极端而绝对必要的情况下，他才会拿出那么一块肯德尔薄荷糕，贿赂暴跳如雷的娇气的孩子们，好让我们穿着已经湿透的学校防风衣继续登上山顶再原路返回。

"嘿，这有没有让你想起湖区？"我对着弟弟小声说。

"这简直和湖区一模一样。"他懊恼地说，"我们已经连着看了3小时的木屋了。他怎么那么有精神啊？这正常吗？"

"嗯，"我想着我的患者的情况开口道，"对于接受化疗的转移癌患者而言，是不太正常，但是放在他身上，我得说，这就是常态。"

最后，爸爸终于逛完了整个布莱切利园，但是他的力气绝对没有用完。我们坐在4号小屋里，这之前是海军情报破译处，好在现在是一家咖啡馆。我们边吃着三明治边聊艾伦·图灵。这真是美好的一天。爸爸和他的孩子们一起笑的时候神采飞扬。你绝对看不出，在他脏兮兮的羊毛衣袖下，藏着一根经外周静脉置入中心静脉的导管，紧贴埋于皮肤之下，能够隐蔽地、平稳地将细胞毒素通过大静脉直接送入心脏周围。

再回到工作中时，我对眼前的一切都有了新的看法，尤其是对于患者家属身上负担的那份不确定性的沉重。有两个问题总是压在那些患者家属身上：还有多久？终点来临时会是什么情况？我之前总是会尽可能地回答充分，但是现在我感觉这是一种职业要求。简单的默认回答，例如，用抱歉的口吻草率而含糊地说一句"不知道"，长期以来在我看来都是医生的借口。通常情况下，我们的确知道，或者至少我们能有所推测。不会是万无一失的预测，总会有误判的可能，但我们至少能基于经验来提供预后评估，这些经验正是患者和家属所缺乏的。我相信，对深陷不安的亲人来说，只要附上合适的提醒，有总比没有强。

当我们死亡时究竟会发生什么，从历史上看，这一生命状态转变的时刻一直困扰着每一代医生。举个例子，1907年，美国马萨诸塞州的医学博士邓肯·麦克杜格尔，试图提供世上第一个科学证据以展示人类灵魂的存在，他记录下人死后体重的减损，以此来推测减损的体重就是离开的灵魂的重量。麦克杜格尔假设灵魂具有物理重量，并尝试测量了6名患者在死亡瞬间的质量变化。其中一名患者减重了四分之三盎司，约21.3克，这使得这个研究被广泛称为"21克实验"。

不必说，麦克杜格尔的实验方法令人怀疑。先不提将一个垂死的患者从病床上拖起后放到秤上实在有违伦理，就是单单一个科学样本也不具说服力。而剩下的6名患者体重没有减轻这一点也不该被如此轻易地无视。还有就是尴尬的"狗"样本。麦克杜格尔实验中的对照组似乎用的是犬科生物——15只健康的狗，以科学之名被毒死，没有一只在死后体重有所减轻。麦克杜格尔推测，这是由于它们没有灵魂。尽管有诸多限制，《纽约时报》还是以《医生认为灵魂有重量》（*Soul Has Weight, Physician Thinks*）为题发表了文章，报道了这件事。自那之后，"灵魂重21克"这个概念就在流行文化中根深蒂固了。

　　美国密歇根州的亨利·福特博物馆里有一件藏品，诉说着人们对于临终时刻灵魂起飞的恒久关注。那里有一根用石蜡密封的试管，据说里面保存着发明灯泡的美国发明家托马斯·爱迪生的最后一口气——他逃逸的灵魂。亨利·福特曾工作于爱迪生照明公司，通过努力工作成了公司的总工程师。他自己也是一个狂热的发明家，他利用业余时间进行设计，最终设计出福特 T 型车，这是世界上第一台家用量产汽车。爱迪生和福特是挚友。传说中，1931 年爱迪生临终之时，福特请爱迪生的儿子查尔斯坐在濒死的发明家床边，将试管举在他父亲的嘴侧，捕捉他的最后一口气。

　　查尔斯后来写到他的父亲："尽管人们记住他主要是因为他在电气领域的工作，但他最爱的是化学。那些试管在最后时刻陪伴在他身旁，这并不奇怪，反而颇具象征意义。在父亲去世之后，我立刻请他的主治医生休伯特·S.豪将试管用石蜡密封。他照做了。我将其中一管给了福特先生。"

　　试管多年来下落不明，后来，在 1978 年，它又重现于世，被放置于一个纸管中，外面标有"爱迪生最后一口气？"自那之后，这根试管就在博物馆中展出，作为两人长久友谊的见证，即使里面不一定是一个被困于玻璃管中的灵魂。

　　从现代医学的崇高角度来看，说死亡是由于灵魂离体造成的，听起来古怪而荒谬。我们医生才不管这些虚无缥缈的幻想呢。我们坚持基于实证的定义，基于实在的血肉，死亡是由已经不再存在的事物描绘出来的，而不是一个被发明出来的存在。多年来，我鉴定了无数死亡，仔细地在患者的病历中记录下那些不再存在的东西，写下表明人类肉体已经死亡的苍白诗篇：

> 呼吸或心跳声不可闻，超过3分钟。
>
> 脉搏不可感知，超过3分钟。
>
> 瞳孔固定、散大、对光无反应。
>
> 心脏搏动不可感知。
>
> 对疼痛刺激无反应。
>
> 患者已死。

我总是慎重地在病历上写上患者的名字和一句悼词："愿她安息。"这是为了向自己确认一个人已经离世的沉重事实，也是为了提醒自己，我是一个人，而不仅仅是个医生。这是我的真心话。在张着口的尸体旁一阵忙碌，用听诊器聆听静默，用手去触摸那永远不会再跳动的脉搏，在这之后，你需要一些东西把自己从极端的反常行为中拽回来。那是一种令人不安的亲密而又孤独的体验：只有你和死亡在涤纶帘布后窃窃私语。3分钟感觉也无限漫长。

但就像被废弃的21克假说一样，医学死亡这个明显的确定事件，也会随着时间的推移而被重塑和重新定义。在21世纪，血液和呼吸的节奏不再是生命的基础。现在，我们的脑电波才是重要的指标。你可以没有脉搏、不能呼吸、皮肤发青、不能动，但是，只要大脑灰质里还有稳定的"电流"在涌动，你就还活着，还在这个世界上。聪明的机器可以完成所有基本的生理功能，例如，帮助你的血液循环，肺部呼吸，通过脖子上的导管缓慢地将流体食物注入你的身体。生命支持系统是一个基础力学问题，大部分依赖管道运输。

与之相反的可怕现实也是存在的。我们可能在死亡的同时看上去完好无损。这就是为什么，在医院的ITU里，一对震惊而不知所措的父母可能会盯着还是少年的儿子，发现他们眼前的一切都与孩子已经去世的事实截然相反。几小时前，孩子因为想体验风拂过发丝的感觉，没戴安全帽就去骑自行车了。而此时，他的身体还是温热的，面色红润，看上去完好无损，身体健壮。他的脸颊微红，身上没有任何血迹。他的胸腔还在有力地起伏，洋溢着青春的健美和光彩。有人敢说他不是在睡觉吗？下一刻，他的眼睛就能睁开吧？

脑死亡是一种由严重脑损伤造成的状态，即使是身体最基本的生理功能都需要嗞嗞作响的机器来完成。如果说这个医学名词从20世纪70年代才出现，那么可能未来还会有更多死亡形式出现。或许，医生会持续更新有关人类寿命的规则。这有点儿尴尬，我们人类好像拥有致命的易变性，我们对死亡的定义随着时间的推移不断变化。

"彼得看上去很累。你觉得他还要继续这么做多久？"

听着彼得妻子玛丽亚的话，我眨了眨眼。玛丽亚是一个身体虚弱、年过八十的老妇人，从她入住宁养院那刻起，就一直坚定不移地把丈夫的需求置于自己的需求之上，尽管明明是她自己身患肾癌。最让她不安的问题是，在她离世之后，她的丈夫该怎么办。她的无私感动了我们每一个人。

"事实是，"她有一次坦言道，"我们结婚那么多年来，他一直都是赚钱养家的那个，而我则负责所有的家务。"她停顿了一下，露出一个浅浅的含羞笑容，"我都不确定他能打开烤箱。你可能觉得这听起来很傻。"

"好吧，玛丽亚，我决定告诉你一个秘密。这不是什么值得我骄傲的事，总之，我希望你不要告诉护士。"她的眼睛闪闪发光，我知道她一定会喜欢的，"我觉得自己称得上一个勇敢无畏的女权主义者。我会竭尽全力争取我女儿的权利和所有女性的权利，无论她是哪里的人。我不能忍受歧视。但是，我必须承认，我对汽车一窍不通。我的意思是说，别说换轮胎了，我甚至不知道怎么给车子换机油或换水。我真的没有做过。我把和汽车有关的事都留给我老公去搞定。如果汽车抛锚了，我完全不知道该怎么办。"

玛丽亚满面笑容。"我最好不告诉护士。"她笑着跟我说，"我想他们不会对这里的医生如此没用而有什么好印象的。"

玛丽亚和彼得已经结婚五十多年了，他们唯一的孩子在襁褓中去世了，在那之后的半个多世纪里，他们一直相依为命。在宁养院里，每天下午他会陪在她的床头，他握住她的手时会把膝盖抵在毯子上。他要倒两班公交车才能从位于城市边缘的家来到医院。一天乘四班公交车，几小时的车程，一手拄着拐杖支撑有关节炎的髋骨，另一边的耳朵上则戴着助听器。他到宁养院时，护士们都会为他送上茶和糕点，但他拒绝了所有交通上的帮助。我从来不明白这到底是他的骄傲，还是责任感使然，又或是其他什么隐秘的缘由，让他总是独自做这些事。

一旦我们成功地压制了玛丽亚的疼痛，她就喜欢和我们说他们谈恋爱时候的事。"他可受欢迎了，"她特别骄傲地跟我说，"所有女孩都喜欢他，你懂的。"整个夏天，得知这可能是人生的最后几个月了，玛丽亚采取了隐秘但果断的行动。"我已经在冰箱里塞满了水果。"她告诉我。她趁着还有力气在家附近的水果农场里逛了逛，和彼得在阳光下散了一会儿步。这是一个丰收的季节，冰箱架子很快就被草莓、覆盆子和黑莓填满了，水果用盆和袋子小心地分装好，贴上了标签。夏天鲜嫩多汁的水果，是一份没有事先张扬的遗产，等待着让他想起和深爱的女人一起度过的最后的宝贵时光。"他今年冬天就不会挨饿了。"她自豪地说道。

事情还没有结束。"鱼的宽度是一个问题。"一天，玛丽亚突然提起。

"你说什么？"我问道，还以为一时出现了幻觉。

"彼得不懂，不同的鱼宽度不一样。我来这里之前还在教他怎么用微波炉。一块鳕鱼要热6分钟，一片鲽鱼柳只需要热4分钟。这些东西，我都放在冰箱里了，就是不知道他能不能记住鱼的宽度这件事。"

那天晚上，我惊叹于这个女人是如此在意丈夫的幸福，甚至在她即将死于癌症的时候，她就着手教丈夫如何独自生活，在他未来失去亲人的心碎日子里，她也依然有办法照顾他。我在想，看着冰箱里从上到下塞满的鲜嫩的水果和裹了面包屑的鱼柳，还有什么比这更让人难忘的爱情象征吗？

现在，玛丽亚最担心的是丈夫每天来往于家和宁养院之间的苦旅。他肉眼可见地疲惫了，脸部紧绷，面色发灰，有时看上去就在崩溃的边缘。我也知道，她问丈夫还要忍受这样的折磨多久，其实也是在委婉地问自己的病的预测发展情况。有那么一会儿，我们小声地聊了聊她来到宁养院后病情变化得有多快，她先是感到疲乏，后来就精疲力竭了。

她直视我的双眼。"我感觉我就剩这最后几天了，"她告诉我，"我不害怕，我已经准备好了。"

我回望着她，看着她深陷的两颊和浅浅的呼吸。"玛丽亚，我很高兴你不害怕。如果你的感觉变了，告诉我，我们能帮上忙。"我停顿了一下，"我觉得你对临终的判断可能是对的。患者通常对于即将来临的结局有强烈的感应，他们的感觉通常是对的。你可能只剩下几天的时间了，这也是我的感觉，但我向你保证，我们会竭尽所能照顾好你。"

"照顾好彼得。"她指示我，"你能跟他聊聊吗？告诉他日子快到了？"

遵从玛丽亚的心愿，那天下午我和彼得单独聊了聊。他在玛丽亚的床头犹豫着，不想离开她。"去吧，去和她聊聊，"她催促他，"我希望你去。"

我们坐在家庭活动室里，我小心翼翼地提起预后的话题。"玛丽亚建议我们聊聊接下来会发生的事，"我说道，"但前提是你愿意聊。这完全取决于你。"

我难过地看着他泪水盈眶。在开始进入缓和医疗行业时，你会发现有一些患者是你的软肋，他们的情况会让你扎心地疼。我一直都以为我的软肋是那些孩子还小的母亲，她们还有太多东西要教给孩子，要分享给孩子，但实际上，那些结婚数十年，一想到要丧失爱妻就崩溃的老人，却让我格外地感到心酸。癌症多么容易就能摧毁那些男子气概十足的防备和守护啊。更糟糕和可怕的是，被人在家里悉心照顾了一辈子之后，他们必须找到办法独自生存下去。

玛丽亚早已凭直觉察觉到了这个事实，并且寻求我的帮助。对彼得而言，这一切都让他难以面对妻子的死亡。但是，结果证明，我都不需要无情地坦白。在我要说什么之前，他已经抢先脱口而出，喘着气尖着嗓子说："我看得出她快走了。我知道时候到了。我要失去她了。她快死了，对不对？"

我不知道是否存在这样的话语，能够安慰一个亲眼见证爱人生命流逝的人。也许在那样的时刻，任何慰藉都必须表达这样的含义：你还真实地存在在这里，你还能与人分享灵魂深处的悲伤。我伸出手来握住他的手，轻轻地捏了捏他的指关节。他深深地吸了口气，双肩因为抽泣而不停地颤动。

我想到了水果，那些在冷藏袋里包裹着的爱，不知道彼得能否忍心吃下哪怕一口。我想到了爸爸。等那个时间到了，我们也会这样吧。我顿悟一件事，当某人去世时，悲伤是爱的一种表现形式。就是这么简单突兀，一种情绪转成了另一种。而在所有痛苦中，这种痛是不能被缓和的。将你的心暴露在外，被打烂，被碾平，这就是爱的必要代价。

情绪宣泄过后，彼得的悲痛看上去也消散了。他想知道接下来会发生什么。死亡也有自己的生理过程，我们的器官在衰竭时会有一系列的迹象和症状。我小心翼翼地措辞，开始描述当他妻子步入人生最后阶段时我们可能看到的变化。我解释说，有些线索暗示着结局将近。她可能会觉得手冷，因为随着心跳衰弱，心脏不能再输出温暖的血液了。她的皮肤可能会变得苍白，甚至发青。在最后的几小时或几天里，最有可能的情况是，她会突然陷入深度昏迷状态。她的呼吸可能变得不稳定，让人不安。深重的呼吸会让她全身发颤，然后是长久的停顿，常常会让家人坐立不安，战战兢兢地想着还会不会有下一次呼吸。想象一下，一晚上发生几百次这样的事，想着，她是不是死了？不，还没有，还没到时间，但是快了。我跟彼得说，唾液可能会在喉头后方积聚起来，玛丽亚自己感觉不到，但是会出现咕噜咕噜的声音，像是气泡从液体里冒出来的那种咯咯声。这样的声音给家属造成的困扰比其他任何声音都多，但我向他保证，患者本人极少会意识到这个。

我试图解释，可能最让人感到安慰的是，一个人在临终的日子里会有一种奇怪的怜悯。身体里的主要器官心脏、肺、肾、肝，都有麻痹大脑的功能，当它们衰竭时，会提供无意识的慰藉。肺衰竭会导致血液中的二氧化碳超量，使人昏昏欲睡。肝或肾衰竭会导致毒素在血液中堆积，使我们的意识模糊。当心脏衰竭导致血压骤降时，大脑会因为缺氧而变得迟缓，陷入无意识中。"应该会很平和。"我对彼得坦诚相告，"临终时通常是平和、宁静的。"

无论一开始的病痛是什么——癌症、心衰竭、肝硬化，还是糖尿病——到最后，垂死的人彼此之间是非常相似的，这种相似程度远远超过那些有相似诊断却能继续活下去的人。不过，医学院几乎从来没有教过死亡的经典表现，连医生都不具备在这个领域应对自如的能力，也难怪家属们都会感到害怕和茫然无措。

我解释说，至于时间表，最好的参考是到目前为止的变化进度。如果有人的病况是每周一变，那么我们推测他还有几周能活，如果每天一变，那他可能只剩几天时间了。如果有人的情况每小时都在恶化，那通常就是我们打电话叫家属来的时候了，因为我们推测患者可能在几小时后就要命终了。

就玛丽亚的情况而言，她自己的预测十分准确。就在她请我和她丈夫谈话的几天之后，她的肾衰竭就影响到了大脑活动。一天早晨，这位机敏、开朗、无畏的女士陷入了昏迷，再也叫不醒了。护士打电话告诉彼得，玛丽亚快死了。这一次，也只有这一次，他同意我们派一个志愿者司机去接他。他坐在她的床边，就像平时那样，膝盖抵着毯子，与她十指相扣。这一次，虽然玛丽亚的手还是那么温暖地包覆在他的手中，但此时它们正在变凉、发白。

爸爸被确诊后的前九个月里，充斥着大手术的混乱和随之而来的漫长乏味的化疗。他被人从胸骨到骨盆切开了一个大口子，恢复速度却快得惊人。他决定不在康复上浪费任何时间，手术的第二天就在病房里从一头走到另一头。然而，他的身体一恢复，他和妈妈就不得不适应被两个顽固的独裁者彻底劫持的生活，它们是抗癌药氟尿嘧啶和奥沙利铂。事实证明，爸爸采用的以铂制剂为基础的化疗方案是残酷的。

"尼采根本一无所知。"有一天爸爸说道。我意识到他指的是

19世纪晚期那句充满了男子气概的著名格言："所有杀不死我的，都将使我更强大。"

"我同意。"我回答道，"你知道这句尼采的格言曾被希特勒选中作为青年团的座右铭吧？"

"没错。真是一派胡言。"

爸爸很快就发现了化疗的残酷事实，每一剂针对癌细胞的药，都不能准确瞄准癌细胞，而是会不断地给身体里的其他细胞造成累积伤害。最糟糕的就是受损神经的疼痛，因为铂类药物，神经细胞被硬生生地扯碎了。他的味觉已经彻底丧失，他的嘴和皮肤都变得易破损流血。他从骨子里感觉疲惫，有时候好几天下不了床，生命中宝贵的部分一去不复返了。每一周过去，他都变得更加衰弱无力，他的活力在渐渐消失。妈妈、弟弟、姐姐和我都成了无能的旁观者，我们都无法帮到他。

我想，从某种意义上而言，我是幸运的。爸爸从被诊断出癌症的那一刻起，就喜欢打电话给我，事无巨细地讨论一切，他的护理，他的生存概率，他的可选方案，他的预后。一个医生在未知的海域漂流，卸下了自己曾经作为看护者的重担，他需要和另一个他信任的同行分析病情。而我能够为他提供这个，至少，每晚我照顾完孩子之后，都会长时间地与他通话。我并不是完全无能为力。一天，我们通话时他开了个玩笑："嗯，雷切尔，你的NHS患者们只能共享你，而我能独占你的注意力。"

"当然了，爸爸。我只为你提供铂金级的服务。"

"哈！别给我提该死的'铂'字。"

每次他在通话时大笑出声，我都必须努力不让自己哭出来。

如果说在我们的通话中我曾帮到了他什么，那就是一点点基于事实和证据的医生的冷静和镇定。现在，我已经是一个深夜结直肠癌治疗专家，疯狂研读各种最新的论文。我们通话时，我会把内心深处作为女儿的自己用力压下去。如果放任她冒出来可就完蛋了。我很清楚，医生绝不应该为亲近之人提供治疗，情感纠葛可能会扭曲医疗判断。但是这一次，我只是一个顾问，不是决策者。我努力压抑自己的个人意见，就像压制自己的感性一样无情。像所有患者一样，爸爸需要自己去探索和发现。

在整个化疗过程中，我父亲一直有一个不切实际的幻想，他或许能成为数据上的例外。不知为何，有一些患有凶险的、高等级的、第 4 期癌症的幸运患者，他们比医生最悲观的预测活得还久。每个人都知道一个例外患者。通常情况下，人们都忍不住要告诉新患者一些死神被打败的励志故事。爸爸自己就认识一个前NHS 护士，她也身患第 4 期结直肠癌，原本被告知只有 6 个月的时间能活，但她仍然健康地活了 10 年。他会忍不住这么希冀，如果她能做到，那么也许他也能。毕竟，最后总有人会中大奖。

我看着他在绝望的肿瘤学中穿行，挣扎着衡量几个月化疗的痛苦与奇迹般地扭转他病情的理论上的可能性，哪怕只有一点点，他的心从希望变为失望。我始终保持沉默。他的意见才是最重要的。每一次扫描，每一次血检，都会击垮他一点儿。经过3个月的化疗后，分期CT扫描显示之前的治疗都是没用的。癌细胞变多，扩散范围更广了。这些变异的细胞真是贪得无厌。他当即决定换成"鸡尾酒"抑制剂。我暗自希望他不要这么做。然后，在新方案的治疗下，又过了3个月，他血液中的肿瘤标记物显示病情进一步恶化了。他真的走投无路了。

"说实话，我觉得我再也无法接受更多的化疗了。"那天晚上他在电话里说。

"不能了。"我同意道，"太漫长、太艰辛了，对吧，爸爸？"

"雷切尔，不得不说，我在期待不用做化疗的日子了。"

听到这里，我几乎就要绷不住了。从今天开始，他要面对赤裸裸的现实了，那就是，已经没有什么能阻挡他的癌症了，而他试图勇敢，决心向前看，不再试图拖延或推迟，不再用什么聪明的医学干预。从这一刻开始，他的病会顺其自然地发展下去。而作为医生，他非常清楚这可能给他带来什么后果。他说这句话时，语气坚定，彻底抛开一切幻想，我从未像此刻这般为我的父亲感到骄傲。

12

我们如何度过每一天，便如何度过这一生

> *我们如何度过每一天，*
>
> *我们便如何度过这一生。*
>
> ——安妮·迪拉德，《写作人生》(*The Writing Life*)

说起活在当下，没人能比得上现在的王者，我们的孩子。

在伦敦布鲁姆伯利区的一隅，冷清的街道上坐落着创造儿童奇迹的现代圣堂——育婴堂博物馆，它诉说着育婴堂医院的故事，后者是英国历史上第一家儿童慈善机构，创立于1739年。

那时的伦敦随处可见疾病、污染和极度贫困。这个大都会里，每年都有好几百名婴儿被赤贫的父母遗弃在门阶上、教堂里，甚至垃圾箱里。这些被遗弃的婴儿常常就这么死在街头。育婴堂医院创立的目的就是给这些被遗弃的孩子一个家，让绝望的父母与其抛弃婴儿，不如把婴儿送到一个他们知道孩子能得到照料的地方来。这个地方不完全是一家医院，换句话说，它实际上更像是一所孤儿院，收容贫困家庭的新生儿，那些父母还活着，却无法

养活自己的孩子，也不想让孩子就那么死了。

如今，育婴堂博物馆正和享誉世界的伦敦大奥蒙德街儿童医院合作。医院和博物馆会举办定期活动，让小患者们创作艺术作品，然后放在博物馆中展览。有一个项目绝妙地捕捉到了孩子们对于活在当下的看法，被命名为"米德的神秘灵药，2017"（理查德·米德医生是18世纪的皇家医生，也是育婴堂医院的首位医生，他因独家配制的康复药著称，但他对配方秘而不宣）。

博物馆的艺术家们被这个神奇康复灵药的概念迷住了，于是邀请来自大奥蒙德街骨髓移植病房的重病孩子们，请他们思考一个问题：如果你能创造自己幻想中的灵药，药里会包含什么？这个药对你有何功效？孩子们的回答都放在博物馆的小架子上。一排排造型一致的小药瓶里放着小糖丸，罐身上仔细而周全地标注了药效和所含成分。这些药瓶承载了这些身患重症（通常是癌症）的孩子的希望和渴望。在做这个项目的时候，有些小患者的年纪已经足够大，他们不仅明白自己可能无法活下去，还知道治愈的唯一可能就是移植疗法，而这种疗法本身就是极其危险的。

就在父亲决定放弃化疗后不久，我恰巧在散步时路过育婴堂博物馆。不同寻常的是，这一天我可以独自待上几小时，虽然盛夏的热度吸引着我去伦敦街头和公园逛逛，因为这样的温度很适合晒太阳，但我多年来一直想参观这家博物馆。放弃蓝天白云，转而选择带空调的无菌房，看上去有那么一瞬间的疯狂。

但是我错了。无意中发现"米德的神秘灵药，2017"这个项目时，我被迷住了。我站在小小的药瓶子前挪不开步，如饥似渴地读着每一张小标签。其中的一张就足以让我的心揪紧了，而所有的合在一起更是令人震撼。

"这个药让我变成了超级英雄，飞起来了。"一个孩子写道，"成分：比萨，翅膀，超级英雄，新血液。"

另一个写道："这个药可以把病带走。我不想要生病。成分：海边，石头，海风和海藻的味道。"

下一个瓶子的标签上写着："这个药让我不那么伤心。成分：巧克力，我的卧室，妈妈，爸爸。"

下一个写着："这个药会让我好起来。成分：彩虹，千层面，橘子汁，巧克力牛奶，画，一只猫鼬，我的两只兔子，三叶草和风信子，牛奶。"

"这个药会让我回家，再也不用来医院了。成分：外星人，爸爸，我的姐姐罗茜，草莓，在公园玩，烧烤晚餐，巧克力布丁和巧克力酱。"

"这个药让坏运气的骨头从我身上跑掉，好运气的金子进到我身体里。成分：电，一只老虎，强效药，巧克力，香蕉。"

还有更多类似的瓶子。

这些瓶子像是一个入口，通往我们成年人也曾漫游过的狂野世界，在那里，千层面和猫鼬都有神奇魔法，牛奶就像彩虹一样长长的，海边的石头能消灭癌症。在那里，巧克力有时候甚至比妈妈爸爸更具有纯粹的改变力量。

我站在这些小瓶子前，发现自己念咒般地喃喃着孩子们写的字。一整个病房的重病男孩和女孩们，他们的爱、恐惧、希望和梦想都浓缩在这些棕色的小药瓶里。也许有一天我自己的儿子或者女儿也会住进类似的病房，苍白无力，胸腔里连上各种导管，没有了头发，再也不能去学校和花园。这是完全有可能的，毕竟重病其实是个数字游戏。到那时他们会写下怎样的魔咒，用什么去填满他们的药瓶呢？是妈妈和爸爸排在前面，还是芬恩的自制史莱姆，或者艾比的宠物鬃狮蜥排在前面呢？

在"米德的神秘灵药，2017"里，自然占据了很大一部分。孩子们精选了带有治愈力量的自然之物，带着渴望封入瓶中：彩虹，兔子，海藻，马蹄，树林，薰衣草，海滩上的浪花，夏天，小河，海风的味道，雨点，户外，薄荷，石头，水仙花，雏菊和露水。我想象着孩子们被困在床上，却仍在幻想中跨越医院的高墙，冲破限制，飞快地奔跑，像玻璃珠一样沿着大奥蒙德街四散开来，在M25高速公路上加速前进，高高地跳起，在匆忙中来个侧手翻，再来个后空翻，飞快地甩掉身上的点滴管和患者袍，最后在草地上翻滚欢腾，一头扎进浪花里，然后，继续做一些严肃的事情，去擦伤膝盖，去看岩石中的水洼，去爬上最近的树……

　　在爸爸决定放弃做进一步化疗的几周后，一天，我和爸爸妈妈去田间走了走，就是那片他曾快乐地漫步了近40年的田野。他知道这片田野的每一处隆起和低洼、它的味道、它的质感、所有的馈赠和惊喜。有些地方，即便在盛夏，也是潮湿的沼泽。在那片林中空地，如果运气好，我们还能看见麂子。在那道沟渠里，有一次我们的拉布拉多犬短暂地失踪了，像块石头一样陷进了3米厚的雪里。还有那些小猫头鹰最喜欢的树。

　　那一天，爸爸的田野在阳光下闪闪发光。我还在苦恼着化疗可能会产生副作用，会让他容易被太猛烈的阳光晒伤，他却早已系上鞋带，踩过草地，嘲笑着喋喋不休的医生女儿了，因为我嘟囔着要他穿上长袖，戴上防晒帽。他痛苦地意识到自己的日子屈指可数了，知道这扇健康的希望之窗很快就会被癌症死死关上。他本可以猫在家里，双手抱头，想象癌细胞是如何在他体内分裂、入侵、占据一切的，但是，他却选择抬头面向天空。在这片跟我童年记忆中一样的天空里，云雀在空中悬停，小小的嘴巴发出愉悦的叫声，用心地放声高歌。爸爸瞭望远处，又抬头看天，四周环绕的生灵滋养着他，即便癌症即将吞噬他，生活仍在精彩地继续着。

　　丹尼斯·波特的"当下"概念，即活着的每一刻都有高度的即时性，能否在面对死亡时提供慰藉？在一个每天都在照顾垂死患者的人看来，这个问题绝不只是理论上的。不过我很谨慎，不给我的患者提供廉价的安慰。除非你有权利像波特一样通过经验来谈论死亡，否则你怎么能确定你在尝试的安慰不会被误判，或者更糟糕的，是老生常谈和陈词滥调呢？

刚成年时，我带着年轻人的狭隘自信，厌恶那些老生常谈、口若悬河的商业化励志自助套路。在书店里，我看到类似《幸福：通向内在愉悦的指南》（*Happiness: Your Route Map to Inner Joy*）标题的平装书就觉得尴尬不已，不过我还注意到，有一本书有着令人愉悦的简洁标题《放过你自己》（*Unf*ck Yourself*）。

但是，在年近三十的时候，我开始渐渐明白，作为一个缺乏安全感、总是自我怀疑的完美主义者，我或许可以从自己身上获得一点儿自助。经过磨炼，我得出了一个控制焦虑的秘密策略，我个人将之命名为"临终原则"。这个策略是非常原始的，毕竟，它所遵循的极端逻辑是无节制的享乐主义，不是什么高效生活的最佳方式。话虽如此，但当我面临自我质疑，害怕失败时，我能够通过问自己一个问题来找到立足点："在你临终之际，这件事还重要吗？说真的，雷切尔，你还会在意吗？"

当然了，从寿终正寝这个时间点来看事物有一个好处，那就是几乎所有事情都不重要了。在内心深处，我们都知道，生命的美好其实存在于微小的事物中。不会有人面对死亡时还在想，如果该死的《柳叶刀》能接受我的论文就好了；如果我能封爵，赚更多钱，更有名气就好了。作为一个不自信的年轻人，借助临终原则，我发现自己能不那么执着于高标准，转而把精力专注在那些最终能使生命更有意义的事情上，比如，一个你爱的人，或者是落到脸颊上的阳光，或者是包裹你双手的温暖掌心。

当然了，对于爸爸而言，他就像我的患者一样，没有什么思考实验可言。他面对的是真实的临终病床。虽然他清楚地意识到自己时日无多，但是大自然依然给他带来了不可磨灭的当下。在我专门从事缓和医疗之前，我的想象与这完全相反，我以为大自然的无限活力对垂死的人来说会是一种冒犯，是一种无礼的富足，一种令人难堪的充裕。但事实上，在宁养院中，许多患者都像爸爸一样，在临近人生终点时在自然世界中找到强烈的慰藉，这点让我惊叹不已。

有一名特别的患者让我们感到困惑。他此前是一名园林设计师，一生都在户外度过。而现在，我们只看到他紧皱着眉头和胡乱挥舞着手臂。他不由自主地呻吟，头左右摇摆着，这些都表现出他经受着难以言喻的痛苦。我们试过跟他说话，倾听，给他注射吗啡，可他的焦虑不安更厉害了。

所有的癌症都有摧毁身体的能力，但是每一种都有自己独特的攻击方式。舌癌的特别残忍之处在于它会剥夺一个人说话的能力。我们中有些人觉得他一定是在经历死前焦虑，就是一个人在大限将至时会突然变得极度焦躁。但是团队里最年轻的医生尼古拉斯则坚信我们能够解开患者痛苦的根源，并主动提出要留在病房里。

一小时后，尼古拉斯出来了。"还是能听懂他说什么的。"他对大家说道，"只是得非常仔细地听。"

等我再一次进入病房时，之前患者在翻腾中拍倒在地的椅子已经被扶起，面向室外的花园而放，双开门大敞开着。这位八十多岁的瘦削高挑男人现在平静地坐着，被树木和天空迷住了。他只不过是想看看户外的景色。

我很难想象还有比这更有说服力的例子可以证明自然具有潜在的抚慰作用。越来越多有关医疗与自然关系的研究指出，将医院向自然开放能给患者健康带来更多益处，或者，更好的做法是，找到将自然引入室内的方法。环境心理学家罗杰·乌尔里克曾于1984年在美国《科学》杂志上发表了一篇论文，在这篇现已成为经典的论文中，他研究了当患者被分配至一间能够看见自然窗景的房间时，环境是否会对其产生"恢复性影响"，并试图量化这种影响。

在《窗外景色可能影响术后恢复》（"View through a window may influence recovery from surgery"）一文中，乌尔里克研究了美国宾夕法尼亚州某城郊医院在1972年至1981年胆囊手术患者的恢复速率。平均而言，可以从床边看见窗外绿树的患者的恢复速度要比只能看见砖墙的患者快整整一天，对止痛药的需求和术后并发症情况也都更少。

　　即便只是自然风光的图片也能够减缓患者的疼痛和压力。在1993年的一项后续研究中，乌尔里克和同事们随机为一个重症监护室内的160名心脏手术患者安排了6种景色：模拟"窗景"的巨幅相片，相片内容为一排明快的树木或是一片昏暗的树林；两幅抽象画任选其一；一块白板，或者是一堵空墙。统计数据显示，比起看到昏暗树林相片、抽象画或是没有画的患者，被分配到树木或流水景致的患者的焦虑程度更低，需要的止痛药更少。最近的研究显示了"转移注意力疗法"的益处，利用自然界的景致和声音来减轻支气管镜检查之类的侵入性诊疗操作给身心带来的痛苦。看起来，大自然有其独特的灵药。

　　"有很多关于'当下'的讨论，对吧？确保你不会因为一些微不足道的小事而压力过大。所以没错，癌症毫无疑问是一堂人生课。"黛安·芬奇苦笑着对我说，她咧开嘴笑了，"打个比方，当你觉得有太多碟子要洗而感到有压力时，只要一份继发性乳腺癌的诊断书就能够让你立刻停下来。"

　　我第一次见到黛安的那天，她的肿瘤医师告诉了她一个坏消息，更进一步的姑息性化疗——用药的重点不在治愈而在于延长生命——也没用了。从那一刻起，她的癌症将不受医药的阻拦肆意发展。"我的第一个想法，或者说冲动，就是赶紧站起来去找片开阔的空地。"她后来向我解释，"我需要呼吸新鲜空气，聆听医院和诊疗室之外的自然的声音。户外有着无与伦比的美好。空间，与天空相连。"

我们正在黛安的后花园里坐着，边喝茶边聊天，周围是怒放的鲜花，耳边是鸟儿在歌唱。早些时候，在树上的某个角落，几只喜鹊对住着金翅雀雏鸟的巢进行了一轮突袭。几英尺之外是一个小小的池塘，是黛安的丈夫爱德和儿子道格拉斯最近挖好的，现在里面满是蝾螈，让她高兴不已。这整个花园虽然小，但充满了自然生灵。

51岁的黛安在5年前被诊断患有乳腺癌。她的儿子那个时候才6岁。而她告诉我说，最沉重的打击不是最初的诊断结果，而是没有料到，几年后她的癌症复发了。"那个时候你意识到事情已经无法挽回了。就是这样。你永远都摆脱不了它了。第一次拿到诊断书的时候，你还总觉得有希望被治愈，但第二次拿到时，就不可能了。不管今后发生什么，癌症都跟定你了。癌症会是你一生的伴侣。"

黛安知道这就是她人生中最后一个夏天了。几个月前，当发现癌症已经扩散至她的大脑时，她感到有一股冲动，想在自己永远消失前，尝试用数字化的形式把自己保存下来，把每一个想法和感受都记录在电脑上。"当我接受全脑放疗时，我感觉有些东西掉了，我失去了一些东西。就好像所有我说的话都必须存档，我有种感觉，所有的一切都在离我远去，如果我不把它们记下来，我可能就会丢失一部分自我。"

　　但是有一天，就在她疯狂打字的时候，打开的窗户外传来了鸟鸣声。她停下来，惊呆了。这种体验将她从自我保存的狂热努力中解放出来。"不知为什么，当我听见花园里乌鸫的歌声时，我发现它非常平静。我想着，'好吧，还会有另外的乌鸫。它们的啼鸣也会是类似的。'那么同样地，在我之前也有跟我身患相同疾病的人，其他人也会和我一样病死。这就是自然，是一个自然的进程。癌症也是自然的一部分，而这是我必须接受的，必须学习与之共存亡的东西。"

　　受乌鸫的启发，黛安在宁养院里和音乐治疗师一起创作了她自己的歌曲，用她的话来说，那是一首"减轻人们对于一切都将消失、永远失去的恐惧"的歌曲。创作能让她感到平静。

　　当我们坐着聊有关装饰的话题时，道格拉斯的声音透过厨房的窗户传来。清晰的字句仿佛空气般轻盈，本身就像一段动人的歌。一时间，黛安停下来倾听。她眼中的光彩染上了一丝悲伤。她回过神来，继续往下跟我说："大自然奇妙非凡。它赋予我们生命，赋予我们伴侣，赋予我们爱与被爱的机会，赋予我们这个美丽的世界去生活，赋予我们花鸟鱼虫。它赋予我们孩子。当然，癌症也是自然的一部分。我的身体给予了我癌症。我不得不接受这件事，我不能只选其一。自然有其轮回，就像四季，像海浪，就像秋季接近一年的尾声，而我的生命现在也是这样。我无法控制这一点，我们都不能。我们必须接受，然后尽最大的努力优雅地参与其中，为我们所拥有的美好事物而欢呼。"

黛安的冷静令我惊叹。关于癌症有吓人的比喻，人们将其比作战役和征服，许多患者都很厌恶这样的说法：她是一个斗士；她特别勇敢；如果有人能打败癌症，那一定是她。还有这样的方式：每天都努力把悲伤和恐惧隐藏起来，尽可能让每一天都丰富多彩，应对、接受、从最亲近的人那里获得支持，并且因为周围世界的多姿多彩而感到快乐。大自然从她肺部的顶端喊出来，一切都是短暂的、变换、消失，没有什么是永恒的，一切都在消逝。然而，用杰拉尔德·曼利·霍普金斯的话来说，"自然永不会耗尽"。自然同时还有延续，新生，冰雪消融，万物复苏。雏鸟，幼崽，新芽，新的开始。而黛安身处这样的轮回之中，在地球的生命节奏之中，不知怎的，她想要停止时间的渴望平息了。

在我们初次相遇的几周后，黛安成了我的患者。她在宁养院里的房间似乎总是充满了阳光、鲜花、人、欢笑、卡片、礼物，还有在房间边缘的揪心的悲伤。显而易见，她是一个受人喜爱的女人。她的死亡来临时，是温柔的，是所有人都能感受到的。她的家人一直坐在病床边，整个场景就像她的丈夫爱德在悼词中所写的那样："8月初的一个早晨，我的儿子握着黛安的手，我握着儿子的手，我的姐姐们握着史蒂夫的手，史蒂夫再握着黛安的手。黛安吸了最后一口气，去世了。一个圆环，一条链，一条爱的彩带和丝线。"

当我写出"温柔"一词，我并不想传达错误的信息。黛安在最后的日子里，身心没有痛苦，这可能给身边的亲友带来了一丝安宁。但这并不意味着，对那些爱她的人而言，她的死亡就不令人伤心痛苦。怎么可能不痛苦呢？她是如此被大家深爱着。正如我在父亲生病时明白的道理，悲痛是爱不可避免的代价。就像爱德后来提到的："很艰难，不是吗？我们的故事从乘飞机出发，横穿大陆，攀上高山，面对暴风雨大笑，最后在宁养院的床上结束。一个注射泵在我们的手臂上推入药剂，一根导管引流排出尿液。用吸管小口喝水。睡觉，然后一切结束。这简直是抢劫，是背叛。"

那年夏天晚些时候，我坐在黛安的亲朋好友之间，听着她自己写的歌在葬礼上播放。她婉转的歌声就像乌鸫一样真实而欢快，我们都听得入了迷。我最喜欢的几句歌词如下：

> 打开你的门
>
> 乌鸣在呼唤
>
> 出来吧
>
> 乌鸫先生说
>
> 没有那么糟糕
>
> 不能通过选择来变好吗

一小束光

而不是黑暗

偷一点儿时间

去拿回

一直属于我的

新鲜空气

　　我环顾四周，看到的是带着眼泪与欢笑的脸庞，悲痛中混合着愉悦，然后我看向野外，穿过火葬场的窗户，穿过麦田，麦子已经熟得弯下了腰。夏末秋初，世界在不停向前。我想起了菲利普·拉金的诗《一座阿伦德尔墓》（*An Arundel Tomb*），那著名的最后一句自1956年起一直经久不衰："爱，将使我们幸存。"

　　宁养院，你可能想象它一定是个被时间不多的折磨所淹没的地方。怎么会有人能够在明知自己大限将至的同时，还能庆祝每一个当下呢？坦率地说，答案很简单：在没有选择的情况下，你只能这么继续下去，竭尽全力。如果说这听起来很老套，那我是在伤害我的患者。他们无视未来、活在当下的能力，总是让我震惊。

　　所以，我的父亲也是如此。一开始，妈妈急匆匆地带他来了个浪漫的小休假。（为什么只有20岁的年轻小情侣才能找乐子呢？）他们重返普利茅斯的军港，回顾恋爱岁月。他们回到他们初次相遇的海军医院、年轻时坐过的沙滩，在卵石滩上吃炸鱼和薯条，回到他们47年前结婚的教堂。伴随怀念而来的是解脱感。爸爸的生活不用再绕着化疗预约转，他很高兴能够做自己喜欢的事情。

"我感觉棒极了，雷切尔。"一天晚上他告诉我，"我只希望自己能早点这么做。我不觉得难受。我觉得精神更好了。很棒！"

在普利茅斯之旅成功的鼓舞下，他想要尝试更残酷极端的挑战，决定开车载着他的妻子一路驶向苏格兰高地的西北部。我也不敢出声提醒。一个身体连姑息性化疗也无法承受的男人去完成1200英里的公路之旅：这是疯狂还是极致清醒？毕竟，用诗人玛丽·奥利弗的话来说，生命狂野而珍贵，真的，没有什么可失去的。爸爸无所顾忌地把剩下的时间交给了刺激惊险、蜿蜒陡峭的托里登山脉。

冰川地貌上的这些砂岩山峰是英国最古老、最壮观的高峰之一。当我还是个孩子的时候，爸爸曾带着我爬上托里登山脉的利亚特哈克的顶峰，金雕在我们头顶飞翔，陡峭的岩石壁在脚下伸展。踏错一步，踩空一脚，你就会脑袋开花。那片土地对人的生命极度冷漠，我发现，穿越这样的风景会给人一种莫名的兴奋。当我终于和爸爸并肩站在山顶时，我高兴得浑身颤抖，感觉自己像是喝醉了一样，因为感受到了自己有多渺小。站在山顶，我们什么都不是，甚至不如风中的尘埃。我从未感觉世界如此宽广。

多年来，爸爸总是回到托里登山脉。那里的自然野性迷住了他。而这次旅行，任何一点儿小攀爬，当然都是不可能的。即便是闲逛，对他而言也是很大的消耗。但这些都无所谓。他和妈妈一起站在山脚，在脑海中重温每一座峰顶，尽情欣赏砂岩山壁，为见到一只海雕激动不已。那当然不是随便的什么雕，而是最后一只雕；最后一座山；最后的苏格兰海螯虾，蘸满了蒜香黄油；最后看一眼石楠花、花岗岩、马鹿、石英石。他贪婪地品味着每一个瞬间，不带一丝自怜自哀。

回到家后，我们找到了一种新的节奏。每个星期三，我在病房的工作一结束，我就会穿过高速路上拥堵的车流，一路向西，最后回到家里，和父母待上一天一夜。站上门阶，爸爸会紧紧地拥抱我，他突起的脊椎骨顶起衬衫，摸起来就像火石一样。我会悄悄估算这周他的体重又减轻了多少。妈妈会精心准备两人半份的晚餐，希望能引诱丈夫多吃一点儿。他还是喜欢吃鱼、奇怪的蛋卷和芝士，他吃这些一部分是为了自己，但更多的是为了我们。他很清楚，越来越疲劳的感觉源自癌症，而非食欲不振。在他体内疯狂增长的细胞贪婪地吞食一切，先是脂肪，然后是肌肉，这些都从爸爸的骨头上消失了。我可以用大拇指和其他四指把他的手腕环握住。衣服挂在他身上显得空荡荡的，就像一条绳子拉起的床单。

　　尽管爸爸面色憔悴，越来越嗜睡，但他的心情格外愉快。我们戏谑他是第45任首相，一如既往地为了英国脱欧的事争论。一天早晨，我差点被他吓得摔了茶壶，"雀鹰！"他站在厨房水斗前大喊道，手舞足蹈地指向那个掠过花园的小小棕色身影。他停止了想要详细分析自身健康的执念。现在什么都无关紧要了，什么都不重要了。他明智地拒绝了更多的扫描和血检，对于体内又发生了什么骚乱和溃散，最好还是不要知道得太清楚，最好还是关注那些让自己感觉像个正常人的事。我暂时解除了作为爸爸临时医生的职务，万分感激地重新回到女儿的岗位上。

　　在一个宜人的星期天下午，在我和父母匆匆度过一个周末后，爸爸开车载我去火车站。可能是由于疲劳吧，也许他只是心不在焉，当他驶近一处城市环岛时，不小心冲到了一辆摩托车前面。没有人踩急刹车，也没有橡胶在沥青路面上发出刺耳的声音，没有人肾上腺素激增。尽管如此，那个摩托车手还是决定跟着我们一路到火车站，一路紧贴着我们的车，挑衅地狂拧油门。爸爸一停下车，那个男人就在等着了，身高超过六尺的他挥舞着拳头，猛砸我们的挡风玻璃，嘴里疯狂地骂着我的爸爸。

　　爸爸缓缓地把骨瘦如柴的腿挪出座椅，一脸痛苦地挣扎着站了起来。那个男人无视了他的虚弱和反复的道歉，只是变本加厉骂起来。

　　"你个该死的蠢货，你个该死的白痴。你以为你在玩什么把戏？"

对方的手指在空中戳啊戳，离爸爸的脸越来越近，肢体冲突仿佛一触即发。在这样的咒骂面前，爸爸驼着背，唯唯诺诺的样子看上去脆弱得令人心痛。我看得胆战心惊，一步跨到他和攻击者之间，强迫对方面向我。

"你干什么？别攻击我爸爸了。他已经说过对不起了。你得听他说话。他已经跟你道过歉了。你还想怎么样？如果你要打人的话就打我吧，别打一个老人。打我吧，如果能让你感觉好点的话。"

这是鲁莽、愚蠢和完全冲动的行为。那个男人挥舞着拳头，而且身高远远超过我。但在那一刻，我想保护父亲的本能就像我想保护孩子一样强烈。我只有这么做才能阻止自己想要脱口而出的尖叫："他快要因为癌症死了！你明白吗？他快死了。你就非得把事情弄得更糟吗？"

那个男人往地上啐了一口痰，然后开着他的摩托扬长而去了，那时我的火车刚好进站。爸爸催我赶紧走，向我保证自己很好，我奔向了最近的车厢。一在车上坐下，我就忍不住颤抖起来。那个人咄咄逼人的样子，他的咆哮声，每一秒都太吓人了。但当乡村的景色像条纹般掠过我身旁的车窗，看着蓝绿色的波浪起伏奔腾，我脑中挥之不去的只有一个念头：像这样的角色调换可能成定局了。父亲是巨人，是基石，是圣人。在我的一生中，我经历

过的大大小小的事件，爸爸总是知道该如何应对。从水斗堵塞到
轮胎爆胎，从我自己的癌症恐慌到芬恩刚进重症监护病房时的痛
苦经历，爸爸总是在那儿，指引我，保护我。而现在，无论在心
理上还是生理上，他都是需要我的那个。

在他知道自己将不久于人世的10年前，父亲就和我定下了一
个死亡约定。我们约定，如果他被诊断出不可忍受的疾病，只要
获得了医学许可，我就会使用吗啡帮助他结束生命。

"我没有办法忍受自己成为一个植物人，雷切尔。"他告诉我，
"如果我成了一个患上痴呆的老糊涂，或者患了严重中风之类的
病，请你帮我结束痛苦。"

"我会的，爸爸。别担心，我会的。"

我应该强调一点，我这个回答只是应付，也很可能是一句假
话。虽然没说出口，但我心里真正想的是，如果出现这样的惨烈
情况，那么，我就不得不对情况做评估。但在当时，我认为，拒
绝给我父亲他希望的安慰没有任何好处。女儿的承诺给他一种能
自我控制生命的感觉，看起来能帮助他直面自己的晚年。

这份死亡承诺被定期更新。对于好似痴呆这类可能令他迷失
自尊的疾病，爸爸有一种日益恶化的深深恐惧。他喜欢定期向我
确认，如果时间到了，我会做该做的事。对于可能向爸爸撒了谎
这件事，我从来都没有道德负担。就像多年前，他对重度烧伤的

垂死水兵所做出的承诺一样，我确信我只是在给他必要的安慰，但同时我又怀疑自己可能永远也做不到他所要求的事。首先，我是作为一个女儿在演戏，而不是一个医生。

一天，我在宁养院里工作时，突然意识到自从爸爸被诊断出癌症之后，他再也没有提过协助死亡的事。当他直面真正的晚期癌症这个深渊时，在这个似乎最需要提及此事的时刻，他觉得没有必要再聊了。而我相信，这并不是因为他对我有着坚定不移的信心，认为我会在必要时给他注射致命剂量的吗啡。恰恰相反，他已经不再需要药剂了。他坦然接受了死亡，这让他能够单纯地活下去，品味所剩不多的每一刻。

但那些过于恐惧死亡以至于什么都想不了的患者呢？他们想不到接受，如此可怕的存在恐惧在消耗他们，该怎么办呢？对于死亡恐惧症，或者说一种因为想到死亡而焦虑的情绪，菲利普·拉金的诗作《晨歌》（Aubade）可能是最好的描绘。晨歌，传统上是一种宣告黎明即将来临的歌曲或诗歌，通常描写情侣们在晨曦中分别的场景。但拉金这首写于1977年的《晨歌》却充满暗淡和讽刺的意味，它描绘了诗人在喝了一夜酒之后于"静默的黑暗"中醒来。喝得烂醉如泥的他恐惧地等待着破晓的曙光，惊恐地意识到：

是什么一直在那儿，

那时我才看清：

不安的死亡，

又近了一天。

　　这前景令拉金惊骇万分，他"只瞥一眼就头脑一片空白"。没有什么能给他以安慰，无论是宗教的套路，还是似是而非的论点，也就是说，害怕某种东西是非理性的，而根据定义，你永远不会感觉到害怕。拉金认为，这正是关键：还有什么能比你自身的消亡更可怕的事？他为我们描出了恐怖的模样：

　　……这正是我们的惧怕所在——无形，无声，

　　无法辨嗅，品尝或感触，无从思考，

　　无所爱和关联，

　　无人从麻醉剂中醒转。①

　　我遇见过极少数像拉金这样的病危患者，想到迫近的死亡就令他们心神难安，以至于没有任何东西能给他们带来抚慰或放松。面对死亡的逼近，活着就成了可怕的心理负担。如果一个患者在临终的最后几小时或几天内，绝望悲痛到难以自持，当症状无法

①　译文摘自《高窗》，[英]菲利普·拉金著，舒丹丹译，上海人民出版社，2016年。

通过任何其他方法缓解时，那么最后的治疗手段就是"持续深镇静"。当被注入足以使人昏迷的镇静剂，患者也就能摆脱痛苦的折磨。

持续深镇静和协助死亡或安乐死的关键区别在于，它的目的并不是加速死亡，而在于缓解痛苦。绝大部分患者都不需要这样极端的治疗手段。通常，小剂量的镇定药物就足以安抚一个人的恐惧情绪，同时还能让他们继续与所爱之人交流，与周围世界沟通。

矛盾的是，在缓和医疗中还有另一种极端情况：有的患者一生都深受死亡恐惧症的折磨，但是最终的诊断反而能治愈他们的恐惧。我曾照料过一个叫罗杰的男人，他的前列腺癌已扩散至全身的骨骼，导致腿和脊椎多处骨折。他来到宁养院时痛苦至极，腰部以下都是瘫痪的，已经知道自己最多还能活几天或者几周。但当我看见他时，他咧嘴大笑得如此开心，以至于我都怀疑自己是不是走错了病房。

后来的几天里我们聊了聊，他为我讲述了他持续一生的痛苦。"我第一次想到自杀是在我还是个孩子的时候。我知道这听起来很荒谬，尤其我那么怕死，但是一想到会归于虚无，不再存在，我就吓得要死。生命变得没有意义。为什么要继续活着？如果一切终究都是徒劳，为什么还要再忍受痛苦的一天呢？"

罗杰今年五十多岁了，他之前间歇性地患有严重的焦虑和抑郁症，曾多次因为精神问题住院。"我知道弗洛伊德可能会说我对死亡的恐惧其实是对其他事物的恐惧，比如，孩童时期没能解决的矛盾之类的，但他错了。我还记得小时候，即便当时我只是个孩子，在意识到所有人的生命，包括我的生命，都终将结束时，我浑身起鸡皮疙瘩。"

"那现在呢，罗杰？"我问他，"原谅我的冒犯，但是你现在身在宁养院，却看上去是那么……开心。"

"是的，是的，我很开心。我可以坦率地说，被告知即将死亡是这辈子最棒的事了。"

我们都大笑起来。这是真的。等我们解决了他的疼痛问题，罗杰看上去就像是一个在放春假的大学生。"我感觉自由了。"他说，"这是我有生以来第一次感觉真正放松。是不是很奇怪？所有的恐惧都不再令我困扰了。护士们的善意，晨间按摩，和家人共度的时光，所有这些，我都能毫无顾虑地享受了。太美好了。"

在他生命的最后两周，罗杰终于从一生的焦虑中解脱出来。第一次，也是唯一一次，他知道了平静的感觉是什么。原来，解放他的不是死亡，而是他意识到死亡将至这件事。

13

我不清楚该如何亮出自己的底牌

我不清楚该如何亮出自己的底牌，

但冥冥之中终有关联。

——橡皮筋乐队（Elastica），《关联》（*Connection*）

星期五夜晚的急诊科里，还没到酒吧打烊的忙乱时间，但是科室内的气氛已经充满了紧张和愤怒。一个喝得酩酊大醉的人在某个角落反复唱着足球歌曲，手上还握着一团被血浸透的纸巾，抵在头上的伤口上。隔了几个位子的椅子上，一个年轻的女人正对着伙伴破口大骂。主等候区一如既往地已经坐不下了，身处其中的每个人脸上都写满了等待8小时的不耐烦，他们绷着脸怒气冲冲，都在爆发边缘。

对我而言，这些都只是背景噪声。我关注的是即将拉开的帘布后的男人，我的下一位患者，他莫名地出现在了重症区的电脑记录中，只标注了"男性——起搏器问题"。

我很好奇。起搏器就是现代医学奇迹。火柴盒大小的小装置，由一个发生器、一块电池和两根起搏电极导线组成。整个装置通过手术植入胸部皮肤之下，就在左锁骨下方。两根电极导线各自通过一根血管接入心脏，然后就在那里，经年累月地向心脏传送电脉冲，必要时还会刺激心脏以达到正常跳动的频率。

心脏电生理学是一门让人神经紧张的学科。每分钟60或70下的心跳，一生约20亿次跳动，这些通常都由心脏自主产生。心脏像是一个天生的内置起搏器，在每一次心脏收缩的背后，是一组5毫米宽的细胞在生成电流。想象一下，一个茶壶、智能手机、汽车或者是计算机，在八十、九十年间持续这样的功率输出，没有一丝错漏和故障。生物进化轻而易举地让工程科学甘拜下风。但是，当疾病引发了一场电风暴——心脏跳动过快、过慢或异常，无法维持正常血压——患者很有可能突然倒下，或者更糟，经历心脏骤停。工程师拿出的防护方案就是这个魔法火柴盒，这对于可能致命的心律失常着实是精妙的方法。

我期待着有一个心电图离奇的患者，打印纸上出现罕见的线条，或者，甚至有幸的话，我能看到一种从未见过的心脏疾病。我对自己渴望见到他而感到隐隐的愧疚。

理查森先生允许我叫他迈克尔，他将瘦削的双臂保护性地怀抱在胸前，就好像有什么东西要隐藏一样，像是少女们因为突然发育的体形而感到害羞所以遮遮掩掩的。不过，迈克尔已经快九十岁了。他的样子看起来非常痛苦，迫切地渴望离开。我亲切地微笑着介绍自己，希望能让他放松些。

"我知道我应该早点来的。"他开口说道，话音落下后又是尴尬的沉默，他双眼盯着地面。

"没关系的。"我安慰他，"重要的是现在你来了呀。"

他抬起头，神色依旧焦虑："护士告诉过你我的问题吗？"

"没有，但不管问题是什么，我们是来帮你的。这才是唯一重要的。"他的脸看上去红了，等着他开口的我怀疑他身上是不是有感染。

"嗯，"他犹豫地开口道，开始松开双臂，"问题就是这里的这个东西。"

患者袍落下，颇具戏剧化的一个停顿后，首先迎接我的是气味，一股化脓的恶臭。我被吓到了，他的双手里小心翼翼捧着的是他的起搏器，机器因为血液和脓液滑了出来，吊在胸口的洞外。我的第一反应是把那东西塞回去，这与其说是医学职业上的反应，不如说是本能反应。我想把他胸口的皮肤拉到一起，缝起来，把那个天坑给盖上，恢复那块肉该有的样子。

迈克尔看上去一脸懊恼又尴尬。"我知道我应该早点来的。"他又说了一遍，"你觉得你今天能修好它吗，好让我今晚就能回家？"

"好吧，"我冷静地说，"一步一步来。别担心。我们能解决它，但是一夜之间可能完成不了。告诉我，这是怎么回事？"

　　在急诊室里，面对不可预测的情况你必须能随机应变。那些你想要大喊出来的惊讶——多少次？军情五处让你做的？你说你坐在一个……洋蓟上？——这些问题必须被源源不断地转换成温和有礼的平淡询问，并且不能带一丝猥琐。这一次，我最想问的问题是："看在所有生命的分上，你怎么能让胸腔里的感染就这么恶化下去，就这么不断扩散、深入、化脓，最后像个烂瓜一样'砰'地爆炸了呢？你怎么会这么晚才来寻求帮助？"

　　但是在医院里，几乎没有事情会像第一眼看上去这么简单，果然，这背后的故事并没有那么匪夷所思。几周之前，迈克尔来医院更换起搏器里的电池。一个简单的手术，在无菌环境下操作，采用局部麻醉，一次程式化的过程罢了。但迈克尔不走运，在医生打开、摸索、缝合胸腔的过程中，周围环境并不是无菌的。几天之后他就发现缝合线周围的皮肤红肿，有疼痛感，但他无视了，希望红肿会自己消退。随着他的胸壁起伏，红肿的情况越发严重，他也更确定自己需要医疗帮助。毕竟，我们在这儿说的可是一颗人类的心脏。直接通入跳动心房的机器导线造成了感染，肯定是不能忽视的。

　　但对于迈克尔而言，有比自己的心脏更重要的，那就是与他结婚50年之久的妻子。自从3年前玛丽被诊断出患有痴呆，他就一直独自照顾她。他为她做饭，穿衣，洗澡，安慰她。当玛丽因为记不起姐姐的名字而哭泣时，迈克尔是那个能让她重新笑起来的人。他知道她喜欢在睡前喝温牛奶加蜂蜜。他知道抚摩她的手臂能缓解她的惊慌。如果他住院了，那么谁来照顾玛丽呢？

迈克尔害怕自己不在的话妻子最后会被送进护理中心，所以就尽可能地忽略了自己的疼痛。然后，今天早上，就在他伸手拿橱柜里的盘子时，他感觉皮肤被撕开了。突然，他的衬衫就被浓稠的脓液浸湿了。几周来郁积在他胸腔里的感染导致心脏起搏器外的伤疤裂开，将肋骨和肺暴露在外。直到那一刻，他才抓着那团都是血的导线认了输，打电话给急救人员。

迈克尔给我讲这个故事的时候，肩膀一直垂着，然后哭了起来。正如他所担心的那样，为了保护玛丽，社工将她带去了一个紧急护理中心。没有其他亲属或朋友能照顾她，她一个人在家里是没办法活下来的。现在，迈克尔知道，她又孤单，又困惑，又害怕，感觉被抛弃了，而他，则是实实在在地心碎了。

我在病床上坐下，在他身旁握起他的手。"跟我说说玛丽，"我温柔地说，"你们俩的初次相遇是怎样的？"

他捏紧了我的手指，开始绘声绘色地讲起那个喜欢跳舞、海滩和威士忌姜汁鸡尾酒的姑娘。我知道心脏科医师可以给他换上一个新的起搏器，幸运的话，只要输上几天抗生素他就能好起来。但我同时也感觉到，他异常努力地想把妻子留在身边，这样的可能正变得越发渺茫。在某种程度上，他的悲伤来自那个脆弱的家庭，他曾经如此努力地去保护它，但现在，它也许已经不可挽回地破碎了。

"迈克尔，你在家照顾玛丽真的已经做得非常好了。"我说道，"这种爱太感人了。你真的是个很出色的丈夫。"

我希望自己的话能给他一点儿小小的安慰，但这些都不足以安抚他的苦恼。我打电话叫心脏科医师来的时候，失去玛丽的他面向墙壁抽泣着。

在急诊室那个疯狂的星期五，我渴望相信迈克尔和玛丽最终会团聚在共居社区里，得到足够的支持，然后一起走完余生，这才是对他们来说最重要的。考虑到我们陈腐、资金不足的社会服务，我知道这样的想象基本等于白日做梦。但一个无可置疑的事实，同时也是人性至善的证明是，在这一天我遇到了一个男人，他是如此深爱与自己携手50年的妻子，宁愿为了她付出自己的心脏。而最终，当死亡迫近，我们总还有来自他人的爱。能够超越当下、超越自然、超越感官的愉悦瞬间的，是人与人联结的力量。

有时我会想，如果菲利普·拉金知道更多患者在宁养院死后所发生的事，他或许就不会因为死亡的孤独而感到不安了。作为一个无神论者，我没有什么天堂的说法来安慰自己，但我的患者死后能够在人间自行超脱。因为无论是生是死，宁养院中一些最非凡的联结往往由护士缔造。

我和尼娜一起工作后不久，我们就聊到了她是如何照顾已经死去的患者的。这可不是什么日常的话题，毕竟，尸体是很容易引起人反感的。但对于我们而言，患者就是患者，即便疾病已经夺走了他的生命。我们的关怀不因心跳停止而终结。最近，一个非常年轻的患者去世了，消息震惊了整个宁养院。

"作为一个母亲，感觉最难受的就是这种了，对吧？"尼娜说，"白发人送黑发人。"

"是的。"我同意道，"我真心地觉得如果能让芬恩和艾比活着，我愿意献出自己的生命。我无法想象失去孩子的心痛。"

我们正在讨论的男人叫托比，他死于一种罕见的神经退行性疾病，死时刚刚成年，才19岁。在他死前的最后两周里，他的母亲杰姬日夜都在宁养院里陪着他。托比的身体虚弱到无法站起来，也够不到坐便器，所以他不得不放下自尊，让护士替他清理身体，保持干净舒适。对于任何一个患者而言，这样的情况都是极为打击人的，而对于一个如此年轻，刚刚步入成年的人而言，依赖他人让他羞愧难当。

在某种程度上，尼娜与托比之间的联结是通过温柔的触碰建立起来的。在一天晚上，是尼娜为他插上导尿管，使他的尿液得以汇入袋子中，免得他丢脸地尿湿在身上。当他拉肚子时，是尼娜为他更换床单和睡衣。凌晨时分，当惊恐袭来，而托比又坚持不在母亲面前哭出来时，也是尼娜握住托比的手。尼娜目睹了托比的痛苦，她尊重他，从来不回避，无论是他的抽泣、他的恐惧，还是他的体液。每一次值班12小时都是如此。一如既往地，她总能令他笑起来。在托比的坚持下，她甚至试着在他的Xbox游戏机上打了一局游戏，只不过托比在抹掉笑出的泪水时断言道："女士，还是好好做护士吧。"

尼娜的触碰似乎能比任何事物都更有效地抚平托比的恐惧，而在他死后，也是尼娜的触碰，为托比悲痛的家人定格了他死后的生命。

"这很重要，不是吗？"她告诉我，"最后的几天，最后的几小时，是心爱的人永远难以忘却的。所以，我们总是确保他们体面。在患者的耳后擦上一点儿好闻的东西，好好地为他们做个唇部护理，保持牙齿和舌头清洁。这些真的很重要。你知道，味道必须是干净的，不能让人恶心，不然家属会一直记住死亡的难闻气味。你可不会想让他们在心里留下这样的回忆。"

在托比临终时刻，坐在他病房里的有哥哥、妹妹和父母。由于托比的呼吸是断断续续的，他们坐在一起守夜，整整24小时，昼夜不眠。而在托比呼出最后一口气时——原以为这只是漫长的停顿，却不知不觉间慢慢地变成了终止——尼娜也在房里，一直注视着托比和他的家人。当暴风雨般的哭泣渐渐止住，她提议给托比洗个澡。每个人都离开了病房，只有杰姬留下了。护士和母亲，两个女人一起替他脱下衣服，用肥皂和海绵清洗身体。

"我不知道该怎么做。"杰姬对尼娜说。

"像这样。看，轻柔细致地擦洗。我们能让他变得干净清爽起来。"

尼娜的指引巧妙又礼貌，让杰姬觉得自己是一个不折不扣的母亲。"这是在向儿子展示我爱他。"杰姬喃喃道，"谢谢你。我都没有意识到我还可以做这个。"

其他家人休息了片刻后回来了，托比的妹妹注意到了托比的胡楂。"他的脸呢，妈妈？他不喜欢胡子没剃干净的样子。"

于是，在尼娜专业的引导下，母亲和17岁的妹妹在托比苍白的两颊上涂上肥皂泡，轻柔地替他刮面。即便在死后，他也依旧是儿子，哥哥，一个人。

"我永远都不会忘记这些的。"托比的妹妹对尼娜说，手上还拿着剃须刀，"我从来都不知道在一个人死后我们还能为他做这些。"然后她转向她的哥哥："我爱你，托比。我会永远爱你。"

当医生们忘记将患者作为一个人来对待，就可能做出可怕的事。就在我写下这些文字的时候，英国报纸上到处是惊悚的头条新闻，都是关于知名肝脏移植手术医师西蒙·布拉姆霍尔的事，他最近认罪了，承认将自己名字的首字母烙在了两个患者的肝脏上。当患者被麻醉，毫无知觉、腹部大开地躺在他的手术台上时，布拉姆霍尔用氩气刀在患者的内脏上烙出了字母"SB"。氩气刀是常用于外科手术止血的工具。

"这是故意对被麻醉患者非法使用武力。"在庭审过程中，皇家检控署的伊丽莎白·里德表示，"他在患者肝脏上进行了毫无必要的标记行为，完全是他个人的、有意识的蓄意行为。"

虽然不至于引起全球关注，但这起案件引起了人们广泛的讨论。有几名布拉姆霍尔曾救过的肝移植患者公开为他辩护。然而，医学界内外绝大多数人的反应还是在惊愕到反感之间。虽然根据报道，烙印一事并未对患者造成任何实质伤害，但布拉姆霍尔的行为中却透露出一种令人毛骨悚然的自大，它的潜台词是："你是我的。你的身体任我摆布，我可以为所欲为。"正如慈善组织"关怀患者"（Patient Concern）的发言人乔伊斯·罗宾斯的评论所言："我们面对的是一个患者，而不是一册签名本。"

怎么会有一个医生认为将患者像牛一样打上烙印是可以接受的行为呢？而当你知道布拉姆霍尔平素并没有恶名这一点，这个案件就更为离奇了。人人都说，他是一个技术娴熟，甚至富有同情心的外科医师，和患者关系融洽。或许，只要医疗行业依旧期待从业者压抑自己的情感，假装坚强，它就有可能令医者滋长出对患者的扭曲心态。

人们往往期待医生一入行，就能在面对人类的痛苦时坚定沉着、不露情感。我想到了我26岁的朋友汤姆，他是一名重症监护室医生，他告诉我，有一天早晨，他奋战一整夜稳定了ITU的一名年轻女患者。那个姑娘和他一般大，在斑马线上被一辆车碾过，背部、颈部和头部严重受伤。在早晨的交班会议上，日间组的同事穿着清爽的蓝色工作服聚在一起，简单分析了一下昨夜的情况。领队的主任医师研究了这个垂危患者的数据："嗯，你昨晚的努力完全是浪费时间，对吧，汤姆？你看不出全是白做工吗？"

一条年轻生命的终结和如此随意的漠视，让汤姆做了一件意想不到的事。他发现自己的眼里满是泪水。接下来的会议时间里，泪水不停地从他脸上流下，但是整个拥挤房间内没有一个医生或者护士愿意理会他的痛苦。他们都假装没有看到。

偶尔，在宁养院里，陪伴临终患者会让人觉得难以负荷。在糟糕的日子里，有时悲伤甚至沉重得仿佛能摸到实体，空气中弥漫的悲伤和失落是如此凝重，我感觉吸入的不是空气，而是纯粹的痛苦。但是我很幸运。在我工作的病区里，如果我花了一小时与一位父亲和他的孩子聊母亲垂危的事，等我回到办公室时，会发现有人在我的电脑旁放了一杯茶和几块饼干。我们互相帮助，一起克服困难。这些小小的安慰，比如，一个拥抱、一块奶油夹心饼干、一次安静的聊天，能确保没有人独自扛过那些糟糕日子。人与人之间重要的联结，对于我们的患者而言意义重大。如果我们医生反而无视彼此之间的联结，那不是很奇怪吗？

随着父亲的身体日渐衰弱，我发现自己一天比一天更卖力地工作。我不顾一切地渴望我的每一个患者至少都能平静地死去。我更希望，他们都能在死前的最后几周或几天里，尽情奏响生命之歌。我非常清楚自己在做什么，我试图通过向自己证明，即使在最后一刻，死亡的过程也可以是美好的、愉悦的，来抵消我对于它的恐惧。如果我能够收集足够多的无痛死亡案例，那么也许，在爸爸离世时我还能撑得住。

一天早上，妈妈发来一条短信。"打电话给我，"里面写道，"你爸爸很痛苦。"头发扎到脖颈上的肉，有些微的刺痛，让我有种不祥的预感。我向同事解释了一下，冲到外面给妈妈回电话。

"他不太好。"妈妈语气很急，"我不得不用上了吗啡，但是药没有起作用。跟他说说话，他想和你说话。"

爸爸接了电话。他说着抱歉，含含糊糊地咕哝着并不想打扰我工作之类的话。

"爸，"我说，"不用担心这个。告诉我怎么了？"

我不清楚到底是因为吗啡、疼痛还是恐惧，爸爸以往能精准地说出专业的医学词语，而现在他说的话已经变得含混和语无伦次。事情一点一点地拼凑完整了。我很确定，是他的肝脏导致他的身体疼痛抽搐。肝转移癌的重量迅速增加，他的肌肉被痛苦地拉扯着。

"爸，再多用一些吗啡吧。你都这么痛了，多用一些也没什么。先把疼痛控制住，然后我们再做打算。我会让妈妈请你的全科医生过去。类固醇可能会有帮助，但是我们先给你好好做个评估。"

每种疾病的发展轨迹都是不可预测的。比如，我现在正在照顾的一名男性患者如今只剩6个月可活，而他是在20年前被诊断为癌症的。但我无比确信，这一次，爸爸的终局终于要开始了。

我脚步虚浮地走回病房区，去见护士长劳里。"对不起，"我脱口而出，"我觉得我不能继续工作了。我的爸爸，我……我觉得他的时间到了。他现在肝包膜痛得特别厉害，讲话时听上去像诱发了脑病。我觉得我没法接着照顾别的患者了。"

她安慰我，让我感觉自己并不是一个半途而废的人，只是一个认识到了自我局限的理智医生。她告诉我，当我觉得自己辜负了患者时，只是因为我把他们放在了第一位。而我的领导们都太好了，他们让我先走，去陪我的父亲，即便这意味着他们要担起我的工作。我走出宁养院，站在清新的冬日阳光下，心中满是愧疚、悲痛和恐惧，我知道接下来我要见证父亲的死亡。

14

我们来到这世上，是为了尽情享受生活以及……

> 我们来到这世上，如果不是为了尽情享受生活，
> 尽己所能地解决问题，为伙伴带来希望、和平
> 和愉悦，让这颗宝贵的、烂糟糟的星球变得比
> 我们出生时更健康一些，那我们是为了什么而
> 来呢？
>
> ——亨利·米勒，《这是亨利，布鲁克林的亨利米勒》
> (*This Is Henry, Henry Miller from Brooklyn*)

　　我一回到家，第一眼见到的就是妈妈重拾护士一职，极其专业而温柔地照顾爸爸。就好像爸爸在萎缩变小，妈妈则不得已变得高大起来，填满了他周围的空间。做过上千次细致的日常护理工作，她已经找到某种方法，能够照顾爸爸，满足其所需，甚至包括那些他没有意识到的需求，与此同时不让爸爸觉得被轻视、被侮辱。她因为疲劳而使眼圈发黑，让我担心。她几乎没怎么睡过。这可坚持不了太久。但是没有什么能阻止她最后的爱，区区

精力有限更不能。

至于爸爸，透过他的微笑我看到他的眼里蒙上了一层新的忧虑。和我一样，他知道这突然发作的疼痛究竟意味着什么。我们终于到了，马克，我们来到了终局。"是时候了。"我知道爸爸在想什么，"能有多坏呢？"

妈妈意味深长地看了我一眼。爸爸的黄疸症状很严重，他的眼球和皮肤都变得深黄。我刚才看到他慢悠悠地挪到了正门前。哦，爸爸。他体内的一切都开始分崩离析，再没有什么我们能做的了。

我们小心翼翼地拥抱。他的骨架，瘦得没有一点儿肉了，承受不了一点点的压力。但是当我们亲吻彼此，他的眼神又亮了起来。当然了，今天是星期三。"今晚放《浴血黑帮》（*Peaky Blinders*），雷切尔。"爸爸很沉迷这部BBC电视剧，它描述了20世纪20年代伯明翰贫民区的黑帮大战，为了陪他，我也开始看了。

"我知道，今天播放呢！要不要打个赌，看这集结束会死几个人？"

"不止，"爸爸回道，"我还想知道你搞清楚牛奶人没有。你弄明白了吗？我脑子里一直在想这件事。"

我大笑起来。"嗯，我也很关心牛奶人呢，爸爸。就连《华盛顿邮报》都没搞清楚他们是谁。说真的，我知道你有癌症，但是，真的，外面还有更大的事呢，你懂的。"

爸爸咯咯地笑了起来，回到了他最爱的椅子那儿，那是有着精美软垫的直背靠椅，坚实的木质扶手能够把他整个人支撑起来。

"你们两个都坐下聊吧。"妈妈说，"来点红酒，雷切尔？"

"当然。"我回道。

我很熟悉患者临终时是什么样的，清楚濒死时人们各式各样的造型和混乱，但这些一点儿也没有帮我做好心理准备，看到爸爸也成为其中一员时我仍然吓了一跳。现在再清楚不过了，爸爸的时间已所剩无几。是时候了。能有多坏呢？

妈妈的身影默默地进了厨房，我们停止了玩笑。我轻轻地、直截了当地问爸爸："爸爸，你真实感觉如何？"

他回我一个微笑，带着苦涩的微笑。一时间，我和他都没有说话。我们都无比清楚，死神正以不可阻挡的步伐向他走来。

我想起海明威的小说《太阳照常升起》中的一个角色，当被问到自己怎么会破产时，他答道："慢慢地，然后突然之间。"爸爸的死亡也像是这种破产——一段漫长而无声的滑坡，然后突然急速下落。他正在悬崖的边缘摇摇晃晃，他自己也清楚这一点。他对我的那一笑，已经胜过了一切，是一种默契的共识。医生与医生之间，完全能够互相理解，没必要讨论接下来会发生什么。

我突然有一种强烈的自我怀疑。我们可能是医生与医生的关系，也可能是医生与患者的关系，但我们同时也是父亲与女儿的关系。我整个人已经绷到了极限。我的心脏仿佛要裂开。

"其实还挺疼的。"爸爸承认道。

我专心地听他说话。女儿只要等待就行了。我们开始平静地讨论起他的症状。爸爸其实很清楚自己应该用更多吗啡，但有某种说不清的强有力的东西阻止了他。就像许多患者一样，他也为这个药赋予了象征性的末路感。在他的心里，吗啡可不只是像扑热息痛或者可待因一样的普通镇痛剂，它是镇痛的终极，是末日的灵丹妙药。吗啡是死亡之药，预示着最后一口气即将到来。与其喝一口吗啡，还不如咽下氰化物。

"我懂你的意思，爸爸，我可能也有类似的感觉。但是从逻辑上来讲，它不过就是一个止痛药。除了在维多利亚时代的小说里，它不象征任何东西，但是它的确有用。你为什么不试一下，加大一点儿剂量，看看有没有帮助？如果你觉得昏昏欲睡或平静，你可以再把剂量减下来。你现在的时间很宝贵，太疼的话你就什么都享受不了了。"

让我惊讶的是，爸爸立刻同意了。"他信任你。"后来妈妈说，"你在身边的时候他就觉得安全。"

那天晚上，我们三个一起坐在电视机前看《浴血黑帮》。一点儿折磨，一两具尸体，一些陷进一大桶红油漆里的糟糕东西，含混不清的伯明翰口音。吗啡的剂量增加后，爸爸的肝脏疼痛得到缓解。他笑着，和我们聊天互动，偶尔眯一会儿觉，然后又醒过来。这真是一个完美的普普通通的家庭之夜，全国上百万家庭都是如此，只不过加了一点儿晚期癌症的冲击罢了。真的，这个夜晚不能更美好了。没有焦虑，没有痛苦，只有一对父母和他们的女儿，一起享受沙发的舒适温暖。

爸爸一直是一个生活很有规律的人，有一套自己的例行公事。早晨，因为身体太虚弱站不了多久，他会坐着刷牙，我则为他准备药。然后，我会小心地陪着他下楼，并且清楚地知道，下楼这个动作随时可能让他无法负荷。他会坐在自己最爱的椅子上，尝一口维他麦，呷几口水，然后开始读报纸。书上的字让人头晕，费力阅读会让他疲惫，但是，他总能找到一些可以热烈讨论的话题，每次都是。我还记得，9岁时我喜欢体育，对英格兰板球运动员伊恩·博塞姆很有一套自己的看法。

妈妈会为爸爸抹润肤露，一天三次，抹在那些因骨头外凸而紧绷的皮肤上，以免皮肤皲裂。她温柔的按摩不只是一种护士的专业照料，更是在通过指尖将爱传达给对方。现在，每天下午爸爸都会卧床休息，有时候会一直躺到晚上。每一天，爸爸都变得越来越困倦嗜睡，他正经历的是一种经典的死亡模式，这是我曾无数遍解释给惊慌的人们听的。一切都如他所愿。他是在家中，而不是在医院里，身边陪伴着妻子和孩子，只要课业允许，他的孙子孙女也会常常来看他。疼痛不多，偶尔会迷糊。我应该感恩，真的，我很感恩。但是很快，很快他就会一睡不起。晚上，我会躺在床上默默流泪。爸爸，哦爸爸，我不能失去你。

15个月以来，癌症一点一滴地从我父亲身上偷走了所有能夺走的东西。很快，他就会虚弱得连床都起不来了。但他的精神和幽默一如既往。在他去世前一周左右，他的腕表在夜里睡觉时停摆了。"哇，真是太神奇了。"早上的时候他苦笑着告诉我，"像是在说你的时间到了。"

那天晚些时候，我问他："你怕死吗？"

他笑了。"怕死？不，我怕的不是死亡。害怕的症状，也许有吧。但是我唯一的遗憾是不能够看着孙子孙女长大成人了。我已经度过了美好的一生。"形容一个垂死的人幸运，听上去不是很合适，但是我在这一刻所能想到的就只有这些，这绝对就是幸福的定义。

在那些失眠的凌晨，我会思索爸爸的平静。最终，就如同我的那些患者，对他而言，最重要的是他度过的一生，而非生物学意义。他已经不会因疼痛或是其他凄惨症状而感到痛苦。他的身体正在缓缓地与世界告别，带着惊人的平静。于是，此时最先涌现在他脑中的，是他一生的故事。这份工作对他来说意义重大。他的3个年轻的孙子孙女，他爱了近半个世纪的妻子，他养育成人的孩子，而孩子们现在像飞蛾般靠近他这团焰火，来支持和照顾他们的父亲。在这个横跨三代人的活生生的遗产中，他找到了最大的成就感。

"尽可能保持仁慈。"他告诉我。我半是坐着，半是躺在他的身边。他睡了几乎一整天，刚刚才醒。

我发现自己禁不住地抽泣起来，孩子气地疯狂说："我不想你死，爸爸。"

他笑着，把我的手放在我的胸口，用他的手包住，然后按住。"雷切尔，"他说，"你知道我不会消失的。我会一直活在你的心里，也活在芬恩的、艾比的心里。"

我一边点头，一边试图冷静下来。我知道他指的是唯一有意义的来世。

"硅谷的那些疯狂的亿万富翁总是不停地研究科技，试图永生，但是他们大大地搞错了重点，是不是，爸爸？"我说。

他大笑。"他们当然搞错了。对我而言唯一有意义的永生就是知道我的家人和好友还会时不时地想到我。"

"我们会的，爸爸。你知道我们会的。"

他没有回答。他再一次昏睡过去，但是他知道的。

为了舒缓我提前到来的悲伤，晚上我读了已故神经病学家奥利弗·萨克斯写的一本散文集。这部作品是在他过世后出版的。在被诊断出晚期癌症后不久，萨克斯完成了这部作品。书中，萨克斯回顾了80年来自己的生活和所爱，他最后的思考满溢着感激之情。在这本名为《感恩》（*Gratitude*）的文集中，他这样总结道：

我不能假装自己一点儿害怕都没有，但我主要的感受是感恩。我爱过也被爱过；我被给予了很多，我也付出了许多作为回报；我阅读，旅行，思考，写作。我与这个世界进行了对话，那是一种作家与读者间的特别交流。

而最重要的是，我曾是这颗美丽星球上的一只感性生物、一只会思考的动物，仅仅这样就已经是一种莫大的优待和冒险了。

我知道爸爸也有着和萨克斯一样的感恩之心。他与他所深切关怀的患者之间的特殊交往，意味着一切都没有白费。无论是家庭还是工作，都有其意义所在。他与过去的时间和平共处，确实，这也提升了他当下的满足感。他带着"好好度过了一生"的感觉走向死亡，我看得出，这对于他的离开很有帮助。

即便新的症状不断显现，爸爸还是能够维持住平静的姿态。在这一点上，我猜想他的医学训练帮了不少忙。所有的症状都没有吓到他。他注意到了耳朵后传来的奇怪的咔嗒声。这些是幻听，很有可能是因为肝衰竭更严重了。比起困扰，他更多的是好奇。然后，幻觉升级了。"哦，该死。"一天早晨他在浴室刷牙时突然骂道。

我当时正忙着数药片，惊慌地转身看他。这听上去可不像爸爸会说的。"怎么了，爸爸？身体疼？"

"不，是该死的托尼·布莱尔。"

我困惑地扬起了眉。这种时候，我最不想的就是会冒出现代政治史来。

爸爸解释道："我能看见一个超小的托尼·布莱尔，就在那儿，坐在冷水龙头上，看着我。"

我和他大眼瞪小眼，然后爆笑出声。

"天哪，爸爸。对不起，我是说，死于癌症是一回事，但是那个？那就纯粹是吓人了，太吓人了。"

我拉着他起身，他还在嘟囔着"该死的托尼·布莱尔"，不可置信地摇着头，然后我们两个摇摇晃晃地走向楼梯。

"有些事你需要知道。"后来他告诉我，几周以来，在我们都不知情的情况下，在浓重的癌症疲惫中，他偷偷给妻子、孩子、孙子孙女写信。"那些信都在衣橱的运动袋里，雷切尔。你会在我的衬衫下面找到它们。"我意识到，我父亲做的这个就是在玛丽亚储藏夏日水果和冻冻鱼①。这就是爱，他煞费苦心地写下并封存在信封中，为他的家人留下遗言。

在那之后不久，爸爸就再也不能平安无事地下楼了。他每次摇摇晃晃地往下迈一步，都让我和妈妈害怕得不行。没有什么能比摔倒然后股骨骨折更可怕的事了。"求求你了，爸爸，考虑一下

---

① 玛丽亚是网页游戏《冒险岛》中的一个区，夏日水果和冻冻鱼都是里面的虚拟道具。

医用病床吧？"我哀求他。他会脸色沉下来，坚持要出门散步，就像是要向我们证明我们对他的过度照顾是在神经过敏。而这无疑是疯狂的。时间已近圣诞，从西伯利亚吹来了新鲜空气，室外寒冷刺骨。他已经一周没有出过房子了。他连站都站不直，更别说出去漫步了。然而，他拒绝了我们的帮助，叛逆地摸索着出门，脚踏徒步靴，头戴蒙面防风的巴拉克拉法帽，身穿戈尔特斯外套，手上拿着他的老旧登山杖，蹒跚着一脚踩进风霜中。我不得不咬紧牙关，提醒自己宁养院的口号：我帮助人们按照自己想要的方式过完余生，而不是按照医生或者女儿的方式。

弟弟和我急匆匆地跟着爸爸出门，准备在需要的时候随时冲过去帮他。外面冷得让人窒息，狠厉的风打在我们身上。爸爸的裤腿也被风拍打在他的腿上，腿的轮廓基本上就是骨架子。他像一个佝偻着身子、面色惨白的山地行走者，固执地在大风中歪着身子前行，他的孩子们担惊受怕地跟在后头。曾经，他挂着这些登山杖站在珠峰登山大本营里。现在，只不过几米远的路就足以打败他。

最后，他走到了村子的邮筒旁。他靠着一股非凡的意志力把自己拖到了这里。在一个木长椅的后面长着一棵花已凋谢的木兰树，它因年头长而扭曲多瘤，在冬季的寒风中被鞭挞。童年时，每年春天，爸爸都会带我来看这棵树开花的样子，怒放的花朵让他高兴。他会告诉我，木兰科植物是迄今为止最为古老的观花乔木之一，大约九千五百万年前就已经出现在地球上，比蜜蜂的出现还要早很多，依靠甲虫授粉。曾经，木兰科植物和梁龙、霸王龙并肩而立。我抬头看向那些鲜花，如此洁白而纯净，脑子里还数不清楚这么大的数字，最后得出结论，世界诞生时木兰就一定已经进化完全了，直接从史前的原始沼泽中长出。

现在，爸爸的身形在草地上微微摇晃，他仔细地审视着这棵树。"它没有多久可活了。"他出声说道。这是真的，盯着那些被打烂和断裂的树枝，我注意到了。我童年的木兰树将和爸爸一起死去。他站在树前，安静地皱着眉。我不清楚，他是有意将自己和树做类比，还是寒冷和费力走路让他恍惚了。

"我们回去吧，爸爸？"我终于还是问了出来。

怒火平息了。他转身，低着头，慢慢地拖着脚步回到家里。就在我的身后，弟弟默默地流泪了。眼见着癌症一点一点地占据所爱之人的身体，这比我所知的任何事都更艰难、更让人心碎。我第一次有这种想法，他还要忍受多久？虽然我不愿承认，但我真正想说的是：我没法再忍受了，这太让人心痛了，快停下吧！

疼痛不断蔓延开来。一天，爸爸在羽绒被下痛苦地蜷起了身。我们叫来了全科医生，他为爸爸装上了注射泵。注射泵很有效。现在，无论他多么虚弱还是恶心反胃，爸爸的皮肤下始终有吗啡在缓缓释放，压制他体内四处作乱的疼痛。到了这一步，他同意使用医用病床。之前他一直拒绝，那曾是他最后的倔强，最后的抵抗。人们总是认为医用病床就是该被放在楼上的。但是爸爸不想像一个秘密一样被藏起来。他知道自己再也离不开床了，他希望那张床能放在楼下，被家人的爱意和生活包围着。

在他最后一次冒险下楼之前，妈妈和我建议为他洗个澡。专业的治疗队为我们提供了一个小凳子，正是为此类情况配备的，我将凳子放在水流下。水流还需要调整一下，爸爸不能忍受针尖般的刺痛。温度也需要调整，因为他的神经末梢早已被破坏。水太凉了，他会很痛；太热了的话，血液就会涌向体表，导致他的血压骤降。

妈妈使出了护士魔法，轻柔地脱去了爸爸的睡衣，然后我们极其小心地把爸爸枯瘦的四肢安放到塑料凳子上，我们各自在两边扶着他。爸爸叹了口气，闭上了眼睛，将脸侧了侧探入水中。他慢慢地把头从一边移到另一边，一脸满足。一只生物，一只哺乳动物，衰弱到无法开口，完全沉浸于身体的感官享受之中。小小的水珠从他的颧骨上溅起，反射着光芒。他张开嘴尝了尝流水。

"爸爸，"我建议他，"闭上眼睛。我要帮你洗头发了。"

我轻柔地在他头上抹上洗发水，没过多久，我就因为泡沫和水半身湿透了。然后我把注意力转向这副只剩皮肤和骨架相连的身躯，多么单薄的身体啊！从头到脚，我用海绵擦过父亲身上每一寸。这双曾将我高高举过头顶的臂膀；这些他曾将自己的宝宝环抱在其中的肋骨；这副曾扛起我们的肩膀，让坐在上面的我们骄傲得像个小皇帝；这对我蹒跚学步时抓住的大腿。爸爸完全放松下来，裸露全身的他既不觉得羞耻，也不觉得是一种屈服。我有一种极其强烈的感觉，母亲和我就像他一样赤裸裸，我们的悲伤透过衣服、透过皮肤，赤裸裸地从骨髓中流出，丝毫无法遮掩。而这尴尬又拥挤的最后的沐浴——一个丈夫、一个妻子和一个女儿，挤在单人浴室里——因为爱而转变成某种美好。我可以为父亲清洗，就像他曾经为我清洗，这是一种荣幸，一种奉献，一种最后的爱的表现，是无比亲密的时刻。

那天上午晚些时候，爸爸顶着蓬松的头发，面颊红润，散发着皇室牌沐浴乳的香气，躺在了自己的医用床上，床上加了特制的软垫用以保护他脆弱的皮肤。圣诞节快到了，每一处壁炉台和窗台上都放满了卡片。室内一派祥和，床在客厅角落的老爷钟脚下。正如他所愿，他就在这一切的正中，居于家的心脏位置。

我让他睡着，自己沿着公路冲回家去接芬恩和艾比。我很担心爸爸严重的黄疸病症状以及瘦脱相的样子会吓到他们，但我还是想给他们一个机会和外公说再见。芬恩才11岁，听到他不必去的建议后感到生气，即便他知道可能看到的场面会让他感觉不适。"我当然想去啊，妈妈！我简直不敢相信你会这么问我！"而艾比才6岁，还是被这种新奇事物迷住了。

第二天，在开车回爸妈家的路上，我们几乎全程都在激烈地讨论到底该用火葬还是土葬。艾比最终被火迷住了。但是当她问起外公的火葬礼上会不会放烟花时，我意识到她对火葬的想象主要基于学校最近的篝火晚会。她可能想象过爸爸的身体在露天柴火堆上燃烧，就像是自制的盖伊·福克斯假人[①]。我不确定自己给孩子们做的心理准备是否有用了。

当芬恩和艾比到达爸爸的床边，他们本能地亲吻他，去拉他的手。他们一点儿也不害怕，没有不安，也没有瑟缩。外公看上去不一样了，但他还是外公。爸爸看着他们，努力地试图开口说些什么，但他只能挤出最苍白的微笑。之后，在洗澡的时候，艾比特别生气。她看得出来外公太瘦了，要求我们告诉她为什么不给外公吃东西。我对此的解释是，他太虚弱了，吃不了东西，但我的女儿并不能接受。她冲着我和我差劲的治疗反驳道："妈妈！你错了。他需要每天吃个苹果。给——他——一个——苹果。"

在最后的这些日子里，日日夜夜，爸爸的手都被我们握着，从一个人的手传到另一个人的手里。他没有一刻是独自待着的。他这一生所给予我们的是卖不掉的，我们现在试图给予他的也是买不到的。

晚上，妈妈会睡在他旁边的野营床上，握着他的手直到天亮。注射泵定时给他推入药剂，能控制住他的症状。他喜欢外孙们在

---

① 1605年11月5日，盖伊·福克斯试图用火药炸毁国会大厦未遂，之后英国为纪念躲过一劫，将该日定为节日。传统上，人们会在节日当天制作各式盖伊·福克斯面具和假人并丢入篝火中燃烧。——译者注

身边玩耍时发出的嘈杂声，这让他觉得安心。他的外孙们年龄已经大到足以明白外公快要死了，但他们仍然很小，看上去能坦然接受外公的消瘦和痛苦。

你可能觉得圣诞卡片和吗啡不能混为一谈，但是疾病可不会尊重银行公共假日，我们都知道，不幸随时可能降临，意料之外的恩赐也同样可能降临。在平安夜的早晨，爸爸的3个孩子、3个外孙，与他结婚47年之久的妻子，我们所有人都团聚在他的床头。今天是他的生日，今天他75岁了，孩子们欢呼着"生日快乐"，在悲伤中点燃喜悦的气氛。虽然现在他已虚弱得几乎无法微笑，但他还是用眼神回以无声的喜悦。他调动全身的力气低喃道："谢谢你们。"

到了节礼日，爸爸已深入我最害怕的生死边境。不，爸爸，你不能陷入这样不生不死的浑浑噩噩中，我在工作中可太了解了。但是他已经这样了，身体仍温热，仍有呼吸，虽然呼吸断断续续的，但是已经无法再被唤醒。他还活着，但是他再也不会回应我的话或是触碰了。我再也没有办法知道他是否听到了我在他耳畔的温柔低语，或是感受到了我握着他的手。

那天晚上，我去看妈妈是否安好，她躺在野营床上，醒着，手里握着垂死的丈夫的手，我提出跟她换班。但是只要爸爸还活着她就不能离开，这是她给予爸爸的礼物。后来，在黑暗中，我听见她在门外的声音。"雷切尔，"她简单地说道，"他走了。"

我有一种冲动，想要尖叫、哀号，想捶打自己的胸膛。我想把头发都扯掉。我冲下楼到父亲床边，抓住他，亲吻他，把我的脸贴在他的脸上，想要留住那亲爱的生命，留住他四肢最后的温暖。即便现在，我仍能感觉到他生命最后的信号在消逝。我绝望地用自己的手包住他的手，我十指相扣把他的手裹紧，就好像……好像只要我们留住这份热度，我就能让他在这个世上多待一会儿。

殡仪馆的人来了，像是夜间的幽灵，庄严而僵硬地站立在寒风中的门阶上。想象他们收到紧急召唤的感觉有点儿怪，毕竟医生只会为了救人才在黑夜中冲向病床。身穿黑西装的男人极其干练有礼地说了些收殓的基本事项，迅速抬走了刚刚过世的遗体。妈妈在他们身后关上门，门外汽车发动，一切都结束了，只剩下父亲的身体在床单上留下的褶皱痕迹。我们一个个迟疑着回到自己的床上，因为悲伤来袭而无法交流，各自在黑暗中蜷成一团，震惊得心烦意乱。

第二天早晨，难以置信太阳仍旧闪耀。我站在厨房里，盯着窗外霜冻的田野。二乙酰吗啡的小玻璃瓶还散落在餐厅的桌上。医用病床得移走。有很长一段时间，我都想与世隔绝。但是，当我躺在羽绒被下感到空虚的时候，一种出人意料的情绪划破了我的麻木，我的心头突然涌上一阵感恩。在整个过程中，重大手术，数不清的化疗，从积极治疗到缓和医疗……有太多太多温柔涌现。

爸爸为他的NHS患者服务了一辈子，在他生命的最后阶段，NHS
也以最美好的方式回报了他。

他的外科医师技艺高超，化疗团队谨慎周全，这都只是一部
分，而最耀眼的是，一次又一次，那些数不清的微小善意交织在
一起，让患者感觉到被珍视，一家NHS医院充满了人性关怀。当
父亲在家和孩子度过宝贵时光的时候，他的肿瘤医师也曾被我们
叫来出诊。在人员不足的病房中，疲惫的护士依旧花时间握住父
亲的手。在父亲最后的日子里，社区团队为他调整二乙酰吗啡用
量，让他觉得自己很特别。这些在任何官方"价值"账本上都不
会被记录，这些无价之举不是以数字来计的，而是以心灵。

一时冲动之下，还躺在床上的我发布了一条推特，感谢NHS
社区护士小分队，他们尊重我父亲的愿望，让他在家中与家人共
度圣诞之后离世。我写道，在英国，人们很容易忘记，当你经历
一个亲人离世的折磨后，你不用担心最后的一大笔账单。我们面
对过悲伤、痛苦和空虚，但无论如何都不用面临破产。我们从来
都不必为如何支付爸爸的护理费用而感到恐慌。

令人难以置信的是，这条推特走向了世界，转发次数高达4.6
万次，阅读量近900万人次。成千上万我从未谋面的男男女女给
了我太多回复。这些回复流露出的善意和亲切感，鲜活地纪念着
我刚刚逝去的爸爸和照顾他的NHS。"10月的时候我的妻子死于
癌症，"一个男人写道，"她得到的关怀和尊重在今后会让我永远

铭记。"另一位写道："我也曾和你有同样的处境，我失去了我的爸爸，我永远不会忘记NHS的恩情。"

站在厨房的水斗前，我想着那位将几十年都无私奉献给患者的医生。他的离去留下了莫大的空洞，以至于我们无法领悟。突然，一只鹪鹩呼呼地从我眼前的树篱上飞冲而过。而在那一瞬间，爸爸也在那儿。

"看，雷切尔！一只鹪鹩！"

他的心跟我的一样，总能因为鸟儿这样最微小的快乐而振奋起来。鹪鹩依旧会呼呼地飞来飞去，但是他已经走了。我走上楼，走向他卧室的衣橱，在运动袋里摸索他留下的信。7个棕色的信封就在里面，上面写着难以辨认的字迹，证明他还活着。

那天晚上，我们没有一个人想去做饭，所以我刮去车上的冰，开车去爸爸最爱的印度菜餐厅买一些咖喱回来。餐厅老板也曾做了爸爸三十多年的患者，他知道爸爸被诊断出癌症了。

"你父亲还好吗？"他问我。

"他昨夜去世了。"我回答道。

"哦，不，不，我很抱歉。"他说着。我惊讶地看见他的眼里含泪。

我抓着一大袋食物，走出餐厅，踏入零摄氏度以下的气温中。冷风刺痛着我的脸颊，但是老板的临别赠言依旧温暖着我："你的父亲，他真的是个很好的人。"

我的确还见过爸爸一次。在他葬礼的那天早晨，我一个人驱车前往殡仪馆，他的遗体躺在棺材里等着我。我以为我会得心应手，毕竟，我在处理人类遗体上也是个老手了。每周的工作中我都至少要去一次太平间，在那里我的患者们会被堆放在一起，有时一个冷冻柜里有五具遗体，他们被搁在闪着光的架子上，底下还有不锈钢滑轮。根据法律规定，患者在未经医生确认身份的情况下是不能进入火化程序的，所以我们会来回奔波，像是戴着听诊器的死神秘书，签各种表格，好让医院将遗体放行。寒冷而赤裸，太像屠宰场了，让人不适，我过去常常对这种工业化的遗体储藏和运输方式感到反感。现在，习惯于在死亡仓库中检视的我竟愚蠢地以为看见父亲的遗体会很轻松。

当然了，在殡仪馆，一切都柔和而优雅。死亡乔装打扮，被印花棉布和花瓣墙纸所掩饰。我被带到父亲所在的房间里，发现自己对这里的温柔无限感激。我的心怦怦直跳，此时我最不需要的就是任何赤裸裸的惊吓。我深吸一口气，打开门进入房间。

在我有意识之前，我已经跌坐在地板上了。第一眼见到他，我的双腿就像被切断了一样，我靠着手和膝盖俯身在地上，抽泣到无法呼吸。他身上穿着出席婚礼时最爱的西装，炭黑色的衣服显得他稳重而利落。他佩戴的领带上有着皇家海军军医独有的领章。这一切，他葬礼上的每一个细节，都是他在死之前就已经计划好的。经验老到的工作人员将爸爸的手整齐地交叠放平，他在死前挣扎呼吸的双唇也已经被合上，看上去很安详。他的眼皮合上，头发梳得整整齐齐。我知道这一番修容背后用了怎样的技巧，但是这些都无关紧要。可以说，爸爸几乎就是没得癌症时的样子。原来，死亡中真的蕴含着重生。

我所能想到的——如果这种冲动猛烈的痛苦还能被称为思考——是我离开这个房间的那一刻，我将永远、永远再也见不到我的父亲。"爸，"我哭了，"爸爸。"我情不自禁地捏他的手，亲吻他的唇、他的脸颊、他的眉毛、他的头发、他的指尖。我不在乎他全身冰凉，又或者他的身上涂了蜡。我才不管他今天早上还被床单包裹着躺在冷冻柜里。我只想和他靠得更近。我发现自己想爬进棺材躺到他身旁。我甚至这么考虑过，但只是一瞬间的疯狂，很快就消散了，因为我想到一个成年女子试图爬进父亲棺材时那崩裂的木头和强烈的羞耻。

这就是了。最后一幕，永恒的别离。如果可以的话，我愿意在这里待上一整天，尽可能地拖延看爸爸最后一眼的时间。但我没有这么做，我不情不愿地走出房门，头向后望向敞开的棺材，试图把他的脸深深印到我的脑中。

☆ ☆ ☆

教堂里，来吊唁的亲朋好友以及爸爸生前的患者实在太多了，长椅上都坐不下了，很多人只能站在过道上。在葬礼仪式的悼词和颂歌环节，我都靠着这样的现实场景和它所代表的意义撑了下来。之后，在教堂外，我和姐姐、弟弟、妈妈坐在灵车里，握着父亲的手，我向车窗外望去，看见我的儿子芬恩，他正紧张地看着我们。在我们陪着父亲去火葬场的时候，他和妹妹一样，将由丈夫家的亲戚照顾。

突然，芬恩脚下一软。我看到他在人行道上跟跄了一下，几乎就要摔倒。他的姨奶奶扶起了他，她用手臂环住他的肩膀，随着灵车越开越远，我意识到他在抽泣。

后来，在那天晚上，我问了芬恩关于我看到的情景。"嗯，"他跟我说，"我就是看着载着棺材的车越开越远，突然意识到我再也见不到外公了，我就突然摔倒了。"我的儿子对于父亲死亡的无意识反应和我的是如此相像，这着实有些神奇。我选择将这解释为我们都对父亲有着深深的爱。几天之后，这一点被认证了。

周末的时候芬恩向我借笔记本电脑用。他想写一些关于外公的事。原来，学校里他的老师请大家自愿做演讲，谈谈自己崇拜的人。他的一个同学谈了纳尔逊·曼德拉，另一个聊了斯蒂芬·霍金。芬恩，一个从来不愿做不必要的家庭作业的孩子立刻问道，他是否能写些关于外公的事。

当爸爸在死之前向我讲述他的生命将比肉体更长久时，我觉得他可能想不到，他的外孙会如此迅速而生动地让他复活在文中。

在他外公的葬礼三日之后，他在课堂上朗读了这段文字。经过芬恩的同意，我将这段文字写在这里。最让我感到欣喜的是，他在文章的一开头就用了现在时态，仿佛爸爸仍然在世：

格兰皮①

我崇拜的人是我的外公（Grandpa），但我喜欢叫他格兰皮（Grampy）。我崇拜他，因为他总能看见生活的光明面，他甚至觉得乌云也是一件好事，因为能从中透出一丝希望的光。不管他去哪儿，都传递着积极向上的感觉。

我崇拜他，因为他总是活在当下，如果他在苏格兰或是喜马拉雅山脉，他就会攀登山峰。如果他在希腊，他不会懒洋洋地躺在沙滩上，而会在海里潜泳上几小时。

他还非常有条理（和我不一样）。他做医生的时候建了一张值班表，好让每个人都有相同的休假天数。他还会保留好久之前的值班表，看看有没有人错过休假。他是一个很坚定的人。如果有患者来了，他会一直在医院待到凌晨3点，确保患者开心。他甚至会在自己放假的时候去患者家里，看看患者情况怎么样。

他的爱好是爬山。他爬过乞力马扎罗山，到达过珠

---

① 动画片《贝蒂》中的人物，一个始终欢乐、有精神的老人。——译者注

峰大本营，还爬过其他无数山头。他爬山的时候不仅是
人在向上攀登，他的精神也很振奋。这张照片上，是他
爬上难以置信的5380米高，到达珠峰大本营的样子。遗
憾的是，他后来在与癌症的漫长和艰苦的搏斗中输了，
在节礼日去世了。

芬恩·克拉克

15

我们唯一的遗憾是活得不够勇敢

> 唯一重要的标准是人们投入了多少真心，他们
> 在多大程度上无视自己对受伤、露短或被羞辱
> 的恐惧。而人们唯一遗憾的是活得不够勇敢，
> 他们没有投入足够的真心，爱得不够多。其他
> 事真的都不重要。
>
> ——特德·休斯，《特德·休斯书信集》
> (*Letters of Ted Hughes*)

一周以来，宁养院里越来越热闹。每个在这里工作的人都想着同一件事，给年轻的新娘一个美丽的婚礼。那么多工作人员都在尽自己的一份微薄之力，早上很早来，晚上很晚才走，这个关怀网络完全是自发、冲动而愉悦的。花和纸杯蛋糕已经订好了，所有工作人员都从家里带来了节日彩灯，想把日间护理中心布置得更梦幻一点儿。志愿者司机会风驰电掣地把新郎送到城里去试衣，试衣也是匆忙安排的。白纱裙明天就到。

要准备一场婚礼，两天绝对不够，但我们的时间可能还不足两天。埃莉患有转移性乳腺癌，身体正在急速衰弱。她还那么年轻，20岁刚出头。很长一段时间以来，她的身体都在对抗着癌症的发展。但是现在，一切都在崩溃中。她的肝和肾衰竭了，疲惫慢慢渗入骨髓里，每一天她都变得更困倦、更虚弱。

作为埃莉的医生，我在不顾一切和谨慎行动之间左右为难。她迫切地想要在星期四结婚，所有的亲朋好友都要在场。当然了，这不算是她梦想中的婚礼，但是也差不多，她的身边围绕着所有她爱的人。但是今天是星期二，她几乎都睁不开眼睛了。我很担心，按照这样的恶化速度，再过48小时她可能就昏迷了。我们可以立刻安排一个登记员到床边来，完成她和未婚夫詹姆斯结婚的热切心愿，但是这就意味着她必须放弃自童年起就期盼的婚礼：一条走道，一个蛋糕，一条白色婚纱，五彩缤纷的纸屑，最重要的是，她的亲朋好友要一起分享这个时刻。

"你能让我撑到星期四吗？"埃莉问我。我知道我不能对她做这样的保证。我只能向她保证我会尽力。当她陷入沉睡，皮肤因黄疸症而发黄时，我也在努力尝试着。

之后，我单独与詹姆斯聊了聊。他理解这里面的风险，知道最安全的做法是什么，但埃莉一心想要一场像样的婚礼。"让我们试试吧，给她想要的。"他对我说。

爸爸过世6个月了。葬礼之后，我回到了工作岗位上，成了一名与之前不同的医生。我已经品尝过悲伤的滋味和沉重。现在，当我走进患者的病房，看到人们深陷的眼窝和疲惫的眉头，我能认出他们想要留住濒死之人的热切。我发自内心地理解这一切，悲伤，和爱一样，不可谈判，唯一避免痛苦的方式就是从来不去爱。

最重要的是，我已经从和爸爸的对话中明白了一点，绝症诊断既会改变一切，也不会改变任何东西。在确诊绝症前，一个74岁的老人知道自己总有一天会死，只是不知道确切时间。而在确诊后，他知道了自己会死，同样不知道确切时间。生活中他所热爱的一切仍在那里，等待他去爱，只是他会爱得更专注、更热烈了。唯一有所改变的就是有了一种新的紧迫感，必须要好好品味每一天，品味幸福。

"我可以浪费每一天，说着'为什么是我？为什么是我？'"爸爸有一次说道，"但我从出生那天起就在走向死亡了，我们所有人都是这样。如果我让死亡本身成为我人生的终结者，那我就太惨了。我要继续活着。"

回到宁养院之后我胆战心惊。一开始，爸爸的脸出现在每一个枕头上，还面对着我。一瞬间，我仿佛回到了家中医用病床旁，一旁的老爷钟嘀嗒地倒数着爸爸最后的日子。然而，我的患者仍然活着。我知道即便在最后的日子里，也可能有令人难以置信的幸福时刻。虽然不能治愈，但爱、快乐、团聚、微笑、眼泪、奇迹、慰藉仍然都在，生命中的一切都在，只不过被集中在了一起。如果说有什么能与父亲的生命终结相称，那一定是努力确保我的患者，确保这些将临终时光交给宁养院的、信任我们的男男女女，他们的死亡与生活同在。

我们了解到詹姆斯和埃莉的心愿之后就立刻秘密地开始了幕后活动。埃莉过于疲惫，没有办法自己好好筹备婚礼，她把婚礼策划的任务交给了三个好姐妹。一天晚上我和她的姐妹们坐下来聊了聊，看看我们能帮忙做些什么。食物、装饰、茶杯、蛋糕台、鲜花、音乐、五彩纸屑……有太多细节要考虑，或者说细节就是一切，看你怎么定义了。随着受邀宾客人数的增加——一开始是20人，然后是40人，后来超过了50人——我们开始思考如何才能把这么多人挤进日间活动室了。"我们会搞定的，"护士长劳里坚定地说，然后她对我飞快地一笑，"我承认，这让我大半夜睡不着觉，但是我们一定会搞定的。"

我咧开嘴对她回以微笑。我也每天很早就醒了，但那是出于别的原因。如果埃莉陷入昏迷或者临终前的混乱，那她会失去参加婚礼的合法行为能力，我就会毁了她嫁给深爱男子的唯一机会。我知道，无论昼夜，我们都能给她叫来一个紧急住院医师，但是病情可能随时突然恶化，很可能是致命的。我拼命祈祷自己的判断没有错。

星期四的早晨如约而至。我提前一小时赶去上班。第一站，埃莉的病房。她就在那儿，蜷缩在未婚夫的怀中。他们羞涩地抬起了头。不管结婚有什么传统要遵守，詹姆斯和埃莉都不愿离开彼此哪怕一秒钟。"我没有时间可以浪费了。"埃莉说，困倦地对我微微一笑。我的内心在欢呼雀跃。这场放手一搏是值得的。很快我们就要举行一场婚礼了。

我喘着气走进了日间活动室。一串串白色的节日彩灯早已经装点在每一扇窗户、每一面墙上。一队志愿者正埋头苦干，争分夺秒地把房间布置得完美无缺。一排排的NHS座椅被重新摆放过，留出一条足以让轮椅通过的走道。房间的前方是一张蒙上了白色亚麻布的塑料桌子，上面散落着奶油色的玫瑰花瓣。两边的花束硕大无朋，明艳可人。我知道我们找到的花商很干脆地拒绝了收费。雪白的糖霜纸杯蛋糕组成了婚礼蛋糕的模样，这座蛋糕塔也是来自本地烘焙师的礼物。在这样一个原子化和社区分裂的时代，原来我们之间仍旧被神奇的羁绊牵引在一起，毕竟，人与人是同一物种。

过了一会儿，我又回去检查了一下我的患者。婚礼规划小分队已经让她大变身。小小的花朵点缀在她的发间若隐若现，她肿胀的身体很好地隐藏在层层叠叠的白色雪纺下。她感觉不到疼痛，只是疲累。我让她恢复一下体力，准备参加仪式。

埃莉坐在轮椅上，当她的爸爸骄傲地推着她走过我们布置的临时走道时，房间里每个人的眼眶都湿润了。你不需要是一个医生，也能看出她命悬一线，与这个世界的联系是如此脆弱。这个女孩如同一个幽灵，比空气还轻，用尽自己的每一分力气，只是为了和我们待在这个房间。她甚至已经没有力气微笑。我看到她的头垂下去，眼皮耷拉着。加油，埃莉，再坚持一会儿。我在房间的一角徘徊不定，越发焦虑，准备随时冲上去出手干预。

登记员宣布仪式开始，房间里到处是喘着粗气的抽泣声。但是我注意到，詹姆斯满脸都是笑意，并不是平常的微笑，而是那种仿佛脸都要裂开，整颗心都高兴起来，随时能来个侧手翻的笑，是种傻乎乎又不敢置信的样子。他惊叹于眼前这个女人，这个万里挑一的女人即将成为他的新娘。许多年前，我曾在丈夫的脸上见过这种笑，我知道当时的我也笑成这样。

婚礼仪式依然有些包含感恩和承诺的老套发言。随着仪式的进行，我发现埃莉的身上不知不觉起了变化。一切就快到尾声了，接近礼成的时刻，我眼见着她脸上的紧张突然消失了。奇妙地，慢慢地，她仿佛从体内被点亮了一般，先是双眼，然后是双颊，最后是双唇，她小心地露出了娇羞的微笑。现在，房间里的一切注视都在她身上。她不再害羞，而是欣喜起来。她整个人舒展开来，闪耀着神采，当她说出"我愿意"的时候，她突然奇迹般地光彩照人。埃莉不再是一个垂死的年轻姑娘，而是一个在婚礼上光彩四射、欣喜若狂的新娘。她的癌症消失了。每个人都能看到，感觉到，整个世界都淡去了，只剩一件事：两个二十几岁的年轻人结为夫妻。

仪式结束，婚姻登记也完成后，我看见埃莉坐在轮椅里倒向一侧。她泄气了，在我面前倒了下来。

"你想和詹姆斯一起回房间去吗？"我轻声问。

她微微地点了点头，累得已无法开口。我向大家解释了一下，这对新人就开始往外走，一边挥手向大家告别，四周响起雷鸣般的掌声。

埃莉在丈夫的怀中度过了24小时，之后陷入昏迷。第二天她去世了，仍然在詹姆斯的怀中，穿着她的白色雪纺婚纱。

有时，医生们会编造一些关于死亡的善意故事，说它毫无痛苦，毫不费力，很容易。或者，他们会说些更离谱的，说死亡如果以"对"的方式进行，则是某种超然的体验，是平凡生活的一种高光版本。

当然了，真相是，死亡的体验像人类的经历一样多样。一定有一些模式，当身体逐渐衰竭，人们会有相似的表现，我们在宁养院里时常能看见这些。但是一个人不能简单地等同于器官。死亡可能是平淡的、悲惨的、温和的、残酷的、美丽的，或者就像生活的其他部分一样平平无奇。对有些患者而言，最主要的感觉甚至可能是无聊。

在医疗中，无论出于何种善意，粉饰现实几乎没用。对于一个从一开始就注定要死的生物，无论缓和医疗的技术如何高超，都无法淡化这个问题的艰巨性。说到生与死的话题，我们往往能信赖鲍勃·迪伦的一针见血。"它让我害怕，这可怕的真相，生命竟可以如此甜美"，他在《我说了算》（*Up to Me*）中这样唱道，每当我走过宁养院的病房，总会反复想到这句歌词。

生命融合着糟糕与甜美：说到底，它怎么可能不是这样呢？自然传递给我们的信息清晰无误。从夏日蜉蝣的短短一瞬，到冰川缓缓蚀刻岩石山谷，所有生命都终有一死，所有事物都注定会消逝。无论有多美，无论有多爱，没有东西能够不变，没有东西能够永恒。无常才是唯一的常态。

与这些赤裸裸的、绝对的生存准则相对立的，是一些灵活而持久的东西：我们定义了人类的选择能力。这份力量，没有任何东西也没有任何人可以从我们身上夺走，它让我们可以自行决定该如何面对这终有一死的命运。是发怒、否定、接受，还是拥抱，决定权全在我们自己。

当所有一切都只不过是深沉的时间暗流中的一束火花，无一例外，都会稍纵即逝，依然选择去爱它们是需要勇气的。最安全的选择，毫无疑问就是关闭心门，竖起高墙，躲在屏障后暗自观察，这是一种合理而明智的、无可指责的选择，用来保护内心，而非付出真心。但是，特德·休斯的话是完全正确的。在宁养院里，在这颗死星上，在接二连三的终局里，有一件事再清楚不过，归根结底，除了爱，没有什么是重要的：我们愿意冒着风险为彼此付出多少真心。我开出的吗啡药剂，那些高明的药方和输液，所有的一切在控制疼痛这方面都有着不可否认的作用。但是，当你所经历的、所做的一切，你的一切价值，都从你的手中被夺去，人与人的联结成了最重要的解药。是其他人的存在让一切变得不同。

与地球上任何地方相比，或许宁养院更能够将那些人类与生俱来的、必要的苦难，与我们可以修复和改变的苦难区分开来。疼痛、神志不清、恶心、发烧，这些临终的症状可以通过医药极力压制，其有效程度常常让患者惊叹。但是，要抛下所有你爱的，和你所热爱的世界被迫分开，这般残忍给你带来的痛苦和揪心又如何呢？在这方面，有用的就不是医生，而是人了。在这个数字化时代里，当无线网络、数据、连接掌控一切，我在宁养院里曾一次又一次地见证了由一个"人"，这样老套的、本能的、远古遗传至今的血肉，伸出带着爱意和温柔的手触及另一个人，这世上再没有比这更强大的力量。

明知自己即将死去的人和我们其他人之间其实只有一点不同：身患绝症者知道自己时日无多，而我们还活着，以为自己拥有所有时间。前者的紧迫感驱使着他们做自己想做的事，奔向他们所爱的人，品味生命留给他们的每一刻。因此，在宁养院里，有超乎你想象的更多的重要事物——更多爱、力量、仁慈、微笑、尊严、欢乐、温柔、优雅、怜悯。我在一个充满生机的世界里。我的患者教会了我所有关于生命的事。

我父亲离世已有一年之久。一天晚上，我正准备从宁养院下班回家，刚巧听到从患者半开的房门里传出来的音乐声。我听了一会儿才认出这排山倒海般强势的弦乐和铜管声是柴可夫斯基《天鹅湖》的终章。突然之间，我看见爸爸又活了过来，在他的椅子上大笑着鼓掌。5岁的艾比跳着芭蕾舞步，脚尖旋转着向他而去，网购的蓬蓬裙狂野地旋转着，然后她猛地冲倒在厨房地板上，结尾的派头和认真劲儿，不输给世界上任何演过天鹅垂死的芭蕾名伶。他抱起艾比放在自己的膝盖上，紧紧地拥抱她，她一脸害羞地等待着格兰皮外公的称赞，被他的胡子逗得咯咯大笑。

我微笑着走开了，然后发现自己渐渐停下了脚步。我知道这名患者并没有亲人或者朋友。他唯一的伴侣就是床头柜上的一只老旧收音机。从来都没有真正的访客来看过他。我在黄昏的微光中静静地站了一会儿，犹豫着，心里计算着到孩子们睡觉前我还有多少时间。然后，我走回了那位垂死患者的门前，礼貌地叩响了他的门，问他是否可以让我进去。

后记：关于临终关怀，有几个重要问题要展开聊聊

在写这本书的时候，为了叙述清楚，我只是简单地提及了几个实际问题，我认为，一本探索临终关怀的书不能忽视这些问题。在此，我将其中最重要的几个问题展开聊聊。

资金

在英国各地，有很多患者仍然在临终时严重缺乏足够的关怀和照顾。有些患者在极度痛苦和没有尊严中去世，与他们所选择的离世方式相差甚远。

这是一个令全民愤怒的现实，不容乐观。如果说人道关怀有指标，那么就应该看一个社会在照顾最弱势的濒死群体上有多慷慨。

但离奇的是，理应是全民医疗最大的堡垒、照顾人们从出生到死亡的NHS，却只资助了英格兰三分之一的缓和医疗。剩下的、被忽视的那三分之二绝症患者则依靠慈善捐款：成千上万的个人和公司站了出来，为NHS所不能及的患者伸出援手。这样的医疗

失职让人难以置信。想象一下，我们的生育服务或者创伤科的医疗质量需要取决于每周的义卖活动销量如何。这就仿佛是在政府资金不断减少的当下，NHS的大老板们故意利用公众的慷慨，悄悄地扣下给绝症患者的钱。

如果NHS提供100%的资金，我们可以在一夜之间改变缓和医疗的质量，那我们就可以避免许许多多不必要的痛苦。近期，ITV新闻的一项调查揭示了英国宁养院的资金危机，由于需求和成本的不断上升，三分之一的宁养院被迫减少服务内容，超半数（55%）宁养院已经推迟或取消了提高缓和医疗物资水平的规划。更糟糕的是，在过去两年间，73%的宁养院的本地NHS资助资金被冻结甚至被削减。

在人口研究显示全英缓和医疗需求呈指数上升的当下，恰恰发生着克扣宁养院资金的现实。随着人口增长和老龄化加剧，到2040年，英格兰和威尔士需要缓和医疗的人数可能增加25%~47%。

除非直面这些严酷的现实，否则英国还会有越来越多的人忍受着不必要的折磨死去。这个问题从根本上说，并不是因为我们不能直面死亡，也不是因为医生回避与患者进行艰难的对话，而是因为没有用以提供高质量、富有同情心、以患者为中心的缓和医疗服务的资源。

在医疗卫生领域，各方都争吵着要资金，钱常常会流向叫得最大声的一方。强硬的手腕、精明的公关、信息轰炸、名人背书，这些是为事业赢得资金的方法。但是濒死之人虚弱而疲惫，只能低语，他们的声音比空气还轻，所以只能由活着的人代表他们呐喊出声。如果我们希望自己爱的人能死得安乐、有尊严，我们就需要说服议员、政府和NHS老板，终结这场资金不足的闹剧。

在一个文明的社会里，缓和医疗不应该是国家核心医疗服务的额外配置，不应该取决于是否有足够的慈善捐助。我们应该给绝症患者更好的服务。

辅助死亡

"辅助死亡"一词在这本书中几乎是缺位的，从这一点就可以明显看出这是多么有争议的话题。

根据目前的法律，帮助某人自杀属于刑事犯罪，最高可被判监禁14年。与此形成对比的是，在荷兰、加拿大、比利时和瑞士等国家以及美国的一部分州，提供医疗服务来辅助死亡是合法的。

英国国会最近一次针对辅助死亡的投票是在2015年。当时，下议院的议员们以330对118的票数否决了一项普通议员法案，该法案讨论了预计寿命短于六个月的绝症患者安乐死问题。但民调结果显示，高达80%~90%的民众支持这种类型的协助自杀。

呼吁死亡权的组织认为，政客与民众间的意见鸿沟恰恰反映出决策者们有多么远离现实。他们主张，自由选择死亡的方式和时间的权利应当是一项基本人权。对死亡权的不承认导致了患者被迫忍受不必要的、明明可以避免的折磨。

与此相对，许多法官、国会议员、医生和身体障碍人士权利组织则认为，法律必须小心地在个人权利与保护弱势群体的需求间取得平衡，后者可能会因为有意或无意的压力选择终结自己的生命。他们相信，最安全的法律就是我们当前的法律。

在这本书中，经过深思熟虑之后，我选择不对辅助死亡发表过多的个人意见。对我而言，患者及其家属与我之间的信任关系是至高无上的，我担心公开发表对辅助死亡的看法很有可能会危害到这层关系。宁养院的环境本就充斥着各种情绪。在工作中，我偶尔会遇到一些患者，他们会因为我们拒绝帮助他们死亡而愤怒不已，还有一些患者害怕我们会偷偷地为他们注射药剂来终结他们的生命。我遇见过这样的家属，他们说自己绝不会让一只狗狗遭受他们所爱之人正经历的折磨，但患者们私下里告诉我们，他们还想活下去。现实世界如此复杂，充满了脆弱患者的希望和恐惧，我相信说出我个人的观点往好了说是毫无助益，往坏了说可能有害。

可为临终所做的切实准备

出于对死亡的尊重，医生们往往热衷于强调提前准备的重要性。这是因为我们常常可以看到患者在患病或意外发生时，由于压力和痛苦而无法为自己决定真正想要的护理和治疗。比如，如果一个人遭受了严重的脑部创伤，陷入了最小意识状态，而他从来没有提前讨论过是否希望在这种状态下继续活着，那么他的家属在猜测究竟他们爱的人可能想要什么的过程中，会感受到莫大的内疚和焦虑。

预先护理计划

预先护理计划并没有法律效力，但在你不能够为自己做决定时，它们是一条重要途径，能够确保你的家人和医疗人员了解你想要的护理和治疗。你可以在其中加入任何你觉得重要的条件，比如，你希望在哪里接受护理，你希望临终时身边有谁相伴，还有你最重要的价值观，比如，宗教信仰。

对一些人而言，即便只是想一想预先护理计划就足以让他们胆战心惊，更别说与其他人讨论这个话题。在这个组织的官网（www.compassionindying.org.uk）上可以下载十分有用的手册，手册名为《开始谈话》（*Starting the Conversation*），旨在支持人们与亲朋好友或医生讨论临终心愿的话题。你可以通过该链接下载：https://compassionindying.org.uk/wp/wp-content/uploads/2018/04/STARTING-THE-CONVERSATION_2018_AW_SINGLE-PAGES.pdf

计划模板则可以从www.dyingmatters.org网站上下载。下载地址如下：

www.dyingmatters.org/sites/default/files/preferred_priorities_
for_care.pdf

预先指示

在英格兰和威尔士，预先指示或生前预嘱是一种具有法律效力的文件，能够记录你未来不愿接受的治疗，以免遇到你无法自己做出或传达决定的情况。法律上称"拒绝治疗的预先决定"，只会在你无法自己做出或传达决定的情况下使用。举个例子，假如你因为转移性癌症而日渐衰弱，在类似情况下，你可以决定，你不愿在心脏骤停时接受心肺复苏术（CPR），或者不愿在不能自主呼吸时连接呼吸机。你可以把这些填在表格里。

要做一个预先指示，你需要完整填写表格，在一位见证人在场的情况下签上姓名和日期，见证人也需要签上姓名和日期。表格的复印件需要交给全科医生和你的亲近之人。律师不是必要的，只要你符合表格合法性的具体要求即可。

表格模板可通过此链接下载：https://compassionindying.org.uk/library/advance-decision-pack/。该模板内同时列出了苏格兰法律所要求的不同细节。

持久授权书

你可以通过持久授权书（LPA）赋予你所信任的人代表你做决定的法律权利，以防未来你无法自己做决定。LPA有两种：一种关于财产和财务事务，包括金钱和财产方面的决定；另一种则关于健康和福利事务，包括健康和个人福利的决定。

你可以通过政府在线网站填写正式的官方LPA表格，链接如下：https://www.lastingpowerofattorney.service.gov.uk/home。或者，你也可以通过此链接下载填写：www.gov.uk/government/publications/make-alasting-power-of-attorney。同样，只要满足条件，满足政府网站上的明细要求，你的LPA就是合法有效的，律师不是必要的。

立遗嘱

立遗嘱的实用指南可参考此链接：https://www.ageuk.org.uk/information-advice/money-legal/legal-issues/making-a-will。遗嘱是一份法律文件，确保在你死亡后，你的金钱和财产转交到你所希望的人手中。通常，最安全的做法是请律师来起草遗嘱，但是你也可以自己写遗嘱。另外，一些慈善机构也提供免费的遗嘱起草服务，鼓励人们立遗嘱和捐赠遗产（不过后者并不是一项义务）。比如，www.willaid.org.uk就提供这项服务。

上述这些切实准备都可以在各大网站上找到详细说明。我认为以下网站的解释格外清楚有用：

www.dyingmatters.org

www.compassionindying.org.uk

www.gov.uk/power-of-attorney

https://deathcafe.com

参考文献

Mary Oliver, 'The Summer Day', *House of Light* (Boston, MA: Beacon Press, 1992)

序言

Raymond Carver, 'The Author of Her Misfortune', *Ultramarine: Poems* (London: Vintage Books, 1987)

Bob Marley, 'Trenchtown Rock', lyrics © Kobalt Music Publishing Ltd.

九死一生

Maggie O'Farrell, *I Am, I Am, I Am: Seventeen Brushes With Death* (London: Tinder Press, 2017)

血与肉

Philip Larkin, 'Ambulances', *The Whitsun Weddings* (London: Faber, 1971)

死亡边缘

Haruki Murakami, *Blind Willow, Sleeping Woman: 24 Stories* (London: Vintage, 2007)

《睿智》(*Wit*)，玛格丽特·埃德森著，经尼克－赫恩出版社（Nick Hern Books, www.nickhernbooks）授权引用和出版。

幽灵猫头鹰

Susan Sontag, *Illness as Metaphor* (New York: Farrar Straus & Giroux, 1988)

黑色星期三

Samuel Shem, *The House of God* (London: Black Swan, 1998)

数字游戏

Stephen Hawking, 'Does God Play Dice?', www.hawking.org.uk/does- god- play- dice.html

感谢美国代理律师事务所（United Agents LLP）代表斯蒂芬·霍金财产（Estate of Stephen Hawking）授权。

黑暗中的光

Sylvia Plath, 'Elm', *Collected Poems* (London: HarperCollins

Publishers, 1992)

杰作

Samuel Beckett, *The Unnamable* (London: Calder Publications, 1975)

垂死挣扎

Bob Dylan, 'All Along the Watchtower', lyrics © Sony/ATV Music Publishing LLC, Audiam, Inc

Henry Miller, On *Turning Eighty* (Santa Barbara, CA: Capra Press, 1972)

爱的代价

C. S. Lewis, *A Grief Observed* (London: Faber, 1961)

奇迹

Annie Dillard, *The Writing Life* (London: HarperPerennial, 1990)

Philip Larkin, 'Aubade', *Collected Poems* (New York: Farrar Straus and Giroux, 2001)

节选引用自雷切尔·克拉克所著文章《在生命的最后时刻打开一扇窗》（"In Life's Last Moments, Open A Window"），首次发表于《纽约时报》2018年9月8日刊。

心碎的男子

Elastica, 'Connection', lyrics © Warner/Chappell Music, Inc

感恩

Henry Miller, *This Is Henry, Henry Miller from Brooklyn* (New York: E. P. Dutton, 1974)

节选引用自雷切尔·克拉克所著文章《感谢NHS在爸爸去世时提供了最好的服务》（"Thank you, NHS, for giving Dad the best possible death"），首次发表于《星期日泰晤士报》2018年1月7日刊。

Oliver Sacks, *Gratitude* (London: Picador, 2015)

亲爱的生命

Ted Hughes, *Letters of Ted Hughes* (London: Faber, 2009)

Bob Dylan, 'Up to Me', lyrics © Audiam, Inc, Sony/ATV Music Publishing LLC

致谢

衷心感谢我的经纪人克莱尔·亚历山大和我的编辑理查德·贝斯威克，感谢你们的智慧、耐心、善良和鼓励，以及你们对这本书坚定的信心。你们是最好的领路人。

同样感谢丹尼尔·巴拉多、佐伊·胡德、尼提亚·雷伊、格蕾丝·文森特，还有在利特尔-布朗（Little-Brown）的每一位，感谢你们的支持和专业知识。

感谢丹尼斯·坎贝尔、凯特·福克斯、马克·哈登和丽贝卡·英格利斯，谢谢你们读了《亲爱的生命》全文或部分内容，感谢你们宝贵的意见。

和朋友的多次谈话造就了这本书。我要特别感谢达米安·乔马、莫亚·道森、艾德·芬奇、亚历山大·芬利森、简·格伦迪、简·亨德森、克莱尔·雅各布斯、安迪·金、罗谢尔·雷、克里斯蒂娜·洛弗尔、罗伯特·麦克法兰、杰姬·莫里斯、娜塔莎·威金斯、塔林·杨斯坦，还有我的妈妈、莎拉和尼克。

蒂姆·利特尔伍德和约翰·雷诺兹，你们和我的父亲是我永远仰望和努力效仿的对象。感谢你们为下一代树立了如此睿智、正直、激励人心的榜样。

感谢所有我有幸并肩工作的优秀的NHS护士，谢谢你们。你们真了不起。

感谢我的患者，是你们教会了我生命中什么才是最重要的，你们教会了我太多，能够照顾你们是我的荣幸，为你们献上我最深切的感谢。

还有最重要的，一如既往，将我所有的爱和感恩献给戴夫、芬恩和艾比。

图书在版编目（CIP）数据

亲爱的生命：关于爱与失去的生命课 / (英) 雷切
尔·克拉克著；大婧译. —— 成都：四川文艺出版社，
2021.12（2023.6 重印）
ISBN 978-7-5411-6151-3

Ⅰ.①亲… Ⅱ.①雷… ②大… Ⅲ.①纪实文学—英
国—现代 Ⅳ.①I561.55

中国版本图书馆 CIP 数据核字 (2021) 第 207384 号

DEAR LIFE by RACHEL CLARKE

Copyright: © 2020 BY RACHEL CLARKE

This edition arranged with AITKEN ALEXANDER ASSOCIATES through Big Apple Agency,

Inc., Labuan, Malaysia.

Simplified Chinese edition copyright © 2021 United Sky (Beijing) New Media Co., Ltd.

All rights reserved.

著作权合同登记号 图进字：21-2021-295

QIN'AI DE SHENGMING:GUANYU AI YU SHIQU DE SHENGMING KE

亲爱的生命：关于爱与失去的生命课

[英] 雷切尔·克拉克 著

大婧 译

出 品 人	谭清洁
选题策划	联合天际
责任编辑	路 嵩
特约编辑	赵雪娇
封面设计	安克晨
美术编辑	程 阁
责任校对	汪 平

出　　版　四川文艺出版社（成都市锦江区三色路238号）
发　　行　未读（天津）文化传媒有限公司
网　　址　www.scwys.com
电　　话　028-86361781（编辑部）
印　　刷　天津联城印刷有限公司
成品尺寸　140mm×200mm　　　　开　本　32开
印　　张　11.25　　　　　　　　字　数　220千
版　　次　2021年12月第一版　2023年6月第二次印刷
书　　号　978-7-5411-6151-3
定　　价　68.00元

版权所有·侵权必究。如有质量问题，请与图书销售中心联系调换。电话：010-52435752。